人民共和國文化與文學叢書

七　編

李　怡　主編

第 **13** 冊

高行健文學藝術年譜
（1940～2017）（第四冊）

莊　園　著

花木蘭文化事業有限公司

國家圖書館出版品預行編目資料

高行健文學藝術年譜（1940～2017）（第四冊）／莊園 著—
初版—新北市：花木蘭文化事業有限公司，2019〔民108〕
目 2+190 面；19×26 公分
（人民共和國文化與文學叢書 七編；第 13 冊）
ISBN 978-986-485-785-2（精裝）
1.高行健 2.學術思想 3.年譜
820.8   108011460

特邀編委（以姓氏筆畫為序）：

吳義勤　孟繁華　張　檸
張志忠　張清華　陳思和
陳曉明　程光煒　劉福春
（臺灣）宋如珊
（日本）岩佐昌暲
（新西蘭）王一燕
（澳大利亞）鄭　怡

人民共和國文化與文學叢書
七 編　第十三冊　　　　　　ISBN：978-986-485-785-2

高行健文學藝術年譜（1940～2017）（第四冊）

作　者　莊　園
主　編　李　怡
企　劃　四川大學中國詩歌研究院
總 編 輯　杜潔祥
副總編輯　楊嘉樂
編　輯　許郁翎、王筑、張雅淋　美術編輯　陳逸婷
印　刷　普羅文化出版廣告事業
出　版　花木蘭文化事業有限公司
發 行 人　高小娟
聯絡地址　235 新北市中和區中安街七二號十三樓
　　　　　電話：02-2923-1455／傳真：02-2923-1452
網　址　http://www.huamulan.tw 信箱 hml810518@gmail.com
初　版　2019 年 9 月
全書字數　711727 字
定　價　七編13冊（精裝）台幣25,000 元

高行健文學藝術年譜
（1940～2017）（第四冊）

莊園　著

2014 年　74 歲

1 月 16 日，在巴黎修訂《呼喊文藝復興——新加坡作家節演講》一文。〔註 1687〕

2 月，去比利時皇家美術館看場地，開始構思新的畫作，後起名爲「潛意識」。

西零寫道：之後幾個月，他天天在畫室裏工作。有一天，他說：我想好題目了，這個系列叫作「潛意識」。

「爲什麼要畫『潛意識』呢？」我問。

「藝術是審美的認知，不僅要認知外在世界，還要認知人的內在世界，包括複雜的人性，一片混沌、五味俱全。如何呈現人的潛意識，還沒人做過。古典繪畫也許有一些潛意識的表現，不過都是通過寓意的形象。」〔註 1688〕

2 月 25 日，**劉再復在美國科羅拉多州寫作《夏志清紀事》一文，文中談及漢學家余英時和夏志清對高行健的讚賞。**

劉再復寫道：

夏先生和我個人能如此成爲忘年之交，除了他是劍梅之師這一原因外，還有三個人的名字一直把我們連結得緊緊，一個是錢鍾書，一個是曹雪芹，一個是高行健。

高行健是一個低調的作家，從不得罪任何人，可是一旦獲得諾貝爾文學獎，卻得罪了一大片。因爲他獲獎，沖淡了許多「話語英雄」的光輝。但是有兩位年長的漢學界富有聲望的學者，余英時與夏志清，卻滿腔熱情地爲高行健歡呼。余先生在得知高行健獲獎後，立即借用蘇東坡的兩句詩祝賀高行健：

滄海何嘗斷地脈，白袍今已破天荒。

而夏先生則發表如此的講話：

1980 年我在巴黎見過高行健，後來又讀了他的劇本《車站》。《車站》寫得很好，我非常滿意。高行健的劇本比另一個諾貝爾文學獎的獲得者貝克特寫得更好。貝克特的《等待戈多》有點單調。高行健這個人不講政治，是個眞正的文學家。馬悅然這個人好，他懂文學。

（《明報月刊》2000 年第 11 月號第 61 頁）

〔註 1687〕高行健著《自由與文學》第 81～89 頁。
〔註 1688〕西零著《家在巴黎》第 236 頁。

兩位長者這一片天眞天籟，給我留下終身難以磨滅的印象。

夏先生的評論共 105 字（不包括標點），字字率眞，字字有分量。在此百字評論裏，夏先生說出高行健三個最重要的品質：

（一）高行健不講政治。說得太對了。高行健是我們這代作家中最是遠離政治的，可是權勢者爲了抹煞他，偏偏把無聊的政治強加給他。

（二）高行健是眞正的文學家，夏先生顯然看到許多不懂文學的論者對高行健的妄評亂罵，所以他強調高行健乃是眞人、眞才、眞文學。

（三）高行健的《車站》比貝克特的《等待戈多》寫得好。這是驚世駭俗的評價。《等待戈多》已夠「經典」了，高行健的《車站》比它還經典嗎？這當然可以爭論。還有人說《車站》是模仿《等待戈多》哩！夏先生的文學批評從來不顧及人家怎麼說，只管自己說出自己的見解。

2000 年 11 月，我正在香港城市大學「客座」，讀了夏先生的百字評論，眞是興奮不已。只有胸無芥蒂，心無陰影的眞批評家，才能如此耿直地評論文學，當時我抑制不住高興，就打電話到紐約給夏先生，沒想到他一聽我的聲音就喊叫起來：「再復，你發現高行健，你眞了不起，你不朽了！」儘管我連說「不」，他還是一味表揚我。這之後不久，高行健到紐約演講，夏先生特地趕去聽，兩人相逢時，彼此都遠遠就伸出雙臂，激情之下，夏先生差些跌倒。當朋友把這一細節告訴我時，我再一次興奮不已，再一次感到夏先生眞是性情中人，文學中人，他不愧是卓越的文學批評家。

夏先生的百字評論裏還「愛屋及烏」，因高行健而誇獎高行健的卓越譯者馬悅然「懂文學」，這也是夏先生的眞心話。……在夏先生的最後十幾年裏，我們每次通電話，他總要問起高行健的近況，總要說起他少讀高行健的遺憾，也總是要誇我較早認知高行健的才華。不僅在電話上說，而且在信中多次說。他是何等眞誠呵。2000 年他一聽高行健獲獎的消息，就寫信祝賀我：這次高行健獲獎，兄功勞最大，可喜可賀。一直到 2008 年，他還在遺憾不能多讀高行健。他在信中說：

……雖然我兄已寫一本《高行健論》，我因爲尙未讀過他的兩巨冊長篇小說，連兄的《高行健論》也尙未拜讀。我讀過他的早期劇本，有些短篇小說和文藝論文。要做的事太多，年紀大了，精神不夠，不能像年輕時那樣日夜工作。

2004 年 6 月 30 日

　　在此信前他就表述過「閱讀恨晚」的心情，非常懇切。夏先生對高行健的由衷之情，感動了我。這不是因爲夏先生一再肯定我的「功勞，而是從這件具體的事中，我感受到夏先生身上有一種對文學的無條件的愛。因爲這種愛，他才爲高行健獲獎而像孩子那樣高興。夏先生的心靈之所以能與高行健的心靈相通，是因爲他的心靈沒有「隔」，沒有概念之隔，沒有習性（嫉妒等）之隔，沒有輩份之隔。所謂率性，正是無隔無障。夏先生如此眞摯地對待高行健的成就，說明他眞的是率性之人，胸膛裏跳動的是赤子之心。有這種對文學的眞情眞性，自然就會對自己的文學理念進行調整，甚至會修正一些自己原來的偏頗。晚年夏先生對左翼作家的態度日趨冷靜，也就不奇怪了。一個對文學眞正有信念的人，必定既勇於批評別人，也勇於批評自己。在最後歲月中，他像和兄弟談心一樣地對我訴說他對左翼作家的看法，讓我一直難忘。〔註 1689〕

　　2 月，《南方文壇》2014 年第 1 期刊發劉錫誠文章《1982：「現代派」風波》。〔註 1690〕

　　3 月，《自由與文學》一書由臺北聯經初版。

　　該書目錄如下：

序　　世界困局與文學出路的清醒認知　　　　　　　　　　　　劉再復

輯一

環境與文學——今天我們寫什麼？

——國際筆會東京大會文學論壇開幕式演講

意識形態與文學

——韓國首爾國際文學論壇演講

自由與文學

——德國紐倫堡－埃爾朗根大學國際人文研究中心舉辦「高行健：自由、命運與預測」國際學術研討會演講

認同——文學的病痛

——臺灣《新地》雜誌舉辦世界華文文學高峰會議在臺灣大學演講

走出二十世紀的陰影

——臺灣《新地》雜誌舉辦世界華文文學高峰會議在臺中的演講提綱

〔註 1689〕劉再復著《吾師與吾友》第 54～59 頁，三聯書店（香港）有限公司 2015 年
　　　　　7 月第 1 版第 1 次印刷。
〔註 1690〕《南方文壇》2014 年第 1 期第 96～103 頁。

意識形態時代的終結

——韓國首爾檀國大學演講提綱

非功利的文學與藝術

——韓國首爾漢陽大學演講提綱

呼喊文藝復興

——新加坡作家節演講

輯二

洪荒之後

關於《美的葬禮》——兼論電影詩

《山海經傳》——臺灣國家戲劇院演出感言

輯三

創作美學——香港中文大學演講

杜特萊與高行健對談　　　　　　　　　　　　　　　蘇珊　譯

輯四

林兆華的導演藝術

馬森的《夜遊》

後記

附錄：高行健創作年表　　　　　　　　　　　　　　劉再復整理

3月，高行健水墨作品個展在巴黎大皇宮展覽館展出。

西零在《巴黎藝術展》一文中寫道：

2014年3月，巴黎還十分寒冷，人們都穿著厚厚的冬衣。大皇宮門前，卻格外熱鬧，正是一年一度的巴黎藝術展開展的第一天。其實，大皇宮並非皇宮，而是1900年為世博會而建的一座展覽館，正面是古典的巴洛克風格，高大的石牆上有大型石雕，十分壯觀，讓人聯想到昔日帝國的輝煌。

巴黎一年一度有兩個國際藝術大展，一個是國際當代藝術展，簡稱菲亞克展，另一個就是巴黎藝術展，創始於1998年。每年大約有一百四十家畫廊參展，一半是法國畫廊，另一半來自國外。這一年的主題是中國，大皇宮裏也來了不少中國畫廊。一進大門，正面就是巴黎著名的克洛德·貝爾納畫廊的展臺，正在舉辦高行健水墨作品個展。

不少展臺是當代藝術，波普藝術，五花八門，往年也是如此。

展出的照片裏，一些還不錯，風景、人像，都有看頭。有一張照片裏的人物竟然是高行健。我還記得，是一位法國攝影師十幾年前在我們郊區的塔樓上拍的。畫面帶有幽默感，高行健看上去很年輕，在他自己的一幅畫前，兩眼微合，神閒氣定，似笑非笑。

這張照片讓我想起過去，高行健在郊區塔樓的公寓裏，以客廳爲工作室，只有二十幾平方米的空間，而藝術的天地，卻廣闊無邊。他在那裡，思考、寫作、畫畫，工作非常辛苦，然而，爲了自己想做的、喜歡做的事情，再累也愉快，更何況沒人打擾，日子過得自在逍遙。

我們在大皇宮轉了一大圈，這才走進克洛德·貝爾納畫廊的展廳，下午的時間屬於專業人士和收藏家，開門一個小時不到，這裡就擠滿了人，大家興奮異常，邊看邊議論。

我已經看過高行健的這些畫作，但是掛在展廳裏的效果顯然比在畫室和家裏更好，而且整體呈現更加精彩。

我慢慢走過一幅幅畫前，和大家一起仔細欣賞，感覺新鮮，就像是第一次看到一樣。《海天》是幅小畫，卻有大自然的壯美和氣勢；《夢鄉》是高氏作品的一個類型，詩意裏帶些憂傷，天空上烏雲很濃很重，雪地裏有一個小房子，既是美好的夢想，又是憂傷的回憶；《山那邊》的用墨簡單、明快、層次分明；《行者》是三個人的背影，走向遠方；《想像的盡頭》完全是想像的風景，但是依然可以感覺到天、地，還有第三個層次，可以說是河水、湖水，或海水；《等待》是他畫過多次的題材，茫茫世界裏，一個站立不動的人的背影，孤單而執著。

一些畫較爲抽象，但也很直觀，《夢中》其實什麼都沒有，只有深的、淺的，更淺的墨色，無形又有形，散漫又有序，像水一樣流淌；《輝煌》的墨蹟張揚、跳躍、無拘無束，像風，也像火焰。

其實，他所有的畫都是既非具象，又非抽象，既非東方，又非西方；工具和材料是中國的墨、毛筆、宣紙，但是所表達的內容，已經遠遠超出了中國文化範疇，不能當成中國畫來看，也可以說不再是中國畫。他的參照是整個世界美術史，他的作品自然也匯入到這條長河中。這就是高行健的藝術，說起來似乎很簡單，但是，走一條前人沒有走過的路，是及其艱難的事情，要很大的勇氣，很多的實踐，很多的辛苦，還有，就是持之以恆。

展出的畫大約有三十幅，很快就有不少幅被人認購。

　　高行健走過去和克洛德・貝爾納先生聊天。他們是好朋友（高行健和另外幾家畫廊也是朋友，合作是愉快的交往）。克洛德・貝爾納畫廊是一家巴黎老牌畫廊，由主人克洛德・貝爾納先生年輕時候創辦，位於塞納河左岸的畫廊區，半個多世紀以來，從沒有換過地方。這個被年輕畫商稱爲「恐龍化石」的老畫廊，曾經舉辦過無數成功的畫展，展出的藝術家有畢加索、賈克梅第、巴勒杜斯、培根，還有幾位超現實主義藝術家。那是法國文化藝術繁榮的時代，也是畫商的黃金時代。現在的畫廊都很難經營，而克洛德・貝爾納先生的畫廊，風光不減當年，簡直是個奇蹟。他年紀大了，精神矍鑠，近十年來，已經做過五次高行健畫展，每一次都大獲成功，看來這一次，又不例外。

　　兩人說話的這一會兒工夫，牆上又多了幾個紅點。

　　和每次畫展一樣，高行健非常忙，回答收藏家的問題，和他們拍照，在畫冊、書上簽名，不時有一些朋友過來打招呼，又有一些許久不見的老熟人出現在眼前。

　　開幕式晚上七點鐘才開始，時間還沒到，大部分作品旁邊已經貼了紅點。

　　大皇宮裏的人越來越多。我們喝完咖啡，高行健又去展臺參加晚上七點鐘的開幕式。

　　晚上高行健回到家，說：「開幕式之前不久已經全部售完了。」第二天上午，又到畫室工作。

　　閉展那天，高行健又去了一次大皇宮，我沒有再去。和每一次畫展結束的時候一樣，他又一次告別了自己的一批作品，也告別了自己一個工作階段。然後，開始另一個階段。這些畫作，從此離開畫家工作室，在陌生的地方，開始他們自己的命運。我不免有點不捨。而高行健卻沒有想這麼多，頭腦裏已經在構思下一步的創作。〔註1691〕

　　4月18日，臺北故宮博物院文會堂舉行高行健電影詩《美的葬禮》首映會。

　　活動介紹和流程如下：

　　《美的葬禮》由諾貝爾文學獎得主高行健編導，取材於他的同名長詩，是一部不同尋常的電影詩，以畫面、表演、音樂和詩取代了現今電影通常的故事情節。四十名演員分別扮演各色人等，從詩人、美神維納斯、思想家、聖母、流浪漢乃至於死神與上帝，影片中的詩句則用華語、法語和英語三種

────────────

〔註1691〕西零著《家在巴黎》第173～181頁。

語言，一個個驚人的畫面也毋需字幕。影片針對這精神貧困而物欲橫流的時代，對美的喪失而深深哀悼，展示的意境寬宏而幽遠。演員的表演令人進入一番又一番內心的境界，同時又回顧人類生存的種種困境。影片採用了該片編導在世界各地拍攝的場景作爲背景，從意大利南部原始人的洞穴到威尼斯狂歡節，從西班牙中世紀的教堂到巴黎盧浮宮的夜景和地下墳場，從布拉格古城到紐約東京香港的摩天大樓，凡此種種，剝離出生活的眞相，引發起不可抑制的憂傷與思考。

　　14：00～14：30　首映記者會

　　14：30～16：30　電影《美的葬禮》播映

　　16：30～17：00　高行健導演簽名會〔註1692〕

　　4月20日，郭冰茹和曹曉雪的論文《〈靈山〉的禪意分析》，刊發在汕頭大學《華文文學》2014年第2期。〔註1693〕

　　4月21日，出席臺師大「莎士比亞450週年誕辰紀念」系列活動記者會。

　　臺灣醒報記者李昀澔臺北報導如下：

　　「西方文明發源地希臘也是座小島，我期許臺灣這塊小島，能成爲下一波文藝復興的基地。」諾貝爾文學獎得主高行健21日與旅意聲樂家朱苔麗、果陀劇場藝術總監梁志民、風之舞團藝術總監吳義芳等人，一起出席臺師大「莎士比亞450週年誕辰紀念」系列活動記者會，盛讚臺灣表演藝術教育所展現出的「熱情、能力與效率」。

　　莎翁誕辰紀念屬於臺師大音樂節系列活動之一，4月23日時將由高行健耗時6年的嘔心大作《美的葬禮》電影詩領銜登場，他本人也將在放映後親自與觀眾對談。4月25日則由朱苔麗分享歷代音樂家從莎翁劇作汲取創作靈感的故事；而從5月8日起將有連續5場改編自《仲夏夜之夢》的《忍法櫻之夢》音樂劇演出，5月12日則由舞蹈方式呈現的《羅密歐與朱麗葉》壓軸。

　　臺師大表演藝術所這次特別邀請高行健參與系列活動，係因《美的葬禮》中也有關於莎翁名劇主角「哈姆雷特」的橋段；高行健並非首次與表藝所合作，去年盛大公演的搖滾音樂劇《山海經傳》就是由表藝所統籌。「臺灣的表

〔註1692〕筆者2014年7月在澳門大學查找的網絡信息。

〔註1693〕《華文文學》2014年總目錄，《華文文學》2014年第6期第126頁，2014年12月20日出版。

演藝術教育真是太強了，」高行健解釋，他一直誤以為表藝所人手充裕，「我在法國與規模更大的團隊合作，也沒辦法展現出這樣驚人的效率。」

朱苔麗也贊同高行健的說法，她提起在意大利維也納音樂院任教的經驗，「他們每週二、三都會有公演，但我想『一整個劇』比起音樂會，是更不容易的事情。」朱苔麗表示，回臺後最深的感觸，是「當臺灣孩子的老師真幸福，因為有一種『師徒關係』很緊密的感覺。」

「我 20 年前初到臺灣，當時表演藝術的素質，與交通狀況差不多，坦白說並不理想。」高行健笑言，「但 20 年後世界轉過來了！」他強調，臺灣的民主社會、專業藝術人才及自由創作空間等條件都已臻世界級，只要表演藝術工作者願意保持努力，「我相信這塊土地上孕育出的花與樹，有一天會成為亞洲文藝復興的基地。」〔註1694〕

4 月 22 日，美國之音張永泰報導《諾貝爾文學獎得主在臺北公映電影詩》。

報導這樣寫：

高行健的最新電影作品《美的葬禮》臺灣首映會上星期五在臺北故宮博物院舉行。高行健表示，希望透過這部作品，試問人類是否能有再一次的文藝復興？他說：「在當今物欲橫流，到處都是功利，政治蔓延到一切領域，在這種先決的條件下，如何去回歸人本身的東西，回歸到人性，回歸到審美，這就是影片發出的呼喚。」高行健說，這部作品企圖呈現對於當代史詩滅亡的哀悼，討論當今不討論的問題，最主要是希望激發人們思考，而不是給與答案。

《美的葬禮》是一部電影詩，沒有完整的故事情節，完全違反商業電影的操作原則，以蒙太奇的方式，透過高行健在世界各地演講時所拍攝的影像，加上演員的表演，配上音樂和英、法、中三種語言的獨白拼接而成。高行健說，請不要在他的電影裏找故事，而要像聽一首交響曲一樣的自我聯想。他還說，這部電影詩花了 6 年時間準備，3 年時間拍攝，同時在巴黎從 1600 百多名演員當中，甄選出 38 位演員參與演出。

《美的葬禮》是高行健 2013 年的電影作品，源自於他 2 年前所創作的一首同名詩，之前他也導演過另外兩部電影作品，分別是 2008 年的《洪荒之後》，以及 2003 年的《側影或影子》。臺北故宮博物院長馮明珠表示，《美的葬禮》

〔註1694〕筆者 2014 年 7 月在澳門大學查找的網絡信息。

非常符合電影詩的形式，高行健拍攝的影像，以投影方式，演員在布幕前表演，一路從世界各地荒蕪的地景，到現代都市化等景觀，都在象徵現代化的式微。談到在臺灣放映《美的葬禮》，高行健表示，很想知道臺灣觀眾的反應，他說，臺灣已經民主化、現代化，在全球化的浪潮之下，也和其他國家面臨著相同的問題。他說：「這個影片雖然是以西方文藝復興，古希臘以來，西方的文化背景作爲我影片的背景，實際上，也是當今世界上，韓國、日本都會遇到同樣的問題。」

　　《美的葬禮》除了在臺北故宮放映之外，還將在臺北市立美術館、臺灣美術館聯映，臺灣師範大學還將舉行研討會。高行健和臺灣關係非常密切，重要的著作都已經在臺灣發行，包括《靈山》、《一個人的聖經》等書，他的戲劇作品《八月雪》2002 年在臺北首演。〔註 1695〕

　　4 月，在臺北舉行的新書《自由與文學》發布會上，宣布退休。

　　高行健說他已在文學、繪畫與戲劇充分表達自己的觀念，如今已經 74 歲，是時候退休了。不過他強調自己仍會繼續寫作、繼續畫畫，只是希望多給自己一點休閒的時間。

　　他說，到目前爲止，他的文學作品包含各地譯本在內多達 319 本；他也完成了 18 部戲劇創作，是全世界作品被演出最多的當代華人劇作家。另外，他在繪畫領域也獲得相當的肯定；甚至圓了 50 年來的夢想，拍攝 3 部電影詩作品。這些都充分表達他對於文學思想以及藝術與美學的觀點，也是他離開中國大陸、到法國巴黎這 27 年來努力的成果，因爲他深深體驗到自己的自由得來不易。高行健說：「我珍惜我得來的自由，不易啊，我前半生都浪費掉了、耗掉了，終於有了這個自由。自由來之不易，我捨不得把這個自由輕輕放過去，把它充分實踐我這一生想做的事情。」27 年來，高行健雖然走訪世界各國，但幾乎都在工作，每天晚上都忙到 12 時才上床睡覺，就連星期天也一樣。〔註 1696〕

　　4 月，湖北的《文學教育》2014 年第 4 期雜誌刊發薛莉莎的論文《例談高行健對布萊希特戲劇理論的借鑒》。

　　作者單位爲華中師範大學文學院，該文指出：劇作家高行健大學時接觸的過戲劇家布萊希特的作品後便深受其「陌生化」理論的影響，其多主題複調現

〔註 1695〕筆者 2014 年 7 月在澳門大學查找的網絡信息。
〔註 1696〕莊園著《個人的存在與拯救——高行健小說論》第 355 頁。

代史詩劇《野人》便體現了高行健對布萊希特戲劇理論的借鑒。該文從自由的時空觀、敘述體戲劇觀及複調性三個方面來論述高行健的創作實踐。〔註1697〕

4月，《天津師範大學學報社科版》2014年第2期刊發黃一、黃萬華的論文《歐洲華文文學：遠行而回歸中的文化中和》。〔註1698〕

文章肯定了高行健和程抱一的文學貢獻，認為展示了新世紀歐洲華文文學的重要走向：遠行而回歸中的文化中和。

5月，香港大山文化出版社推出沈秀貞著作《語言不在家——高行健的流亡話語》。〔註1699〕

作者簡介：沈秀貞，曾多年從事文化工作於傳媒機構，並先後獲獎學金於倫敦大學及匹茲堡攻讀藝術行政及戲劇專業。香港科技大學人文學哲學碩士及博士，現供職於公共機構，亦為自由撰稿人。〔註1700〕

該書目錄如下：

《高行健研究叢書》總序	劉再復　潘耀明
序：自覺、自救與流亡	方梓勳
作者序	
前言	
——問題設定	
第一章　中國式流亡	
——複雜多義詞	
第二章　精神的放逐	
——地域空間的思考	
第三章　時間的離散	
——介入歷史	
第四章　以無助為家	
——有待發現的美學	

〔註1697〕薛莉莎《例談高行健對布萊希特戲劇理論的借鑒》，《文學教育（下）》2014年第4期，2014年4月25日出版。《文學教育》是半月刊，由華中師範大學和湖北新聞出版局華楚報刊中心聯合主辦。

〔註1698〕《天津師範大學學報社科版》2014年第2期第15～28頁。

〔註1699〕該書出版信息由劉劍梅幫忙查閱，特此感謝。

〔註1700〕沈秀貞著《語言不在家——高行健的流亡話語》一書靳口，香港大山文化出版社2014年5月初版。

結論

文化研究關鍵詞

中文參考書目

英文參考書目

高行健畫作

方梓勳指出：沈秀貞博士的論述博大精湛，很有深度，更具獨立的見解，是近年來高行健研究難得一見的好書。研究論文層次分明，分析有說服力。高行健作品一向令人迷惑，然此研究卻能提供鮮明角度加以闡釋，研究緊隨高行健由中國而至流亡歐洲的美學步伐，指出高具放逐意識的藝術語言，經常自我叩問和不斷反思，亦指出作者一直借語言創作，進行自我轉譯。〔註 1701〕

6 月，筆者在澳門大學與導師朱壽桐教授商議博士論文的寫作，確定寫作「高行健」。

7 月，《南都學壇（人文社科學版）》2014 年第 4 期刊發王靜斯、宋偉的論义《20 世紀 80 年代「現代派」文學論爭中的生存哲學「突圍」》。〔註 1702〕

8 月 20 日，劉再復的文章《高行健莫言比較論——在香港科技大學人文學部的公開演講》刊發在汕頭大學《華文文學》2014 年第 4 期。〔註 1703〕

8 月，《甘肅廣播電視大學學報》第 24 卷第 4 期刊發張靜的文章《對〈車站〉「等待」主題新的詮釋》。

摘要：對《車站》的出現戲劇界向來褒貶不一，但綜合分析，它與貝克特的《等待戈多》在創作層次、背景和意義以及劇中人物設置這三個方面有所不同。這需要對《車站》和《等待戈多》中的「等待」主題作進一步的詮釋。〔註 1704〕

9 月 26 日，在巴黎寫作《美的葬禮》序言。〔註 1705〕

9 月 26 日，達尼爾·貝爾吉斯寫作《高行健或葬禮的輝煌》。〔註 1706〕

〔註 1701〕沈秀貞著《語言不在家——高行健的流亡話語》封底。

〔註 1702〕《南都學壇》2014 年第 4 期第 51～54 頁。

〔註 1703〕《華文文學》2014 年總目錄，《華文文學》2014 年第 6 期第 126 頁，汕頭大學主辦 2014 年 12 月 20 日出版。

〔註 1704〕《甘肅廣播電視大學學報》第 24 卷第 4 期第 20～23 頁，2014 年 8 月出版。

〔註 1705〕高行健著《美的葬禮》，臺灣師範大學 2016 年 5 月出版。

〔註 1706〕高行健著《美的葬禮》第 10～13 頁，臺灣師範大學 2016 年 5 月出版。

作者爲法國藝術史家、藝術批評家、文學教授和畫家，該文由西零翻譯。他寫道：

高行健的影片《美的葬禮》一如唱誦死亡的歌劇，陰暗而輝煌，令人炫目。如標題所言，再明顯不過，展示的是巨大的喪葬儀式，莊嚴而悲愴，恰如莫扎特的《安魂曲》，聽到音樂，看到畫面，便深有所感。這番儀式將死亡的來臨展開爲一派盛大的祭奠和排場。這一主旋律和宏偉的交響，對西方觀眾來說，出於一種巴洛克美學。既是一種所謂黑色的巴洛克，凌駕於死之輝煌和不朽的葬禮之上；又是另一種所謂白色的巴洛克，節日的氣氛中，幽默與嘲弄也交織其間，弄得荒誕不經。最後是對《聖經》中的最後晚餐的反諷，可說是用滑稽突然把悲愴化解掉，將狂歡倒轉爲噩夢，到了極致。在西方的傳統裏，只有最偉大的創造者才能有同樣的膽識，敢去打破調性的和諧，人們想到的是但丁、莎士比亞、雨果，在這種時刻竟然把最深沉的悲痛倒轉爲捧腹大笑。

死亡如同管風琴終場的樂劇般迴響，將作品的全部和聲盡收其中。這死亡也如同一個擺脫不開的主題，從影片一開始就完整結構其中。人的臉和大自然與城市的景觀，頹敗的徵兆處處可見。此外，還有些高行健的水墨畫，以疊印的方式呈現，而死亡的前景感染到每一個畫面。然而，不管是現代社會還是古典美，色彩大都飽和而鮮豔。這種倒置，由於一些面孔白得幾乎不眞實就更爲突出，彷彿人人都是面具。而一段又一段的編舞，精細準確，卻捨去即席的含義，看來如同沒有明顯內涵的一種表現主義，這所有的張力都促使人期待其意義的呈現。這同中國戲劇傳統的舞臺設計顯然有關，這些圖像通過拍攝，造成一種間離的效果和人物木偶化，導致一種陰森的舞蹈，令人暈眩，死亡通過生命的形式在歡慶。

影片中對世界的看法帶上虛無印記，卻以一場令人炫目的演出得以頌揚。

在照相寫實主義背後，高行健的藝術做的是非現實化。這種陌生化把我們抽離自我，置身於生存之謎中。

他透過指揮死亡的慶典這《美的葬禮》，發出迴響，積極呼喚，再創一番美學的輝煌。

10 月 18 日，**劉再復在香港清水灣寫作《要什麼樣的文學——在香港科技大學與高行健的對話》。**

　　劉文指出：高行健所要的文學，完全超越教科書所描述的基本文學類型，既不是載道的文學，也不是言志的文學，既不是抒情的文學，也不是譴責的文學。他特別指出，他所要的文學也不是「抨擊時政，干預社會」的文學，這就是說，這種文學不介入政治，甚至不要介入社會，它拒絕文學成爲政治的號筒與政治的注腳，但也拒絕把文學變成改造世界與改造社會的戰車與工具。把文學變成政治機器的齒輪與螺絲釘，或變成某種政治意識形態的轉達形式是文學的陷阱，而把文學變成干預生活、干預政治、干預社會的手段，同樣是文學的陷阱。所以，高行健一直反對把「社會批判」當成文學創作的出發點。正因爲這樣，所以他不把文學當作匕首、投槍（魯迅語）；不把詩歌當做「時代的鼓手」（聞一多語）；更不把文學當作穿軍裝的另一種軍隊（毛澤東語）。總之，高行健的文學理念是區別於古代「文以載道」和「言志抒情」的理念，又區別於現當代思想者包括魯迅、聞一多、毛澤東、劉賓雁等提出的文學理念。高行健對西方馬克思主義如法蘭克福學派的文學理念也不附會，例如阿多諾認爲，文學乃是對生活的批評。而高行健則認爲，文學如果以批評生活、批判社會爲出發點，勢必會使文學停留在社會的表層上滑動，從而遠離文學的本性，即離開文學對於人性的開掘，以致喪失文學的人性深度與人性眞實，說得更明白一些，就是可能使文學落入晚清譴責小說《官場現形記》、《二十年目睹這怪現狀》的水準，而遠離《紅樓夢》的水準。

　　文學要走出二十世紀流行的大思路是否可能？我和高行健都認定，這是可能的。因爲文學乃是充分個人化的事業，一切取決於個人；不取決於國家，不取決於團體和機構，也不取決於時代環境，而是取決於作家自己「獨立不移」的品格。高行健的每一篇文論，都是文學的「獨立宣言」。「獨立不移」，意味著確認文學乃擁有自性、擁有主體性的精神存在；也意味著文學應當超越政治、超越集團、超越市場、超越各種主義，不僅要超越「泛馬克思主義」，而且要超越「自由主義」，甚至要超越自文藝復興以來流行的老「人道主義」，如果「人道主義」不能落實到個人身上，這種主義，就會變成一句空話。唯有丟開各種主義的負累，作家的智慧才能得到解脫，精神才能得到大自由，作家才能得到精神大自在。

　　如果說「獨立不移」四個字是作家的立身態度，那麼「自立不同」四個字則是高行健的創作理念。他認爲，文學的可貴在於「不同」，而不是「認同」。不同是原則，是別開生面，是發前人所未發。他不僅不認同二十世紀

流行的文學藝術大思路，也不認同民族主義理念。他不僅要超越政治、市場，而且要超越國界，超越民主文化背景，而面對共同的人性與全人類共同的焦慮。他還警惕「雷同」，不雷同前人與他人，也不雷同自己、不重複自己。他的「冷」的文學，不是冷漠，而是冷觀，不是意志的飛揚，而是認知的深刻。〔註1707〕

10月20日，《華文文學》2014年第5期刊發筆者的論文《鄉愁的氾濫與消解——簡論華文作家的三種離散心態》。

論文摘要：本文以三位華文文學著名作家余光中、嚴歌苓、高行健為研究個案，分析中國人在離鄉去國後幾種不同的文化心態，闡釋他們在寫作中體現出來的「鄉愁的氾濫與消解」，探討近代以來的中國知識分子與現代性思想脈絡的內在關聯。〔註1708〕

10月24日，高行健研討會在香港科技大學舉行。劉再復的演講題目為《打開高行健世界的兩把鑰匙》。〔註1709〕

劉再復認為，有兩把鑰匙可以開啟高行健的世界大門。這兩把鑰匙，用哲學的語言表述，乃是兩項對舉。一個是尼采與慧能的對舉；第二是尼采與卡夫卡的對舉。抓住這兩項對舉，就可抓住高行健的思想主脈。當下世界，很講究關鍵字，我說的這對舉，既是關鍵字，又是關鍵名。尼采、慧能、卡夫卡，還有沙特、馬克思，都是高行健思想世界的關鍵名。對於尼采、沙特、馬克思，高行健的基本點是批評的、批判的、反思的；對於慧能和卡夫卡，其基本點則是肯定的、讚揚的。

高行健認為，尼采在現實生活中本就是一個病人，一個瘋子，而其思想也帶瘋癲病。這種病症由他自己先發作，然後傳染給德國給全世界，變成二十世紀的時代症。這種病症可以叫做膨脹病、浪漫病。高行健認為，尼采是歐洲最後的浪漫，他宣布「上帝死了」，而以「超人」的自我取代上帝，鼓吹的實際上是自我上帝。二十世紀受其思想影響，出現了許多小尼采，他們狂妄地宣布過去等於零，而自己乃是「創世紀」的新主宰。這些小尼采便是浪漫的自我與膨脹的自我。因此，尼采實際上是給世界創造了一種「自我的地獄」。這一地獄，既投向社會，也投向文學藝術。高行健批判說：尼采宣告的

〔註1707〕劉再復著《再論高行健》第135～140頁。
〔註1708〕《華文文學》2014年第5期第46頁，2014年10月20日出版。
〔註1709〕劉再復著《再論高行健》第141～146頁，臺北聯經事業股份有限公司2016年12月初版。

那個超人，給二十世紀的藝術留下了深深的烙印。藝術家一旦自認爲是超人，便開始發瘋，那無限膨脹的自我變成盲目失控的暴力，藝術的革命家大抵就這樣來的。然而，藝術家其實同常人一樣脆弱，承擔不起救人類的偉大使命，也不可能救世。

尼采的「膨脹自我」，導致各個領域產生大瘋子、大狂人，在二十世紀，就產生了希特勒、斯大林、毛澤東、波爾布特這類獨裁者。在藝術界，則產生許多以「藝術革命」取代「藝術創造」的自認爲是「超人」的瘋子。他們自認爲是救世主，實際上卻是一個個失控的充滿領袖欲望的自我。這些「藝術革命家」，以觀念代替審美，以廣告代替藝術，以顛覆代替創造。空空蕩蕩，什麼也不是，什麼也沒有。在人文領域，則產生許多標榜自己是「正義化身」、「社會良心」、「人民代言人」甚至是社會救星的所謂「革命家」，其實，他們都是小尼采、中尼采和大尼采。他們的內裏也充滿人性的欲望、領袖的欲望。

面對尼采這一現象，高行健從中國文化中找到一個與之對舉的偉大人物。這就是禪宗六祖慧能。高行健不是把慧能視爲宗教家，而是把慧能看作一個人，一個很有智慧而又實實在在的人。高行健還獨樹一幟，把慧能看作是一個思想家，一個無須邏輯分析過程和思辨過程也能思想的偉大思想家。他的寶貴，不在於提供「修行方式」，而是提供獨特的「思維方式」。他的思想特點是放下概念（不立文字）而集中要害（明心見性）取勝。慧能與尼采那種「膨脹自我」的大思路正相反，他高舉「破我執」的旗幟。不僅破法執，而且破我執。所謂破我執，就是掃除個人的種種妄念、妄見、妄想，從而冷觀自我，反思自我，遏制自我的誇大和誇張。尼采鼓吹「超人」哲學，而慧能則相反，他宣揚的是「平常」哲學，即得道之後仍然懷著一顆平常心，做一個平常人。

高行健認爲，文學應當面對平常人的存在，因爲平常人才是眞實的人，才是實實在在的人，才是豐富複雜的人，才是有血有肉的人，而所謂的「超人「，那不過是幻想中的人，妄念中的人，並不存在並不眞實的人。「超人」、「至人」、「大寫的人」、「高大全的人」，都是人的假命題、假概念，文學應當告別人的種種假命題，而歸於「脆弱人」，面對眞實的人性和他們的眞實處境。

　　高行健對中國五四新文學運動有一個特殊角度的反省。他認為，面對這兩個德語作家，五四以來的文化改革先行者有一個很大的缺陷。這就是把視野投向了尼采，而未能投向卡夫卡。

　　投向尼采，借用尼采哲學反對中國的奴性，這有它的積極意義。尼采反對奴隸道德，反對弱者的道德，他的這些思想對於喚起中國人的尊嚴，確實起了啟蒙作用。然而，因為文化改革者們對尼采只是崇奉而未加批判，所以五四所張揚的自我，便走向浪漫的自我和膨脹的自我。從個體而言，這種自我總是情緒有餘而理性不足；從群體而言，那個群體的大我，也格外膨脹與浪漫，結果便形成魯迅所說的總是在革命──革革命──革革革命中進行大循環，以為革命真能改變一切改造一切。

　　與尼采相反，卡夫卡完全告別浪漫，也不沿襲抒情、言志、載道、寫實這一套古老範疇，他只是冷觀。卡夫卡不是貴族，也不是資產階級，只是一個小職員，但他卻有一種敏銳的感覺。他冷靜地觀察社會，冷靜地認知社會，用自己的作品呈現社會的真實與人性的真實，創造出「荒誕」這一無比深刻的文學新範疇。他的代表作《變形記》、《審判》、《城堡》所表現出來的世界認知和對於人的存在的深刻認知，至今都沒有過時。人在工業化（現代化）的條件下，並不是愈來愈優越，而是變成一隻可憐的小蟲。人本來什麼都沒有，卻變成到處受到審判的囚徒；人製造了龐大的現代化機器和現代化設施，卻被這些機器與設施所異化。所謂異化，就是人被自己所製造的東西所主宰所統治。卡夫卡的作品不僅抵達了文學的制高點，也抵達了哲學的制高點。

　　可以說，不瞭解卡夫卡，就不能瞭解高行健。高行健主張的「冷文學」，其實就是卡夫卡式的文學，就是面對人性的真實，面對人類生存困境的文學。卡夫卡作品中沒有政治法庭也沒有道德法庭。他寫資本主義社會，但不是對資本主義的批判。他什麼主義也沒有，什麼情緒也沒有，只是面對資本主義社會條件的人的存在，做了最深刻的認知與呈現。高行健也是如此，他像卡夫卡一樣，冷靜觀察世界與人，清醒地認識豐富複雜的人與世界，認定作家沒有必要把自己的創作納入意識形態的框架與倫理道德框架。他深知，一旦納入這種框架，視野就會變得狹窄，文學就會失去他的廣闊天地與人性深度。
〔註1710〕

〔註1710〕劉再復著《再論高行健》第141～146頁。

香港科技大學賽馬會高等研究院

高行健作品國際研討會

日期：2014年10月24日（星期五）

地點：香港科技大學 李兆基校園 盧家聰薈萃樓

時間	講題	講者	主持
9:30－9:40	歡迎辭（李中清院長） 開幕辭（劉劍梅）		劉劍梅
9:40－9:55	高行健與他的舞蹈詩劇《夜間行歌》	陳順妍	
9:55－10:10	高行健與自覺的藝術	方梓勳	
10:10－10:25	高行健之別於存在	張寅德	
10:25－10:40	《逃亡》：記憶與遺忘	魏簡	
10:40－10:55	高行健小說創作的再評價	季進	
10:55－11:10	茶歇		
11:10－11:25	「無主義」的個人與文學——以《一個人的聖經》為中心	梁鴻	
11:25－11:40	La Silhuette sino l'ombre：高行健的第一部電影作品	楊慧儀	
11:40－11:55	高行健畫作中的夢境與心境	譚國根	
11:55－12:10	高行健、慧能、尼采	劉再復	
12:10－12:15	結語	高行健	
12:15－12:50	討論		

*搖滾音樂劇《山海經傳》將於13:30開始放映

　　當天，筆者到香港科技大學參加高行健國際研討會，在會場與高行健先生和劉再復先生合影留念。得知筆者即將做與高行健相關的博士論文，劉再復先生當即邀約一本 20 萬字的書稿。

　　參加研討會的學者包括陳順妍（高行健小說英文翻譯，悉尼大學和香港公開大學兩校的名譽教授、澳大利亞人文科學院院士）、方梓勳（香港翻譯家）、張寅德（香港法國現代中國研究中心特聘研究員）、魏簡（法國現代研究中心主任）、季進（蘇州大學文學院教授）、梁鴻（中國青年政治學院中文系教授）、楊慧儀（香港浸會大學翻譯課程副教授）等。該研討會由劉劍梅教授主持。研討會後，還有根據高行健的劇作《山海經傳》改編的搖滾音樂劇放映會。〔註 1711〕上圖的活動日程安排表由筆者翻拍。

　　10 月 27 日，劉再復與高行健在香港科技大學對談，題目爲《要什麼樣的文學》。〔註 1712〕

　　10 月 28 日，劉再復與高行健在香港大學對話，題目爲《美的頹敗與文藝的復興》。〔註 1713〕

〔註 1711〕《華文文學》2014 年第 6 期封二，2014 年 12 月 20 日出版。
〔註 1712〕劉再復著《再論高行健》第 135～140 頁。
〔註 1713〕劉再復著《再論高行健》第 147～153 頁。

劉再復說：二十世紀經歷了三種根本性的頹敗。第一是理性的頹敗。從十八世紀西方啓蒙運動所創造的啓蒙理性體系，被二十世紀的兩次世界大戰和奧斯維辛集中營、古拉格群島、南京萬人坑、文化大革命「牛棚」等象徵性的罪惡圖騰摧毀了。在理性頹敗的同時，是人性的頹敗。還有一種巨大的頹敗，就是美的頹敗。高行健的長詩《美的葬禮》，寫的就是美的輓歌。

高行健雖然看到美的頹敗，但是他從未失去對美的信念。而且認爲，即使當下俗氣的潮流無孔不入的時代，文學藝術照樣可以復興，照樣可以有所作爲，有新的大創造。也就是說，文學可以超越時代而獨立贏得自己的位置。高行健在論證文藝復興的可能性時，提出了一條無可駁倒的理由，這就是文學藝術乃是充分個人化的事業，一切取決於個人。包括文學藝術復興，也取決於個人。

從古代的但丁、曹雪芹，到當代的錢鍾書、高行健，都說明：文學的興衰完全取決於作家個人的創造力，也即他們非凡的膽識與筆力。好作家任何時候都可以天馬行空。只有作家自己意識到自由才有自由。作家不能等待上帝的恩賜，也不能等待政府的照顧。作家一旦覺悟到一切取決於自己，就可能在任何時空中進行大創造。即使在最黑暗的年月，也可以出傑作，無論是誰，都可以通過「藏書」、「焚書」（李卓吾）的方式，贏得創作的自由。〔註1714〕

10月底，高行健的畫作運到布魯塞爾，他又去皇家美術館，在大廳裏做最後的修訂。〔註1715〕

10月，《東嶽論叢》2014年第10期刊發何碧玉撰、周丹穎譯的文章《現代華文文學經典在法國》。〔註1716〕

11月1日，香港藝術發展局網頁上的「藝術新聞」發表香港中文大學記者對高行健的訪問，題目爲：人生就是一個困境。〔註1717〕

報導這樣寫：諾貝爾文學獎得主高行健應邀到香港中文大學，與好朋友方梓勳教授對談《藝術與人生》，現年74歲的高行健認爲：人生就是一個困境，面對內外種種不同的約束，人可以從中解脫出來，通過藝術及文學，從精神中達到自由。

〔註1714〕劉再復著《再論高行健》第147～153頁。
〔註1715〕西零著《家在巴黎》第236～237頁。
〔註1716〕《東嶽論叢》2014年第10期第53～60頁。
〔註1717〕筆者2017年12月在澳門大學查找的網絡信息。

12 月 20 日，劉再復與高行健的對談《要什麼樣的文學》刊發在汕頭大學《華文文學》2014 年第 6 期，文字整理：潘淑陽。〔註 1718〕

12 月，杜特萊的文章《諾貝爾文學獎中文得主莫言和高行健在社會中的地位》發表在《揚子江評論》2014 年第 6 期上。

杜特萊指出：莫言和高行健分別於 2012 年和 2000 年問鼎諾貝爾文學獎，都引起了爭議。這不禁引起我的關注和思考：兩人的經歷和文學作品存在著眾多明顯的差異，那麼這兩位使用中文創作的作家之間是否存在共同之處呢？通過兩人的論文集和頒獎前一天在瑞典講壇發表的演說辭，我力圖進一步闡述他們所持不同的立場，尤其是作家角色與社會干預之間的關係。兩人都是中文作家，他們的出生、教育、生活經歷以及在中國社會中的地位卻截然相反。然而深入研究他們的作品之後，便發現兩者有很多重要的相似之處，這能夠幫助我們進一步理解他們在對待獲獎頒發標準以及身份問題所持有的態度。〔註 1719〕

他的結論是：兩位中文作家對文學的捍衛，他們堅信自己不是政治家，也不是為了某種事業而獻身的鬥士。他們認為作家的使命首先應是探索筆下芸芸眾生的人性。他們並不否認文學可以關注政治問題，如高行健從「外」，莫言在「內」大量書寫了中國存在的問題：莫言敢於在《酒國》鞭笞中國社會的腐敗問題，在《蛙》中尖銳地揭露了計劃生育無情的一面；而高行健《一個人的聖經》中也呈現了掀起「文革」十年浩劫的政治手腕。但他們所唾棄的是，為展現政治卻以犧牲作品的文學獨特性為代價的做法。兩位作家充分利用了他們富於想像力的語言來描述現實事件。無論是《一個人的聖經》中「我」「你」「他」多人稱代換的實驗敘述，還是《酒國》中潛心營造的「套中套」多重結構（小說以曲筆形式觸及了中國大陸的敏感話題），所有這些創新風格給兩位作家拓展了小說藝術的表現空間，使其更充分地自由表達。也正由於他們勇於探索的精神，才成為名至實歸的大作家，創作出不朽的世界文學巨作。〔註 1720〕

這一年，劉再復寫作《高行健的又一番人生旅程》，介紹高行健獲諾獎後的情況。

〔註 1718〕《華文文學》2014 年第 6 期第 5～10 頁，2014 年 12 月 20 日出版。
〔註 1719〕《揚子江評論》2014 年第 6 期第 15 頁，2014 年 12 月出版。
〔註 1720〕《揚子江評論》2014 年第 6 期第 18 頁。

劉再復指出：高行健 2000 年獲諾貝爾文學獎。儘管抹黑攻擊者有之，但無法否認，這是突破，是首創，是里程碑。所以余英時先生引用蘇東坡的詩句並改動了三個字祝賀他：滄海何曾斷地脈，白袍今已破天荒！」貼切極了。高行健真的是破了天荒，為漢語寫作爭得巨大的光榮。聽說，諾貝爾獎是休止符，獲獎後再也難以前行。可是，高行健又破了這個符咒，他以令人難以置信的精神，繼續全方位展開他的試驗性創造。十四年來，他戰勝了疾病（兩次緊急住院，兩次大手術），竟然又做出一番驚人的成就。我佩服獲獎前的高行健，更佩服獲獎後的高行健。我慶幸自己三十年前就跟蹤他的足跡，並從中獲得啟迪與力量。每次與東方友人講起高行健的故事，我總愛說，他竟像莫里哀也暈倒在舞臺上，寫劇本還要自當導演，太累了。這回他再次東臨香港，我便想藉此機會介紹一下他獲獎後的又一番人生旅程。

自編自導創作不輟。2002 年至 2003 年法國馬賽市舉辦了「高行健年」。他自編自導的大型歌劇《八月雪》，請旅法華人音樂家許舒亞作曲，由臺灣國家戲劇院和馬賽歌劇院聯合製作，在臺北和馬賽公演。2005 年我有幸在馬賽觀賞演出，親眼看到法國觀眾一次次起立歡呼鼓掌，並知道場外一票難求，等著下一場演出。他用法語寫的劇作《叩問死亡》由自己導演，並在馬賽體育館劇場公演，同樣場場爆滿。他的畫展「逍遙如鳥」在馬賽老修道院博物館演出，黑白兩個大廳，十七幅在畫布上的巨大水墨新作，兩米半高，總長度達六十米，其壯觀令人興歎。此外，他還自編自導拍攝了自己的第一部電影《側影或影子》。同時期，普羅旺斯大學舉辦了他的國際研討會，由杜特萊教授編成文集出版。該校圖書館還建立了「高行健資料與研究中心」。

這時候他剛六十出頭，仍然是個「拼命三郎」。我們每次通電話，我都要警告他別太玩命，怕他還是依然故我。第二年（2004 年）他終於病倒了，做了兩次大手術。2005 年我到巴黎看他。除了特別的白米飯和蔬菜，他什麼也不能吃。他吃著最簡單的食品，卻照樣情思奔湧，照樣創造奇觀。2006 年我到臺灣（中央大學與東海大學）時就聽說，臺大學生正在電視屏幕前傾聽高行健的「文學四講」：《作家的位置》、《小說的藝術》、《戲劇的潛能》、《藝術家美學》，每講都很長、很精彩。

過了一年多，我和他又在香港相逢。那是 2008 年法國駐香港澳門總領事館和香港中文大學聯合主辦的「高行健藝術節」，還舉行關於他的國際研討會，放映他的歌劇和電影，上演他的《山海經傳》（蔡錫昌導演），香港藝倡

畫廊則舉辦他的畫展，中文大學圖書館同時舉辦「高行健：文學與藝術」特藏展。中文大學和《明報月刊》還分別舉行兩場講座：一場是他獨自講述有限與無限，創作美學，一場是他和我的對話「走出二十世紀」。對談中我再次感受到他的思想愈來愈活潑，活潑到令我暗暗震驚。

2010 年初，高行健七十歲誕辰時，英國倫敦大學亞非學院舉辦「高行健的創作思想研討會」，我也禁不住內心的翻騰，寫了《當代世界文學中的天才異象》，概說高行健的卓越成就。

全方位藝術家當今罕見。2011 年，我又參加了兩次高行健國際研討會。一次在韓國，一次在德國。在韓國國際論壇上，高行健發表了「意識形態與文學」專題演講。在高麗大學舉辦的「高行健：韓國與海外視角的交叉與溝通」國際學術研討會上，他倒沒說話，而我發表了「高行健給世界提供了什麼新思想」的論說綱要。講他面對的是真實的世界和真實的人性，提供的是最新鮮的思想。之後我們還一起到檀國大學演講。那幾天韓國國立劇場舉辦「高行健戲劇節」，上演了他的劇作《冥城》和《生死界》，還召開他的戲劇研討會。在此會上，我說在我心目中至少有四個高行健：小說家高行健、戲劇家高行健、畫家高行健和理論家高行健。同年，德國紐倫堡愛爾蘭根大學國際人文研究中心舉辦「高行健：自由、命運與文學」大型國際研討會，各國學者宣讀了二十七篇論文，還放映他的電影，舉辦他的畫展，之後又出版了研討會上的論文集。我給研討會與論文集提供的綱要性論文題為《高行健的自由原理》。近日，此文被收入英文論文集中。在嚴肅的國際研討會場合，我說自己心目中有多個高行健，絕非妄言。應該說，當今世界很難見到像這樣全方位的作家藝術家，不僅身兼小說家、劇作家，還當詩人、電影導演和畫家，不只創作，還有思想理論著述。

十四年來，他新的法文劇作《叩問死亡》和法文詩劇《夜間行歌》以及法文詩畫集《逍遙如鳥》相繼出版了，這些作品他也都重新寫成中文本在臺灣出版。2011 年臺灣聯經出版公司出版了他的第一部詩集《遊神與玄思》，其中大部分是近年的新作，我為這部詩集作序，不僅先睹為快，而且感受到行健詩「響應時代困局」、「回應真實世界」的特色。他的四部思想論著《另一種美學》、《論創作》、《論戲劇》（與方梓勳合著）和《自由與文學》，則提供當下世界最清醒的美學觀和文學藝術觀。我很高興能為其中的兩書作序。寫序文時，我才真切地感到，這四本新的思想理論著述延續了 90 年代初他那本

《沒有主義》的思路，也即超越政治功利和意識形態的框架，進而又闡述了現時代人的生存條件與困境，對作家藝術家在現實社會中的位置，也提供了清醒的判斷，從而告別二十世紀的那些主流思潮，也不理會市場的炒作與所謂時尚，提出了許多發人深省的思考。迄今為止，全世界出版的高著各種語言譯本和對他的研究專著已多達三百二十多種。

高行健的劇作不僅演遍歐洲各國，亞洲的日本、臺灣、香港、新加坡和澳大利亞，不斷上演，從北美的加拿大到南美的墨西哥和玻利維亞與秘魯，乃至非洲的多哥都演過他的戲，且不說高行健不僅導演了大型歌劇《八月雪》和五部劇作《彼岸》、《對話與反詰》、《生死界》、《叩問死亡》和《週末四重奏》，且不說美國不少大學的戲劇系與法國的一些戲劇學校把他的戲納入教學劇目。據不完全的記載，至今已有上百部戲劇製作，當今世界還健在的劇作家之中恐怕難得有這番幸運。

畫作八方放彩。他的畫展至今已舉辦超過九十次，其中八十次是個人展，從歐洲展到亞洲，乃至於美國，出版了三十四本畫冊。然而，在中國卻只有一次非正式的展出，這還是上世紀八十年代中期，北京人民藝術劇院上演《野人》之際，他同從貴州請來做民俗面具的草根藝術家尹光中合作，做了一次純然民間的雙人繪畫與砂陶面具展。而在海外，他的畫作則八方放彩。第一次大型個人回顧展，在法國戲劇節的勝地亞維農這著名的中世紀的大主教宮，由該市的市政府主辦（同時，亞維農戲劇節還演出了他的《生死界》、《對話與反詰》以及由他的諾獎演說辭《文學的理由》改編的朗誦性劇本）。法國的弗拉馬利永出版社則同時出版了他的藝術論著與畫冊《另一種美學》，這本畫冊很快由美國最大的哈普克林出版社和意大利最大的黑佐利出版社出版了該書的英文和意大利譯本。從此他的畫作在歐洲、亞洲和美國許多美術館頻頻展出。

近十年來，他還編導了鮮為大眾所知的三部詩性電影，《側影或影子》、《洪荒之後》和新近的《美的葬禮》，充分實現了他年輕時所做的「電影詩」之夢。這些影片擺脫了電影通常的敘述模式，無故事情節可言，鏡頭的運用如同詩句一樣自由，給觀眾留下想像的餘地，很能激發人思考。就電影藝術而言，它提供了一種新的樣式和有意味的前景。

高行健的文學作品現今已有四十種語言的譯本，僅阿拉伯語就有三種不同的譯本，葡萄牙語有兩種波斯文也有兩種。還有鮮為人知的語種，如西班

牙的卡達蘭文，法國的布列塔尼文和科西嘉文，都有他的譯本。他的長篇小說《靈山》已成爲世界文學的現代經典。不僅美國的 Easton Press 出版了該書的羊皮燙金珍藏本，而且在法國的全民閱讀週裏，愛克斯市從圖書館到各大書店乃至街頭，一個星期內《靈山》的朗誦會不斷。前年，法國文化電臺晚間八點半新聞節目後最好的時段，播放該書分章節的配音朗誦，一誦就是十五天。而香港電臺的《有聲好書》節目，從今年十月起將連續廣播全書，共八十一章。2005 年，我在巴黎高行健家中兩個星期，他寓所旁有間小房，專門收藏各種譯本，我進門便如見至寶，一本一本抽出來玩賞並問行健，小筆記本也作了記錄。

　　高行健的三生。高行健不止一次說過，他「三生有幸」。第一生，從 1940 年出生於抗日戰爭時期，隨父母逃難。日後長大成人，父母雙亡，又不斷逃離寫作招致的政治壓迫，而終於作爲政治難民在巴黎定居，以《逃亡》一劇結束了第一生。第二生，作爲法國公民，同時用中文和法文雙語自由寫作，寫了五個法文劇本，並身兼法國作家和漢語寫作作家赴斯德歌爾摩接受諾貝爾文學獎，法國文化部長也專程出席瑞典國王的授獎儀式，法國大使爲此舉辦了配上樂隊的盛大晚宴。之後，法國西哈克總統又在總統府舉辦榮譽軍團授獎儀式，第二次授予高行健騎士勳章。中國大陸拋棄他，法國則熱烈擁抱他。此外，他還相繼獲得意大利費羅尼亞文學獎、意大利米蘭藝術節特別致敬獎、美國終身成就學院金盤獎、美國紐約公共圖書館雄獅獎、盧森堡歐洲貢獻金獎和法國文藝復興金質獎章。他的第三生，從此自認世界公民，而且打破作家藝術家的職業藩籬，從事跨領域的文學藝術創作。他諸多的創作與思想，已經大大超越所謂中國情緒和中國語境。他本人也不理會所謂「認同」，不管是地域國家認同還是民族文化認同。他強調的恰恰相反，是作家藝術家個人在全球化的現時代獨特的認知和表述。但他同時又反對割斷傳統，不管是東方還是西方的傳統，他都一概視爲是人類的精神財富。他還不斷嘲弄尼采的「超人」和膨脹的「自我」，不認爲個人能擔當改造世界的「救世主」，但又並非虛無主義，相反，他相信人可以認知世界。他的創作思想已經引起東西方學者的注意，但是，應該說，對他的研究才剛剛開始。

　　明年二月在布魯塞爾的比利時皇家美術館和伊克塞美術館將舉辦他迄今爲止最大規模的個人畫展。皇家美術館將展出以「潛意識」爲主題的巨型系列新作，另一家美術館將同時舉行他的大型回顧展，高行健可以說是一個工

作狂，定居巴黎二十七年，還沒有過過暑假，甚至也不過週末，只要沒有來訪和出訪，總在工作。用他的話說，他總算把在中國浪費掉的大半生，找回來補回來了，沒有遺憾了。他在電話中這樣告訴我，今年夏天如果完成比利時系列，也算是給畫家的生涯畫個句號，明年就不再接受新的計劃，可以休息養老了。此次，我到科技大學，他也應科技大學人文學部之邀前來訪問。在此次相逢中，我將對他說：佛教觀止兩大法門，你的「觀」門已經圓滿，恐怕要進入「止」的法門了。

美國演出《彼岸》。法國巴黎咖啡舞蹈劇場演出舞蹈節目《靈山》。西班牙藝術節放映《美的葬禮》。意大利米蘭藝術節放映《美的葬禮》並舉行高行健詩歌朗誦會。臺灣師範大學和故宮博物館、臺北市立美術館、臺中美術館聯合舉辦《美的葬禮》在臺放映會。捷克布拉格演出《彼岸》。法國亞維農戲劇節黑橡樹劇場演出《逃亡》。法國巴黎修道院劇場舉行高行健的戲劇電影討論會和《獨白》朗誦會。丹麥哥本哈根自由原野戲劇節演出《夜間行歌》。德國出版英文版論文集 Freedom and Fate in Gao Xingjian's Writings.意大利出版《生死界》意大利文譯本的藝術畫冊。〔註 1721〕

揚州大學陸展（中國現當代文學專業，導師陳軍）提交的碩士論文爲《1980 年代高行健探索戲劇的接受研究》。

該論文主要從接受美學的角度研究 1980 年代高行健探索戲劇的接受軌跡和接受狀況。〔註 1722〕

廣西師範學院李娜（比較文學與世界文學專業，導師謝永新）提交的碩士論文是《高行健長篇小說的藝術形式研究》。

四川外國語大學黃婧媛（中國現當代文學專業，導師李偉民）提交的碩士論文是《融合與分裂——高行健先鋒實驗戲劇複調藝術思維研究》。

該文認爲，高行健特別引人注目的，是他的複調藝術思維方式。〔註 1723〕

2015 年　75 歲

1 月 20 日，《小說評論》刊發何平的文章《「國家計劃文學」和「被設計」的先鋒小說》。

〔註 1721〕劉再復著《再論高行健》第 261～263 頁。
〔註 1722〕中國知網，中國優秀碩士學位論文全文數據庫。
〔註 1723〕中國知網，中國優秀碩士學位論文全文數據庫。

　　文章開篇這樣說：「先鋒小說三十年」，把中國當代先鋒小說的起點放在 1985 年，而不是更早。確實可以更早，比如早到 1981 年花城出版社出版的高行健的《現代小說技巧初探》，比如可以早到《上海文學》1982 年第 8 期的「關於當代文學創作問題的通信」，該期集中發表了馮驥才的《中國文學需要「現代派」！──馮驥才給李陀的信》、李陀的《「現代小說」不等於「現代派」──李陀給劉心武的信》、劉心武的《需要冷靜地思考──劉心武給馮驥才的信》的三封通信。這後來被稱爲「三隻風箏」的三封信是由高行健的《現代小說技巧初探》引發的，可視爲中國當代先鋒小說的先聲。〔註 1724〕

　　2 月 20 日，福建的《藝苑》雜誌 2015 年第 1 期刊發評論劇作《逃亡》的論文。

　　論文題目爲《弔詭意義：略論〈逃亡〉的寓言圖景》（作者王藝珍，乃廈門大學戲劇與影視學碩士研究生），該文指出：高行健的戲劇富有寓言性質，這在《逃亡》中同樣有所體現。語義混亂、人物限於玄談、劇情人物敘事中止而依託難以逆料的處境變化，這些形式的應用使得《逃亡》最終消解了彼岸與此岸的聯繫，意義如「羚羊掛角，無跡可求」。高行健將自我生命的體驗進行直覺觀照，因此他的戲劇呈現出一派荒原景象。〔註 1725〕

　　2 月，法國哲學家和哲學史家讓－皮埃爾·扎哈戴撰、蘇珊譯的論文《超越二律背反的美學觀》刊發在《明報月刊》「明月」副刊 2015 年 2 月號上。

　　該文由影片《美的葬禮》引發討論，全文分爲「一場罕見的越界」、「革新不意味著否定前人」、「暗示比提示微妙」三個部分。文章指出：

　　高行健的影片《美的葬禮》要同他 1999 年至 2002 年間寫的《另一種美學》聯繫起來看。片名則取自該文貫串的主題：當代藝術以美的喪失爲標誌，從集權意識形態中解脫出來的當代藝術卻未能擺脫全球化與市場，以及另一種唯新是好的意識形態。由此導致一種策略，將前人統統掃蕩，甚至連古典繪畫中極爲重要的手藝也一併丟棄。

　　把《另一種美學》同這影片的片名聯繫起來看，人們很可能以爲是一部對已經過去的藝術黃金時代懷舊的影片，一部古典主義乃至於從形式上也一

〔註 1724〕《小說評論》2015 年第 1 期第 73 頁，2015 年 1 月 20 日出版。

〔註 1725〕王藝珍《弔詭意義：略論〈逃亡〉的寓言圖景》，《藝苑》2015 年第 1 期第 48～50 頁，2015 年 2 月 20 日出版。《藝苑》是 2005 年創刊的雙月刊，由福建藝術職業學院主辦、福建省文化廳主管的省級期刊。

反當代藝術的影片，這可就錯了。影片就好在令觀眾幡然醒悟，這種判斷過於倉促。人們擔心會是一部反當代藝術的古典主義傳統影片，《美的葬禮》恰恰相反，遠離所有的古典主義，而是一部當代作品，甚至出乎觀眾意料，超當代。首先是影片本身的結構。影片的剪輯很重要，顯然受到愛森斯坦的影響，何奈和古達爾就不用說了。但影片的剪輯從始至終是拆卸的，一種方形的剪輯。不僅如馬爾羅斯所說的那種「拆開」，高在影片的鏡頭銜接中還用上「鑲嵌」。正如電影史上時常見到的，資源和經費貧乏的情況下卻產生最具實驗性和最驚人的創作。資金短缺不可能讓演員們去全世界拍攝，高把他在世界各地拍來的畫面先加以編選，作為投影，再讓他們在畫面中表演。這些圖像有的是在博物館拍攝的，經過再度拍攝，構成了一個想像的博物館。這就不僅是美的葬禮，也是美的慶典。這樣的效果確實抓住觀眾，把觀眾也投入這獨特的美術館的想像中。藝術作品，自然與都市的景象，包括工業與後工業的景象，演員們和人體，都在這想像的博物館中扮演某種角色。高向《寂靜的聲音》和《諸神的變形》的作者馬爾羅致敬，馬爾羅稱之為兄弟般的競爭。而高在馬爾羅未能想像的另一個層次上拍攝了一部影片，那沉寂的聲音卻發聲了，不僅背景在藝術作品之中，在許多博物館裏，而且，觀者既觀賞還又表演，用的是今天的語言，也就是說演員在藝術史上的作品中表演，這些作品霎時活了。

高的同名詩作和影片題目都是葬禮，對這部有絕對當代品格的影片而言，可以賦予雙重的含義。「美的葬禮」可能如馬爾羅曾經預感的那樣，意味我們包圍在美的幽靈之中，而美，特別是造型藝術，同幽靈的層次難分難解。借用德里達關於藝術作品的「著魔學」一說，這詞雖然無中生有，但幽靈這概念也即在場，幽靈準確說就是在場者：「當我們觀看拉斯科史前岩畫中的野牛，這野牛對我們來說在場，野牛擁有的幽靈在現場便成了博物館。」高的影片運用影子和水中的倒影，雖然沒談到死亡的在場，也沒提及看來似乎死了卻被崇敬的美的殘存，卻讓人看到這幽靈的在場和藝術作品的這種「著魔性」。

這部作品從前人的作品中得到滋養，有些作品特別令作者著迷。作者繼承先人，也就是說，他被這想像的博物館中的幽靈們如同藝術家的精氣神簇擁而生，《美的葬禮》因而具有那種鬼魅的氛圍。高的影片如此貼近馬爾羅的《藝術隨筆》：「作品向我們述說，又在自說自話。」馬爾羅當年對想像的博

物館這樣概說，《美的葬禮》確實如此。更有甚者，現今活生生的演員們也成爲這作品展開的對話不可分割的組成部分。活人與死者對話，生者與影子與幽靈對話，盡在其中。

　　《美的葬禮》是一場罕見的越界，並且把這越界寫入當代藝術，還又超越時代：活人處於美的作品的幽靈之中，同時又成了幽靈。這些活人用他們的方式扮演並歌頌美，在作品中那過去的時代裏優游，這就是高的影片要向我們展示的。美的葬禮？如果這美指的是馬爾羅稱之爲非現實的博物館藝術，馬爾羅特別加以限定的藝術史上那「輝煌的時刻」，而高有時也賦予這詞同樣的含義，那麼這葬禮便是葬禮了，即使同時又是祭奠與復活。但如果把美理解爲創作的話，美的葬禮便意味著馬爾羅所說的繼承與演變。高的影片中的葬禮並非訴諸懷舊，而是意味無死便無生。《美的葬禮》與古典的美學相反，乃是演變，超越時代，美意味著不朽。收集在《論創作》一書的《另一種美學》，也即高行健的美學，較之影片表達得更清晰。

　　「你最好還是放棄用語言來說明藝術這種吃力而不討好的企圖。」讀到這些話不能不想到這篇寫於 1999 年的理論文章，論述別種藝術的任何文字總有不足之處，不只是對高的畫作而言，就影片來說同樣如此。《美的葬禮》從畫面、音樂、語言到剪輯，以至於貫串連接影片的一個個動作，發掘以往的藝術作品，更有助於捕捉當下，進入當今的創作。《另一種美學》雖然並非一個藝術宣言，卻是創作的一大表白，結束於高的「一句實在話」：「回到繪畫，從不可言說處作畫，從說完了的地方開始畫。」這番表白將近十五年後，在《美的葬禮》中赫然呈現，回到所有的藝術，也回到電影自身。

　　「這句實在話」，我們不妨退一步說：「回到電影，從不可拍攝之處拍攝，從拍完了的地方重新拍攝。」這就是高自己所說的電影詩：「我所謂電影詩正是回到畫面和鏡頭的剪接來構成詩意。換言之，無需依賴故事。既無情節可言，也不去塑造人物，拍電影如同寫詩，興致所來，思緒所至，皆成爲電影，而且賦予詩意，這便是我的電影詩追求的方向。

　　他論述戲劇的主張比繪畫和電影更爲甚之，首先得區分論述與具體的舞臺實踐。他論及戲劇有時用「返回」這詞，可能令人以爲他有某種懷舊。高似乎覺察這種危險，進而明確指出這並非走回頭路。《美的葬禮》雖然不是戲劇而是電影，恰恰表明「舞臺表演藝術的復興」植根於過去，才能更好確保當代的創造。」回到源泉別誤解爲倒退，「我的戲劇創作，概言之，不顚覆這

門藝術的傳統，恰恰出發於重新認識並從而肯定這門藝術自古以來內在的規律。革新對我來說，並不意味對前人的否定……而我以為藝術創作還有另一個更為普遍的規律，不以打倒和顛覆為前提，而是深入研究這門藝術的歷史和所以存在的根據，從而去發掘這門藝術中尚未展示的可能。」這種對遺忘過去與傳統的現代主義的摒棄，從政治推延到藝術，特別見諸他的《叩問死亡》一劇。

保守主義和現代主義高一概拒絕，不僅他文論中這樣論述，也見諸《美的葬禮》這部影片。高如同《沉寂的聲音》的作者那樣重視傳統與傳承，他的《論創作》一書中，還把這種摒棄同他對歷史主義的批判相聯繫。但高批評的歷史主義不同於馬爾羅批評的泰納及其決定論，高在《小說的藝術》一文中說：「一般的歷史主義的分析常說，在一定的社會、一定的時代、一定的政治和經濟的條件下，會產生什麼樣的作家。」而當代藝術派生出來的某種傾向，高稱之為「現代主義」，「到了上一個世紀末，藝術消亡，變成作秀，變成家具設計和時裝廣告；藝術觀念的不斷定義變成言說，甚至弄成商品的陳列，正是這種歷史主義寫下的編年史。」對歷史主義的這種批評還得明白，政治遠在市場之前就已經把「藝術活動也變成政治行動的注解」，這才充分得以理解。

在《顛覆與創作》這章，高不理會譴責，不在乎被革出教門，人們可是經常遇到這樣的批評家。他進而叩問，更有力而準確：拒絕保守主義和到處彌漫的現代主義，「面對藝術的終結，什麼都可以是藝術，藝術變成命名，在這樣一個時代，藝術家還有什麼可做的？是不是回到造型就一定意味保守，就一定重複前人？造型藝術的領域裏是不是事情統統做完了？造型藝術還有沒有存在的理由？如果一個藝術家不追隨時代的潮流，還從事繪畫，是不是還能有所創造？」

高總是努力超越二律背反。他不只是像黑格爾那樣去溝通對立面，也即用理性來溝通理解力定下的規定性。他卻超越二律背反，用更為精確的方式去思考「兩者之間」。高的思想從這個意義上來說，思考的是事物之間，插入到截然切割的對立面之中。他認為，這種對立正是許多當代藝術批評的重要標誌。而他有關「之間」的這一思想，在《藝術家的美學》中「在具象和抽象之間」這章表述得尤為清晰：「具象與抽象，這樣一種簡單的分類也出於觀念思維，而非來自視覺的經驗……當視覺的注意力集中在某一細部，具象與

抽象的界限也就消失了。」消除分界，不僅在他的繪畫與文學作品中，也同樣表現在他的《美的葬禮》裏。他強調「這種分野既來自形式主義的觀念，也不符合視覺的經驗，其實忽略了在具象與抽象之間還有一大片廣闊的天地，且不說處女地，有待開發。」而「中間地帶」同黑格爾的辯證法的中介與否定則恰恰相反。

　　高在這裡如同他所有的文論，揭示的並非觀念化的能力，而是一種忽視視覺直覺盲目的觀念化。說是發展，卻無視真實的複雜性，意味的卻是封閉，堵塞創作。他說的「在具象與抽象之間的這種曖昧性」，對鍾情內心圖像的超現實主義畫家來說，本當是他們的成功之處，卻沒準錯過了。任何一種辯證法都達不到之處，高這樣表述，卻把問題提出來了：「如何找到一種更為貼近內心景象的造型語言？」這難以捕捉的中間地帶，超越觀念的二元對立，高卻從托納的畫中看到苗頭：「這種啟示首先來自十九世紀的英國畫家托納，他那些霧中風景，可以看作印象，又近乎抽象……藝術史家通常把他當作印象派繪畫的先驅，卻沒有認識到這種曖昧與過渡正處於具象和抽象之間。」《靈山》第七十章用了整整一章，談一位中國藝術史上的畫家龔賢（1660～1700），高十分欣賞並視他為尋找的親緣：「面對龔賢的這幅雪景……他超越世俗，不想與之抗爭，才守住了本性……他不是隱士，也不轉向宗教，非佛非道……他的畫都在不言中。」高在施尼特克的音樂中也找到相似之處，他的小說《一個人的聖經》結尾寫道：「多麼美妙的音樂，施尼特克，你此刻在聽他的大協奏曲第六，飄逸的音響中，生存鬱積的焦慮飄逸昇華在很高的音階……你的同時代人施尼特克，無須去瞭解他的生平，可他在同你對話，劃過的每一條音，在琴弦的高音階上又喚起和絃的迴響。」西方繪畫、中國畫、音樂與文學，高十分精確又不停滯，不斷喚起之間的呼應。這裡可以肯定的是，高十分接近馬爾羅及其想像的博物館的構想，不僅他們都有這種「對話」觀念，尤為出色的是，他們兩人又都講的是作品之間的對話，特別是馬爾羅和高，再加上瓦特・本雅明，甚至是作者們人生的對話。

　　托納、龔賢，乃至施尼特克，在高的作品中都提到了。而他的繪畫，特別見諸《高行健，靈魂的畫家》這本畫冊中 1977 年的那幅《母與子》，顯然正在抽象與具象之間，簡直「難分難解」，也出自「不可言說」。這正是高所說的「把提示作為一種獨特的創作方法提出來，方向介於具象與抽象之間。」他進而說得更明確：「暗示較之提示更微妙，更能調動想像力。」高可能最具

表現主義的是 1981 年的一幅畫，題為《墨趣》，絕非偶然，僅僅這一幅畫便點出了這種兩相對立的問題。這裡，有兩個要點值得注意：

首先，就具象與抽象這「題旨」而言，一定意義上可說是貫串高的全部作品。他 1999 年寫的《另一種美學》和 2007 年寫的《藝術家的美學》都涉及這個問題，其中有關的章節標題不完全一樣，前者第十二章標題是「具象與抽象」，後者第十一章標題「在具象與抽象之間」。這細微的差異顯示出高思想的深度，他的表述也越來越精確，高從理論闡述進而到一種思想的叩問，僅僅這標題便突出了問題，更接近主旨，讓人隱約看到超越二律背反，超越矛盾對立。《藝術家的美學》中的標題強調的是這兩個概念之間的關係，看似對立的兩者的互動。這種對立卻構成二十世紀的繪畫史，有時甚至導致絕路。高對此不是不瞭解，正因為他要超越這種二元對立，兩篇文章中他都在某種程度上重新解讀繪畫史。這種二分法雖然有時能照亮過去，卻不該堵塞未來，只有超越這種二律背反，才能給繪畫重新帶來活力，在兩種觀念和兩種方法之間找到出路。

高從 1999 年的一個「宣言」到 2007 年的一番表述，雖然他明確拒絕用「宣言」這詞，卻體現了另一種美學。這種美學，高認為其繪畫的歷史可以追溯到拉克斯的岩畫。《藝術家的美學》中最後一句話：「如果從歐洲拉科斯舊石器時代的岩畫算起，人類至少已有一萬七千多年歷史的這古老的繪畫並沒有畫完。」

其二，要注意的是，高 2011 年在德國愛爾蘭根－紐倫堡大學舉辦的《高行健：自由、命運與預測》國際學術研討會上的演講《自由與文學》中回述，他拒絕二元論，他稱之為「二元對立」。他在這種方法論中看到「否定的否定」，來自黑格爾的辯證法，這種被集權主義的需要消滅了的辯證法，高對其極端漫畫的表述十分瞭解。這至少說明他不信任哲學，或更確切地說，他對「哲學的方法論」和狹隘僵化的理性主義持懷疑態度。他認為這種方法論同藝術創作的開放背道而馳。特別是涉及二律背反之外有待發掘的領域，這也許才是藝術與思想的領域。《自由與文學》一文最後批評的是同藝術背道而馳的哲學的方法論。高進一步明確指出，他拋棄的並非是哲學，而是各種意識形態造成的哲學漫畫，特別來自極權主義或自由主義：「哲學的方法論作為工具理性用於思辨，一旦引入文學藝術往往釀成災難……非此即彼的這種選擇並不足以適應世界的千變萬化。在二律背反和辯證法之外還有沒有別的選擇？可

不可以非此非彼而另闢蹊徑？非此非彼，也並不一定就導致折衷主義，或中
庸之道。隨著二十世紀意識形態的氾濫，由此而來的進步與反動，革命與反
革命、革新與保守，凡此種種的分野與對立，作為通行的思想方法乃至於價
值判斷，都深深左右人們的思想……二律背反和辯證法這種二元論把事物和
問題都簡單化和模式化了。」高在這裡有個悖論（但哪個天才不是悖論的），
其悖論在他的戲劇、小說或電影中較之繪畫似乎更明顯。高不斷猛烈抨擊當
代藝術，在他這檔次的藝術家中是少見的，而他本人也執意列入某種當代藝
術中。人們可以說他屬於這藝術卻又厭惡這藝術，不管從哪種意義上講，他
無疑又超越了它。他對這藝術的批評，以及他同哲學的接近，在這裡既達到
了極限，又找到親緣，這就不止是康德那種意義的批判。他關於「之間」的
思想極為獨特。他不是一個現代派，他批評遺忘傳統的現代主義。《叩問死亡》
劇中人唾棄某種現代主義，如同一個保守派或反動派，同樣猛烈甚至近乎粗
野，恰如現代派們攻擊傳統時一樣，他則以其道還治現代主義。他的小說題
為《一個人的聖經》，取義大大超越政治範疇：兩個陣營一概拒絕，誰也不皈
依。悖論在此達到極點，因為他的全部創作，尤以《美的葬禮》為極致，乃
是創作和傳承的頌歌。

　　他的這條路在二律背反之間，也在東方與西方之間，既在他的寫作風格
中，特別體現在《美的葬禮》中。這條路早在 1990 年的《靈山》中便如此這
般呈現出來。書中的敘述者與持鄙視態度的批評家有一番簡短的對話，批評
家不認為高（或者說敘述者）的小說稱得上小說，概言之，誤解為：還什麼
現代派，學西方也沒學像。」敘述者的回答是「那就算東方的」。而批評家不
懂得敘述者遠非將兩者對立，正企圖超越這兩者的對立，穿越兩者。批評家
拒不承認兩者間的任何過渡，當然也無法明白敘述者的小說藝術正在於此。
批評家的話值得在這裡引出全文，因為相反這正是高的藝術所在：「東方更沒
有你這糟糕的！把遊記、道聽途說，感想，筆記，小品，不成其為理論的理
論，寓言也不像寓言，再抄錄點民歌民謠，加上些胡編亂造的不像神話的鬼
話，七拼八湊，居然也算是小說！」敘述者也就藉此批評理論家之口，道出
了用不同人稱結構敘述的真諦：「正如書中的我的映像，你，而他又是你的背
影，一個影子的影子，雖沒有面目，畢竟還算個人稱代詞。」高二十年之後
與大江健三郎對話時，強調三個人稱指稱的普世性：「小說的主人公沒有姓
名，只有我、你、他或她三個人稱，這有助於讀者置身於敘述者的位置，進

入情境……我尋求人人可以交流的這種普世性，也因為人類語言據我所知，都可以用三個人稱來指稱同一主語，這就是普世的。」他另一篇重要的文論《小說的藝術》中也強調超越二律背反：「《靈山》正是這樣的一番嘗試，突破一般的小說的格式和規範，然而卻依然固守住敘述，仍然牢牢把握住人物的敘述觀點，只不過主人公的觀點化解成三個不同的人稱。而書中不同的女性則一概以她指稱，從而構成一個複合的女性形象，或者說女性的多重變奏。這也是從書中男主人公的觀點出發。對一個男人而言，女人和女性的內省世界複雜難以捉摸，因而這多重身份的她又糅合了男人的想像，虛虛實實，變得更加撲朔迷離。」小說結尾，主人公回歸自己。而高在七十二章顯然就洗牌了，要玩對立面的轉化，也包括小說與小說的越界，乃至從純然的詩意到思考，甚而至於哲學。這一章的最後兩頁，令人暈眩，敘述者也是作者，詢問小說中最重要的究竟是什麼？他不斷列舉各種可能的、可信的，乃至於似是而非的對立面，然而，無疑的是，高藉此表述在小說與哲學的邊緣還有路，可以超越對立。這一章的結尾：「這一章可讀可不讀，而讀了只好讀了。」再一次的輪迴。

高在《一個人的聖經》中，回到人物與人稱、敘述者與作者之間的遊戲。

如同《小說的藝術》一文中，他指出對立面之間這條窄路，「我」在毛主義的文化革命這歷史背景下缺席，「個人的自我已經泯滅了」，高便用殘存的「你」同過去的「他」進行對話，「不必顧及時序，直接即席對話。」

高超越二律背反的意圖，即使在兩極之間有時非常困難，不論在藝術中還是在政治領域他也一樣堅持：「他不砸爛舊世界，可也不是個反動派，哪個要革命的儘管革去，只是別革得他無法活命。總之，他當不了鬥士，寧可在革命和反革命之外謀個立錐之地，遠遠旁觀。」

這一切似乎都遠離高的影片《美的葬禮》，影片講的是美的遺存，沒有遺存既無美也無葬禮。就高觸及的這哲學而言，丟棄遺存是無法接受的。《美的葬禮》遠非掃蕩過去，而是表彰過去，承傳這美，即使其演變，即使時過境遷，這遺存已一團混亂。《美的葬禮》對過去的表彰讓人看到在顛覆與僵化之間，可以既接納以往的全部藝術，同時又容納高的論述，並以其獨特的方式納入電影中去，而且是一種變形。我這裡引用高的《自由與文學》一文中的話說明：「新鮮的思想往往從兩者的臨界中產生，人類文化的積累這漫長的歷史乃是在前人的基礎上不斷地發現與再認識，文學藝術的創作也同樣如此。」

反覆觀看這影片，其新穎之處正誕生於以往的創作，而且是以往的全部作品，而影片本身又不可能不出自前人之作而另外再生出「主題」，從這個意義上說，這影片自爲參照，全然自主自足，把藝術創作的全部歷史都具於一身。〔註 1726〕

2 月底，比利時以巨大規格舉辦「高行健繪畫雙展」。兩個展覽同時進行。一是在首都布魯塞爾的伊賽爾美術館舉辦「高行健回顧展」，以展示高行健的繪畫歷史及成就；二是在比利時皇家美術館舉辦「高行健──意識的覺醒」專題展。題目是「意識的覺醒」，畫的是人的「潛意識」。〔註 1727〕

兩個開幕式僅錯開一天，分兩日舉行。劉再復寫道：一個藝術奇觀在歐洲一個文明國家的首都就這樣出現了。《潛意識》、《幻象》、《衝動》、《內視》、《他處》、《困惑》等本不可捉摸的心象，呈現在觀衆面前。展出十天之後，高行健打電話告訴劉再復，這是他規模最大的繪畫展，連他自己也沒有想到，比利時如此重視他的畫，動用這麼巨大的資源來展示他的藝術。〔註 1728〕

比利時皇家藝術館爲高行健專闢一個展廳，長久展出，永久收藏。這對西方當今的畫家來說也屬罕見。能享受「長久展出，永久收藏」的超級「待遇」的，只能是倫勃朗、魯斯本這樣的舉世公認的經典畫家。高行健專題展廳的樓上一層，正是倫勃朗、魯本斯這些西方繪畫大師的展廳。

比利時皇家美術館網站這樣介紹高行健和其展廳：

藝術家以其意識的覺醒，邀請觀者優游於水墨之上，畫面之間，去感受生存赤裸的狀態。博物館從而變成了凝神沉思之地。高行健是東西方世界的一位擺渡者，以東方作爲基石，叩問西方的現代性觀念。他的作品同時也溝通繪畫與文字書寫。藝術家的哲學令這場所超越展廳，比利時皇家美術館把這個大廳變成一個眞正的精神醒覺。

比利時《晚報》評論道：

這位諾貝爾文學獎得主排除語言，只有寂靜和光線。他的作品無論在紙上還是在畫布上，一概用的是中國墨，極爲獨特。一提到中國墨，人便立即想到書法，而他奇妙的用墨卻是另一番天地。既無字，也無書寫。高總在挑戰，總在尋求。

〔註 1726〕讓─皮埃爾·扎哈戴撰、蘇珊譯《超越二律背反的美學觀》，《明報月刊》「明月」副刊 2015 年 2 月號第 8～15 頁，欄目爲「專題，高行健的電影詩」。此文由高行健先生提供影印本，感謝。

〔註 1727〕劉再復著《再論高行健》第 155 頁。

〔註 1728〕劉再復著《再論高行健》第 156 頁。

《比利時自由週刊》評論道：

高行健不管是他寫的書、拍的電影、寫的劇本或是他的畫，都把我們帶入現實的思想達不到的另一個世界……多虧皇家美術館館長米謝爾・達蓋，我們才看到高的這些新作。這些作品雖然都有標題，卻超越言說。高的畫無法解說，得通過看來縮短他同我們的距離，一次幸會，一個可以分享的天地。高把他新近畫的紀念碑式的這六幅巨大的畫捐給皇家美術館，由此開闢了一個命名爲「高行健——意識的覺醒」的展廳，一個令人沉思的空間，六幅不同的畫乃是邀請，令人著實入畫，觀眾自會從中見到自己的眞理，也可能是迷幻，卻有時又是現實。

高行健雙展策劃人、比利時皇家美術館館長米謝爾・達蓋也是比利時布魯塞爾自由大學的教授，他在《精神自由學報》上撰文寫道：

高行健的繪畫有其中國文化的淵源，同時又覺悟到得擺脫西方當代藝術的時髦和教條。對他來說，當代藝術在西方已經成爲思想的桎梏，觀念藝術、社會學藝術，凡此種種，現今已成了膚淺而乾澀的智力的教條主義。

然而他深深植根東方的這些畫，卻不對西方關門，不僅吸收西方藝術而且優游其間。高的圖像有雙重含意：既組合構成一定的形象，又隨著視線的游移而分解，無限展開。高行健說，繪畫便是化解言說。繪畫對高來說，便是置身於忘言。他投身於音樂喚起的忘我的境界。旅程由此開始，每一張畫呈現靈山的一幅景象，而這靈山總遙遙在望。既非他者，又排除集體，一意融合在自然之中。這種主旨的移位從墨海到雪意，通過污泥的吞蝕，又被太陽消融，畫家由此找尋其生存的依據。這裡尋求的並非是系統的實證，卻出之於顯然易見。魔法只來自視像，這展覽希冀的正是這視像帶來的片刻的充盈與寧靜。

米謝爾・達蓋爲此次雙年展還寫了一部洋洋大觀的專著，這本由巴黎的哈贊出版社出版的畫冊《高行健——墨趣》序言中特別寫道：

他維護傳統卻毫不保守，並非死守中國的傳統繪畫。相反，他從古老的宣紙和水墨中，找到了強有力的表現手段，來表達我們現時代人複雜的情感和感受。他的探索全然是當代的：一方面，他把人的生存條件和身份作爲中心課題；另一方面，他把小說、戲劇、音樂、詩與歌劇所有的表現手段都動用起來，用來回答這些課題，而這解答既是獨特的，又是統一的。

　　書寫與繪畫中，他特別看重這種把感受和哲思聯繫在一起的流動的思想。2000 年，高行健獲得諾貝爾文學獎之後，他揮灑得更爲自由，而且從未放棄圖像，這些光與影的顯示，不盡體現在新的領域如歌劇之中，也是他的戲劇思想的延伸和總結，還同樣在電影中，對圖像的運用達到了極致。

　　比利時皇家美術館貝漢廳陳列的高新尖專門爲此創作的紀念碑式的這個系列，展示了一派精神的空間。言詞的音樂和音響的言說彼此呼應，繪畫因而變成了他思考的結晶，戲劇、歌劇與電影可說盡在其中。這種延伸使得他的繪畫構成一番精神層面。圖像在他這裡既變成依據於感覺的一種思想，又是一個銀屏，超越其表象，令人深思的赤裸的存在。〔註 1729〕

　　西零在《布魯塞爾高行健雙展》中寫道：

　　2015 年 2 月底，我和高行健一起去布魯塞爾，參加他畫展的開幕式。

　　布魯塞爾離巴黎不遠，乘火車只需一個多小時。我們上　次來比利時，是十二年以前，也是高行健的畫展開幕的時候，不過不在布魯塞爾，而是在蒙斯。

　　比利時冬天的氣溫比巴黎更低，時有小雨。我們到市中心的旅店，放下行李。主辦單位已經爲高行健約好了記者的採訪。

　　我一個人出門隨意逛逛，沿著一條幽靜的老街往前走，忽見一座宏偉的古典建築，樓頂站立四尊巨大的青銅人像。這正是古老的比利時皇家美術館。大門口爲即將開幕的夏卡爾回顧展掛了兩條長長的條幅，下邊有兩幅招貼，一幅還是夏卡爾回顧展，另一幅印的是高行健的大照片，預告他的六個巨幅畫作，將與夏卡爾同時開展。

　　下午，我們乘車去伊克塞爾美術館。高行健的回顧展已經布置完畢，樓上樓下兩層展廳，一共展出一百一十四幅畫作。白色的天花板、白色的牆壁，襯托黑白的水墨作品，效果極好。門口的一幅，是畫布上的水墨，題爲《等待》，有一個女子獨自佇立的背影，她眺望遠方，天地之間，有希望，也有迷茫和憂傷。

　　開展之前，還有記者採訪高行健。許多觀眾已經等候在大門口。

　　晚上六點半，展覽開幕，人們不斷進來，展廳裏的氣氛立刻熱烈起來。人越來越多，也越來越興奮。不時有人喊：「太精彩了！」幾幅大型畫作，有震撼的力量，另一些，含蓄又有詩意，而且很美，還有一些比較抽象，耐人尋味。

〔註 1729〕劉再復著《再論高行健》第 163～166 頁。

　　這次展出的最早的作品，是一幅 1964 年的小畫。細心的觀眾發現，早期的畫作上有中國印章，隨著創作的漫長年代過去，章子的紅色印記消失了，畫面只有層次不同的黑、深灰、淺灰和白，水墨的表現更加純粹。大廳盡頭有一幅 2012 年的作品，兩米四高，三米五長，題為《靈山》，用墨雄渾，層次豐富，結構完美，整個畫面極有氣勢。伊克塞爾美術館有關畫展介紹文章上，說高行健的畫「強有力，又富有詩意」，稱他是一位不同凡響的藝術家，「作品具有表現力，人文情懷，普世精神」。

　　高行健的許多朋友都來參加開幕式。陳邁平從瑞典來，米莉婭從西班牙來，米雪爾和我們一樣從巴黎來。來自巴黎的還有克洛德，貝爾納畫廊主人克洛德・貝爾納先生，以及他的一位女收藏家朋友，她已經九十二歲高齡了，精神矍鑠，興致勃勃。還有其他許多朋友。大家相見甚歡，同時也沉浸在藝術帶來的快樂裏。高行健回答記者和參觀者的各種問題，給他們簽名留念，總是很耐心，氣定神閒，用米雪爾的話說，很「禪」。

　　兩個多小時很快過去了……門口的工作人員報告當晚參觀者的人數：1620 人。

　　我們走進餐館，迎面見到米歇爾・塔蓋先生。十二年前，高行健在蒙斯舉辦的畫展就是由他策展。那時候他是布魯塞爾自由大學的美術史教授。現在，他作為皇家美術館的館長，又一次為高行健策展。這個世界上，很多事情都是機緣。藝術需要有鑒賞力的人，可遇而不可求。

　　晚餐的桌旁還有兩位不同尋常的客人，一個是夏卡爾的孫女麥海・麥耶特，另一個是她的友人克羅迪亞・澤維。今年是夏卡爾一百二十八歲誕辰。

　　第二天，高行健在會上對記者說：「夏卡爾經歷了二十世紀這災難時代，俄國革命、兩次世界大戰，也包括納粹。他流亡法國，把猶太和基督教文化做了一番現代詮釋，變成一個傳說。他超越任何主義和意識形態，堅持自己的繪畫道路，成為二十世紀偉大的藝術家，我以作為他的後繼者為榮。」

　　皇家美術館有幾個分館，我們走到正廳的盡頭，進入大師館。這裡主要展出十六到十八世紀的大師古典作品，包括北方畫派的倫勃朗、魯本斯、布呂蓋爾。檢票處的左邊的這個門裏是貝漢廳。貝漢是十九世紀末的一位比利時工業家，一生都在贊助藝術，去世後全部財產捐獻給貝漢基金會，繼續支持藝術。為了紀念他，這個展廳以他的名字命名。

　　貝漢廳的大門一打開，我快要驚呆了，眼前都是高行健的巨幅水墨畫。雖然我在畫室裏已經看過這些作品，但是掛在美術館的大廳裏，效果更加強烈。

　　大廳牆上的文字介紹，由館長米歇爾・塔蓋撰寫，題目是《意識的覺醒》。他寫道：「從這裏出發，由高行健領路，開始一次心靈的旅行……」

　　這個系列是高行健的最新作品，門口一幅高兩米四，寬兩米二，兩側的兩幅都是兩米四高，三米五長，而大廳深處的三幅最大，每幅三米高，長五米四，非常震撼。

　　高行健以前的畫，我用過「夢境」、「意境」、「幻境」之類的詞來形容，現在站在大廳裏，找不到表達的詞語，眼前的天空、雲霧、海洋、泥沼，無邊無際，還有巨大的眼睛、爆炸的雲團，不安的人影……

　　牆上的文字說明是：「這六幅畫是特別爲比利時皇家美術館創作的。這是連接東西方的橋樑，藝術家以畫布代替宣紙，展現千年禪意的水墨。」

　　下面寫道：

　　「請走進他的世界，如里程碑，也如他『全能的戲劇』一般精彩。

　　讓你自己飄蕩在這片動盪、沸騰、喧囂的墨海之上。它時而消解，時而融化，時而凝固，時而化作霧靄。

　　讓你的目光，從白色的畫布，逐漸變成胚胎狀態的幻覺。

　　感受畫家創造的風景，就像雨、風、雪，都在畫布上留下了痕跡。

　　充分體驗潛意識，這個凝視沉思的『別樣的審美』，有畫家在禪和內心世界之間的想像。」

　　米歇爾・塔蓋說：以後，這裏將成爲高行健這組畫的長久展廳，也是一個舉辦各種藝術活動的場所；還可以沉思冥想。

　　伊克塞爾美術館的高行健回顧展還要持續三個月，而《潛意識》系列作品，會永久留在比利時皇家美術館。〔註 1730〕

　　4 月 22 日，臺灣《自由時報》網絡版報導：諾貝爾文學獎得主高行健以「文學創作與文化反思」爲題，與臺師大師生對話。

　　記者林曉臺北報導：

　　諾貝爾文學獎得主高行健在臺灣師範大學，以「面向 21 世紀——談創作者的位置」，向年輕的學子們作分享。他表示：腦袋清醒就有自由，就能在一生中做出正確的選擇，成爲有智慧的人。

〔註 1730〕西零著《家在巴黎》第 229〜237 頁。

　　演講以對談方式進行，由臺師大校長張國恩和文學院院長陳登武參與對談。高行健表示，人生總在困境之中，沒有一天到晚在順境中，人要清醒地認知自己，來面對世界、社會、他人關係，人生也總在選擇，生活沒有一切美好，總要努力。〔註 1731〕

　　4 月 25 日，馬悅然在澳門科技館發表演講，題目爲《中國現當代文學與諾貝爾文學獎》。

　　4 月 28 日，筆者關於高行健的博士論文在澳門大學開題。

　　原先以「論高行健的文學思想」爲題，在導師朱壽桐教授的提議下改爲「論高行健小說的現代性追求」。

　　4 月，臺北聯經出版《洪荒之後》（攝影集）。〔註 1732〕該書爲中英雙語。

　　該書目錄如下：

　　序高行健

　　Foreword Gao Xingjian

　　論高行健的電影、繪畫與攝影　　　　　　　　　　郭繼生（錢彥譯）

　　On Gao Xingjian's Films, Paintings and Photographs Jason C.Kuo

　　洪荒之後／After the Flood

　　簡歷／Biography

　　高行健在書序中寫道：

　　《洪荒之後》是我的一部電影短片，只有二十八分鐘，同我的另一部影片《側影或影子》一樣，也是一部電影詩，不同的是全然排除語言，影片中六位舞蹈家和戲劇演員不說一句話。鏡頭以我的黑白水墨畫爲背景，演員在畫面投影的銀幕前表演，基本上是黑白片，只在生命的意識再度覺醒時才給以一點淡淡的色彩。

　　在放映廳看過這部影片的不少朋友都對我說，感到震撼。在巴黎龐必度中心圖書館的一次公演，觀眾的反應也非常強烈。可這部短片卻無法進入商業發行，只能在一些藝術節或我的畫展的開幕式上偶而放映。現今作爲畫冊出版，把影片的 DVD 一併附上，終於有個途徑同想看這影片的觀眾見面。

〔註 1731〕筆者 2017 年 12 月在澳門大學查找的網絡信息。

〔註 1732〕潮汕籍的暨南大學碩士生陳潤庭 2018 年上半年到臺北當交換生，筆者請他幫忙拍下該書出版信息。之後他還幫我在臺灣搜集和購買相關的書籍，感謝。

2008 年拍攝的這部短片，沒想到最近在日本東北宮城海域發生的九級大地震恰恰一一印證，電視新聞中海嘯墨黑的巨潮鋪天蓋地，可不正是《聖經》舊約中世界末日的景象。畫於 2006 年的我這大幅的水墨畫《世界末日》中的人們，面對從天邊湧現的黑潮如此冷靜，豈不也是現今的日本災民的某種寫照。更不可思議的是，影片中出現的第一個鏡頭，領舞的正是一位日本舞蹈演員，他也曾在我編舞的戲中多次演出。

這影片不同於常見的災難片的是畫面和表演毫不寫實，也完全擺脫電影通常的敘事結構，一個個鏡頭都可以作為繪畫或攝影作品來看，其連貫性只在於動作和音響。舞臺音響師迪耶利・貝托莫的印象設計不去模擬自然界的聲響，而是像寫音樂那樣用各種聲音的素材加以合成和處理，又不去構成明顯的樂句，只能說是接近音樂的音響，不僅營造氣氛，同畫面相對獨立，形成某種對位。畫面、舞蹈和音響三者無主次之分，相對自主，也即我所謂的三元電影，一種非常自由的電影詩，不像一般電影以畫面為主導，其他元素則用來解說畫面。

影片中選用的繪畫作品只有六幅是直接呈現災難，其他的畫各有主題，或是茫茫宇宙，不確定的空間，或是獨處的男女，呈現某種心象，人在沉思冥想時往往會喚起這種內心的視相。也有更趨寫意的，如《誕生》與《靜》，近乎抽象，卻還保留形象。這些畫無論接近寫實或趨於抽象，都保持在兩者之間，也是我作畫的一貫方向，不管對畫家而言還是觀眾，都可以留下足以想像的空間。之所以給個題目，也僅僅作為一點提示。

在這樣的畫面前，演員的表演只要別模擬日常生活中的舉止，可以很自由。這樣一首非語言的電影詩，詩意由畫面也還通過表演來體現，而演員又無須扮演一定的角色，只直接訴諸形體動作和表演。三位舞者和三位戲劇演員以姿態、手勢、步伐、動作、面部表情，乃至目光眼神構成語言，鮮明有力。

人類在不可阻擋的巨大的自然災害面前之無能為力，《聖經》早已作過充分的闡釋。而現代社會人類面臨的更多的是人為的災難，不斷的戰爭和動亂，生態環境日益破壞，又加上核放射潛在的威脅，人類並無有效的機制能得以避免。在宗教日益式微的現時代，人們只能在藝術中去尋求慰藉。

《洪荒之後》也是一個寓意，在自然和人為的巨大災難面前，孤單的個人，一個個男女都如此渺小，而人之為人，所以不同於草芥，只在於人有意

識。如果認識到人之為人，雖然脆弱，卻也可以活得不失尊嚴，而對於人自身的確認正是藝術與文學的緣起。

人類的文明史上，藝術的誕生應該說早於文學，先有舊石器時代原始人岩洞的壁畫，而後才有歌謠和史詩。繪畫與舞蹈正是人類最早的藝術表現。形象的思維也先於語言，藝術家把這種形象思維發展到極致，繪畫不必去解脫歷史或故事，就這門造型藝術而言更為純粹。舞蹈首先是情緒的表達，原本超越語言。把繪畫和舞蹈結合在一起，構成一個個鏡頭，就已經有其獨立的含義。

畫冊中收入的照片，是在拍攝影片時作者用高數位的相機同時拍下的，而非取自於影片的鏡頭，也可作為攝影作品。照相乃是用眼睛看、以景框為限來取景，而且是瞬間的選擇與取捨，往往來不及思考，攝影家主要訴諸視像的直覺。如果攝影家兼備戲劇導演和畫家造型的經驗，拍下的攝影作品自然會帶來又一番情趣。

這本小書集繪畫、表演、攝影和電影於一冊，除了文字，都超越語言。人類非僅僅用語言思維，文學之外其他的藝術表現手段同樣也可以展示人的生存狀況，並賦予審美的判斷，藝術家的思考便寄託在藝術作品之中。這種審美判斷同訴諸語言的文學一樣，如此精微、深湛而強有力，人類生存的困境造成的悲劇與詩意同樣也得以體現。

自然和人為的災難喚起的恐懼與悲憫通過文學和藝術作品給人以解脫，從而達到精神的昇華，詩意便在其中。人面對死亡和不可知的命運，或依返宗教，或訴諸藝術，都是精神的需求。現當代人的生活愈益物質化，現實的功利無孔不入，精神的貧困成了普遍的時代病。詩意與美在當代藝術中缺席，人們已司空見慣。這本《洪荒之後》則是對精神、詩意和美的一個呼喚。

在歷經自然和人為的劫難之後，人們重新喚起生命的意識、精神、詩意與美正象徵希望。〔註1733〕

郭繼生在《論高行健的電影、繪畫與攝影》中寫道：

本文著重討論高行健的電影創作，也涉及他的攝影和繪畫。我在別處已專門討論過他的水墨畫，但此處必須略微提及，為他的電影和攝影提供一個背景。他的水墨畫屬於中國文人的寫意傳統。這種獨特風格使他可以創造微妙直觀的場景和人物，介於具象與抽象藝術之間，承繼了中國藝術史上諸多

〔註1733〕序，高行健著《洪荒之後》第5～7頁，臺北聯經2015年4月初版。

大師的手法。他的畫探討水墨的各種表達性，畫中細微的濃淡層次變化、精妙的筆法和質感既充滿戲劇性又清新感人。

　　在電影製作方面，高行健受到英格瑪・伯格曼、謝爾蓋、米哈伊洛維奇、愛森斯坦、費德里科・費里尼、皮埃爾・保羅、帕索里尼和安德烈・塔可夫斯基等早期電影大師的啓發，以及法國新浪潮電影的影響。然而，他並非是簡單倣仿，在他的電影中，我們可以看到他融合了文學、繪畫和音樂，創造出他稱爲的「三元電影」。高行健在《側影或影子》發表以後寫的一篇文章裏對此進行了詳細解說：所謂三元電影，便指的是畫面、聲音和語言三者的獨立自主，又互爲補充、組合或對比，從而產生新的含義。基於這種認識，聲音和語言便不只是電影的附屬手段，從屬於畫面，三者分別都可以作爲主導，形成相對獨立的主題；其他二者，或互相補充，或互爲對比。電影也就成爲這三種手段複合的藝術，而不只是一味以畫面爲主導，由畫面決定一切……

　　畫面、聲音和語言三者倘若獨立展示各自可能達到的含義，而又不服從於敘事，每一個元素都構成自己的語彙和言語，電影便可以擺脫現今流行的模式。單就畫面來說，當畫面不再講述故事的時候，每一個鏡頭如果像繪畫和攝影作品那樣充分展示造型的趣味和影像的含義，一個個鏡頭都會變得經久耐看，也就不必匆匆忙忙切換鏡頭，去交代環境，解說事件。每一個鏡頭也就相對獨立，構成含義，甚至不必依靠聲音或語言，無聲的畫面這時候倒更有意味。

　　高行健的《側影或影子》和《洪荒之後》兩部電影都很難歸類，但總的來說，更接近可以稱作「散文電影」和「電影詩」的作品，可以與他的水墨畫甚至可以與他的小說、短篇小說和戲劇結合起來研究。高行健的電影實踐了法國電影家亞歷山大・阿斯楚克在其重要的論文《新前衛的誕生——攝影機鋼筆論》（1948）中所提倡的做法。對阿斯楚克來說，將攝影機變成筆，「藝術家可以擺脫視覺形象的專制，擺脫爲形象而形象，擺脫敘事的迫切具體要求，使其成爲一種書寫工具，就像書面語言一樣靈活精妙……電影如今正朝著一種形式發展，這種形式使電影成爲非常精確的言語，很快便可能直接在銀幕上書寫各種思想。」正如電影學者諾娜・奧特爾指出：「散文電影努力超越形式、觀念和社會的束縛……散文電影無視傳統的界限，在結構和觀念上都打破藩籬，既內省又自反。另外，它不僅質疑電影製作人和觀眾的主觀立場，也質疑音視媒介的主觀立場——無論是電影、錄像還是數位電子。

　　高行健的電影屬於散文電影的傳統。他的電影顯然是典型的沃納·赫爾佐格 1999 年在明尼蘇達州波利斯的沃克藝術中心的講座中所描述的那種形式：「電影中存在更深層的眞理，存在一種詩意的、狂喜的眞理。它神秘而難以捉摸，只能通過虛構、想像和風格化才能達到。」在 2006 年 10 月和 2007 年 12 月之間菲歐娜·施·拉爾潤（施湘雲）對高行健的一系列訪談「電影，也是文學」中有一段很有啓發的對話：

　　施：《側影或影子》具有很強烈很明顯的詩歌傾向。劇本的三分之一是根據你的詩歌《逍遙如鳥》：「你若是鳥，僅僅是隻鳥，迎風即起，率性而飛……」天空中翱翔的海鷗是電影中不斷出現的形象，也是整個電影的全局主題。

　　高：確實，電影的攝製是在詩歌完成以後開始的。這是我用法文寫的一首詩……自由對我來說價值很高……當然對其他任何人也是。我早年經歷過很多磨難，覺得自己一生都在追求和爭取個人自由的表述。電影中的另一個主要主題是死亡：害怕死亡、面對死亡、脫離死亡……是的，《側影或影子》本身就是一首詩！這就是爲什麼我喜歡稱這個電影爲「一首電影詩」。對我來說，電影像繪畫或攝影一樣，是詩歌……電影，也是文學。

　　確實，正如顏百君在她的《生活是電影詩歌藝術：高行健的〈側影或影子〉》一文中很精闢地指出：「沒有線性故事，只有通過多種媒介拼貼的語彙，高行健對情感、思想和創作過程的驚人報導：電影在他的『眞實』生活場景、想像的場景、詩歌的片斷、戲劇表演的片斷、他油畫的形象、音樂……和聲響中交織。」陳順妍非常清楚地分析了高行健的文學、電影和繪畫創作之間的緊密關係。她引短篇小說《瞬間》爲例：高行健文學創作的一個明顯特徵是它們具有強烈的視覺和聽覺特質。這一特質在《瞬間》中尤有體現。高行健同時既是作家，又是藝術家、戲劇家、攝影師和電影師。正因如此，他的創作常常很難歸類。無論如何，《瞬間》的分類歸屬並不重要，重要的是它是一個文學文本，卻喚起一長系列強烈的視覺形象，成功地引發出一系列的情感知覺，而這正是他在這一「電影詩歌」中想要達到的。」

　　也許最好還是讓高行健自己來告訴我們他想要在這個電影中達到什麼：死亡在這部影片中以三種不同的方式呈現：第一次是視覺的，死的逼近如同黑影，它來去都由不得人意，這也是一種內心的視象。第二次是戲劇的方式，劇中人對死亡的一番思考，訴諸滔滔不絕的言辭，調侃與否，哪怕那黑色的

幽默也逃不脫這番歸屬。第三次，歌劇中的禪宗六組慧能的圓寂，借助於詩的唱誦得以昇華：這一番人生，好一場遊戲！」

童年、回憶、戰爭和災難、愛情與性與死亡、人生與藝術、存在與虛無，鏡頭與鏡頭之間已留下足夠的空間，由觀眾去詮釋。每一個場景和鏡頭都可能有多重的含義；鏡頭與鏡頭之間的剪接，又留下了想像的空間，如同讀詩。而畫外音的詩句，也令觀眾遐想或思考⋯⋯

高行健的第二部電影《洪荒之後》只有28分鐘，2008年完成。雖然題目表明題材是一場大災難，但這個電影並不屬於典型的災難電影，它超越了對災難的簡單描述。

高行健對融合繪畫和其他媒體的興趣由來已久。例如，他的劇作《八月雪》最初1997年是用中文寫的，後來他為這部劇畫了一組畫，2002年這部劇在臺北卜演的時候，這些畫便用作舞臺背景。

2006年和2008年間高行健畫了一套38張有關《洪荒之後》的畫，這些畫既是單獨體現他藝術技巧的例子，也可視作本文開始時提到的那種媒體相互性的例子。在電影中我們看到舞者的舞動與這38張畫以及電影中的音樂融匯創造出一種令人難以忘懷的經驗。毫無疑問，高行健很熟悉中國古典作品中保存下來的有關洪水的神話，也有世界文化中洪水的原始神話。電影不僅提醒我們面對環境重大變化時人類永遠是脆弱的，也提醒我們人類正面對的精神真空，特別是現代和當代，正如詩人葉慈所說：「我必得躺在所有梯子起始之處，在心中污穢的破布與骨頭的店鋪。」

攝影從電影起始以來與電影的豐富而複雜的關係歷史超越了本文探討的範圍。鑒於攝影作為一種藝術形式的地位在歷史上一直不穩定，以及攝影與電影的緊密關係，高行健電影中融入了繪畫和他的靜物攝影便更加有趣。他的興趣和才能可以在他沿長江長途旅行時拍攝的很多照片中一覽無餘，這一旅行也是他的小說《靈山》的背景。在這些攝影中，表面目的常常是描繪農民生活（部分原因是為了避免政府審查），高行健卻以他敏銳的視覺捕捉中國農村和山區甚至最普通的景象中內在的雄偉。高行健在多大程度上受到20世紀初中國攝影美學的影響還有待於進一步研究，但是他已發表的攝影作品已足以使我們看到高行健的深刻見解，他在普通人的日常生活中看到了崇高，這是超越既定制度控制之外的深刻見解。在為慶祝他獲諾貝爾文學獎十週年出版的高行健小說中文版裏收入了他的攝影精選作品，加深了我們對這部文學巨作的理解。

　　像他的水墨畫一樣，來自《洪荒之後》的攝影體現了他不斷努力探索具象與抽象之間那模糊而有潛力的空間。與很多早期的攝影師不同，如亨利・卡蒂爾－布列松（在他著名的 1932 年《巴黎聖拉扎爾火車站後面》裏）非常重視時間的瞬間與照相機的關係，而高行健卻用照相機在每張照片裏創造出虛擬的時刻，就好像眞實的瞬間一樣。

　　高行健的作品顯示，他在不斷努力跨越邊界。他已經跨越的「邊界」不僅僅是那些標誌地理和政治分界的界限，而且是與藝術媒體、文學類別和文化相關的界限。應該指出，我們如今生活在一個媒體介間的時代，各種媒體「互相之間」、「兩者之間」，「差別」、「不可通約性」都越來越受到質疑。高行健的文學、電影、攝影和繪畫藝術使我們洞悉到人類的共同狀態。〔註 1734〕

　　4 月，**臺灣期刊《臺北城市科技大學通識學報》第 4 期刊發張憲堂論文《以「六觀」術語分析高行健之〈冥城〉》。**

　　論文摘要：西方文學理論一直以強勢之姿，逼迫中國文學理論處於退位。即使在時勢所趨，然中國文論仍有其可用的價值。本文藉用學者黃維樑教授對於劉勰《文心雕龍》之《知音》篇中的「六觀」：一觀位體；二觀置辭；三觀通變；四觀奇正；五觀事義；六觀宮商術語的新詮釋，用來分析高行健的現代戲劇《冥城》，藉以討論出該劇的主題思想、情節結構、語言人物及音樂腔調，並觀看出高行健對中國傳統戲曲與現代戲劇的繼承與創新的手法。〔註 1735〕

　　5 月 11 日，**劉再復在美國科羅拉多寫作《走近當代世界繪畫的高峰》。**

　　劉文中寫道：三十多年來，我一直跟蹤好友高行健的文學腳步，包括跟蹤他的小說、戲劇、文學理論以及詩歌，對於他的繪畫藝術，則只是懷著一顆好奇心不斷地去觀察它、欣賞它、理解它，但總是有偏見，以爲這不過是他人生創造中的「邊角料」，並未把它列入高行健精神價值創造體系的主流。可是，最近十五年，他獲得諾獎後的十五年，我卻不斷被他的繪畫成就所驚動，不得不對他的繪畫「刮目相看」，並認眞地對它重新評估。

　　高行健於上個世紀八十年代末來到巴黎，那時正是西方當代藝術最熱鬧的年代。我因爲作爲中國作家代表團的成員訪法，到巴黎時在他家住了兩天，傾聽他關於西方當代藝術的有趣評論。當時我就知道，他全然不爲時髦所動，

〔註 1734〕高行健著《洪荒之後》第 13～16 頁。
〔註 1735〕來自華藝臺灣學術文獻數據庫。

正準備在文學和藝術上逕自走出一條自己的路。但我只相信他的小說、戲劇可以獨闢蹊徑，完全沒想到繪畫。可是，從八八年至今 30 年，歐洲、亞洲和美國的數十個重要美術館和許多重要的國際藝術博覽會卻頻頻展出他的畫作，舉辦了大約 80 次他的個展。而我自己也頻頻收到他的畫冊，至今已有 30 多本，每一本都沉甸甸。用手指輕輕撫摸畫面時，竟懷疑自己在做夢。這是我從八十年代初就常常促膝談心的那個高行健所作的畫嗎？那個質樸可親總在書寫小說戲劇的老朋友也能用水墨畫征服世界、讓西方出版社一本本地為他出版這麼豪華的畫冊嗎？然而，鐵鑄的事實就在眼前。

　　我多次到巴黎，知道華裔畫家趙無極先生的繪畫曾進入巴黎龐華度文化中心的展廳，繼趙之後，就是高行健走到這個堂皇的藝術頂尖了。這一事實，讓我興奮不已，也讓我再次不敢相信這是真的。高行健的繪畫成就，真的超過我這麼一個摯友對他的認知與期待，儘管我比別的朋友更早更深地認識到他的不同凡響的天才，但還是沒有想到，他的繪畫成就能達到與二十世紀現代繪畫大師夏卡爾並肩的程度，高的專題展廳和夏卡爾的回顧展在皇家美術館一起舉辦開幕式和記者的新聞發布會。

　　高行健的繪畫魅力，是在抽象與具象之間找到一個廣闊的第三空間地帶。這個地帶是一個全新而豐富的寶庫。這裡不再是看得見的人與風景，而是看不見而且瞬息萬變的「一閃念」，如同戲劇把不可視的心象呈現於舞臺，高行健又把不可視的潛意識呈現於畫面。這是人類繪畫史上沒有人做過的事。高行健說：

　　在具象與抽象之間，其實有一片廣闊的天地，有待開拓和發現。具象發端於對顯示的摹寫，以再現作為繪畫的起點，抽象則出於觀念或情緒的表現。再現與表現是繪畫的兩種主要手段。我的畫則企圖找尋另一個方法，去喚起聯想，既非描摹外界的景象，也不借繪畫手段宣洩情感，而是呈現一種內心的視像。這種內心的視像並不脫離形象，而又不去確定細節，給想像留下餘地，令觀眾也產生冥想。意境大於形象，讓畫面變得深遠，喚起的這種心理的空間，使繪畫超越了二度平面，這又不同於傳統繪畫中的透視。（美國聖母大學斯尼特美術館出版的畫冊《在具象與抽象之間》序言）

　　歐洲的藝評家和學者都從歐洲繪畫史的視角來評述高行健。他們不僅對高行健的繪畫高度評價，還注意到他在藝術史上獨到的美術見解。他確實超越二十世紀流行的美學框架和藝術史觀，確實反對藝術家從政，確實

不以社會判斷、政治判斷或倫理判斷來代替審美判斷，而且還提供了繪畫的新方向。

高行健曾告訴我：小時候他夢想過拍電影，但從未夢想過繪畫。他覺得西方的油畫成就太高，不可超越。後來他能找到另一條路，連自己都沒有想到，真是太幸運了。今年上半年，我在關注高行健的繪畫雙展之後，重新閱讀他的原先的畫論、美學論，真是感慨萬千，我作為高行健的一個三十年朋友，知道他的繪畫給世界提供了前人所無的心象、幻象和靈魂的意象，也給所有精神創造者提示：只要有心有智慧，創造奇觀的可能是永遠存在的。〔註1736〕

5月17日，筆者隨導師朱壽桐教授到北京清華大學參加「全球化與中文學科建設的新方向」國際學術研討會，會上筆者宣讀了論文《論高行健文藝創作的三個階段及其傳播》。

該文被收入會議論文集，後來又收入2017年2月在香港出版的筆者的專著《個人的存在與拯救——高行健小說論》中。中國大陸的學術期刊網可以檢索到該論文的摘要。

6月，讓－皮埃爾・扎哈戴撰、蘇珊譯的論文《高行健與哲學》刊發在《明報月刊》「明月」副刊6月號上。

該文分為四個部分，包括「哲學總也在場」、「歷史、記憶和書寫」、「小說與哲學的對立」、「以『喃喃之我』回應『我思故我在』」。文章寫道：

這裡有必要確認高對哲學的態度，因為他對這一獨立自主的學科宣稱保持距離。然而，高又顯然對哲學的叩問著迷。《靈山》的第七十二章最後兩頁，作者叩問小說中什麼最為重要，列舉了從最接近的到最難以置信的各種可能，問題淹沒在幾十種可能性之中，也包括「崇尚自我封為哲人」。當高重提蒙田和帕斯卡爾關於「自我」的疑問時，不滿足於重複原來的問題，而是進而延伸，並賦予之前沒有的層次。《一個人的聖經》表明，談到「自我」的時候，說的是「自我的意識」，一種「我思」，同人世中的人區別開來，進而成為人的自由賴以存在的根據。以至於，敘述者說的「感謝我主」，既不走向上帝，也不走向命運或不可知，而是這我的意識，亦即存在的意識：「你恐怕應該感謝的是對自我的這種意識，對於自身存在的這種醒悟。」在笛卡爾和薩特之間，高開拓他自己的路，也關乎帕斯卡爾、康德和伯格森，甚至本雅明，

〔註1736〕劉再復著《再論高行健》第155～167頁。

且不說德里達。這並不妨礙他遠離一切教條主義，對這自我加以質疑：「你這自我，也同樣是無中生有，說有便有，說沒有就混然一團，你努力去塑造的那個自我真有那麼獨特？或者說你有自我嗎？」高顯然害怕這樣無底的哲學叩問，有時似乎躲進一種享樂主義中去，或一種生存感受中，令人可能想起《孤獨的散步者的遐想》的作者。《一個人的聖經》中寫道：「永恆的只有這當下，你感受你才存在，否則便渾然無知，就活在當下，感受這深秋柔和的陽光吧！」享樂主義的企圖不必否認，顯然來自毛時代中國生活的經驗，但作品並非到此結束，不由自主又回到哲學，繼續深化對「自我」的思考，找回康德稱之為的尊嚴，其重要性卻又不像康德歸結為人的道德律的存在，而是歸結成為自我的意識，這「自我意識」便意味自由。

　　高隱約提到帕斯卡爾德《沉思錄》中的話，改寫為草芥，主人公當時在大人物毛的靈柩前想說：「他最終要說的是，可以扼殺一個人，但一個人哪怕再脆弱，可人的尊嚴不可以扼殺，人所以為人，就有這麼點尊嚴不可以扼殺。殺人如草芥，可曾見過草芥在刀下求饒的？人除了性命還有尊嚴。尊嚴是對於存在的意識，這便是脆弱的個人力量所在，要是存在的意識泯滅了，這存在也形同死亡。」康德將尊嚴與價值對立，正是這個意義上確認尊嚴：事物都有其價值，唯獨人才有尊嚴。這做人的尊嚴在《叩問死亡》一劇中由關在一個當代藝術博物館裏的這主，以嘲弄的口吻道出：「瞧，這主，活脫一件免費的展品！啊哈，展出個活人，多麼出色的主意！」而高似乎意識到這裡正是文學與哲學兩者之間的空白處，《一個人的聖經》中的敘述者以一句話抹去卻同時保留這些哲學思考：「算了吧，這些屁話，但他正是為這些屁話而支撐下來。」

　　高在《靈山》中確實把哲學同小說對立，前者不過是精神的遊戲，後者則是感性的產物：「哲學歸根結底也是一種智力遊戲，它在數學和實證科學所達不到的邊緣。小說之不同於哲學，在於它是一種感性的生成，卻又同生命一樣，並不具有終極的目的。」哲學他有時又稱之為玄學，並歸於邏輯，他明確的是：「讓玄學家去談玄，你只管走自己的路。」然而，那怕在他的小說中，也談起哲學，在蒙田和帕斯卡爾之後，如此這般詢問自我：「我不知道你是不是觀察過自我這古怪的東西，往往越看越不像，越看越不是，就好比你躺在草地上，凝視天上一片雲彩。」而且，他在斯賓諾莎之後，強調感知的主觀性：「就全看你了，你看她什麼模樣就什麼模樣，你像是個美女就是個美

女，心裏中了邪就只見鬼怪。」至於他定的人物，既非自我封閉，也非內省，「儘管走你的路」，也即，並非走前人的路。即使踏上過去的腳印，也邁向創造，恰如真正的行者：「真正的行者本無目的可言。」

然而，高的這番確認超越美學，他在《一個人的聖經》中寫到一張三十多年前在所謂「五七幹校」勞動改造時拍攝的一張老照片，注意到「有種傲慢，也許因此才拯救了他。」「把此時此刻作為起點，把寫作當作神遊，或是沉思或是獨白，從中得到欣悅與滿足，也不再恐懼什麼，自由是對恐懼的消除。」這就是說，《靈山》中提到的那路穿越美學，就美學而言，穿越文學藝術與哲學，既在文學藝術之中，又如此貼近哲學。

即使高努力拉開同哲學的距離，哲學總也在場。他在《論創作》文論中，企圖把藝術家的美學同哲學家的美學區分開，卻不自主大量借助哲學家的美學，尤其來自康德。這見之於當他確認「審美時人類所特有的稟賦。而這種溝通表明了美儘管是主觀的感受，卻不是任意的，有它的實在性。」康德曾經確認：「只有我們人才有美」，還說「美不可討論，甚至不可以爭辯」，也即不言自明。同樣，當高確認：「一個藝術家的創作能否超越現實功利，同樣也取決於藝術家自己」，「藝術同工具理性無關」，也是康德的觀點「無目的性」和美「無觀念而普世愉悅」。高把藝術家的美學同哲學家的美學區分開來，確有道理，但他做的也同樣是哲學。就此而言，具有雙重意義，他做的既是審美判斷，又從事藝術創作。因此，他處於同康德《判斷力批判》同樣的複雜性之中，該書大部分談的是對美的思考，但有些最重要的段落談到創作，而非僅僅審美判斷。該書談到自然美與藝術美，然而，給藝術賦予規律的天才，也即形式的創造者，從模仿大師的範本開始，從而達到自己的獨創，這些段落構成了藝術創造的哲學專論。這裡可看到康德對高的影響，恰如對《沉默的聲音》的作者馬爾羅或一些當代的藝術理論家的影響，雖然有時他們並未覺察。這種哲學的美學思考當然不限於康德，也見諸《叩問死亡》一劇，對美術館和當代藝術都展開這種思考。劇中人這主對當代藝術和這樣的博物館猛烈抨擊，用的言辭同這戲同樣滑稽，也揭露了一種挪用觀，本雅明所珍視的展覽的那種價值觀：「那些小便池，法國的，也有美國的，還有的是各種各樣的亞洲貨，諸如此類的大大小小的成品，從嶄新的電冰箱到收舊貨的雜燴和拼貼，撿的香煙頭，乃至於用過的衛生巾，只要不發臭什麼破爛都行，大不了消消毒，叫做用途轉移，統統陳列展出，只缺活人。」

　　高回憶年輕時就叩問生命的意義，哪怕最終摒棄這樣的叩問，哲學卻總也在場。特別是當他思考創作與言說的時候，在自己的言說中，觸及伯格森關於常用語同藝術家獨特表述的分野。十年之後，高又在《小說的藝術》一文中，把觀念同事物與經驗嚴加區分，強調「語言通過概念喚起人們感官得來的已有的經驗。」高同寫作的關係相當複雜，粗略一讀未必能理解。他的寫作觀對一個西方人來說，從字面上看似乎有點過時。高，或不如說是《一個人的聖經》中的敘述者，一方面拒絕把寫作從屬於某種傾向性文學，而似乎把寫作當作享樂的一種方式：「他所以還寫，得他自己有這需要，這才寫得充分自由，不把寫作當成謀生的職業。他也不把寫作作為武器，為什麼而鬥爭，不負有所謂的使命感，所以還寫，不如說是自我玩味，自言自語，用以來傾聽觀察他自己，藉以體味這所剩無多的生命的感受。」

　　然而，下一段話，高卻翻轉過來，如此接近伯格森。「他同以往唯一沒有隔斷的聯繫只是這語言，當然他也可以用別的語言來寫，所以還不放棄這語言，只因為用來方便，不必去查字典，但這方便的語言對他來說並不十分適用，他要去找尋他自己的語調，像聽音樂一樣傾聽他的言說，又總覺得這語言還太粗糙，沒準有一天也得放棄掉，去訴諸更能傳達感覺的材料。他羨慕的是一些演員有那麼靈巧的身體，特別是舞者，他很想也能用身體來自由表達，隨意做個絆子，跌倒爬起來再跳。」

　　這裡立馬可以把握他同哲學的關係，以及他的獨特之處。他不只是發現哲學家們已經想到的，更提出「方便」的語言未必最「適用」，反而沒準更艱難。伯格森強調用日常語言來表述感受和意識的閃念，而高不滿足於此，找尋的是「他自己的語調」，這便是藝術家的一種語言譜系，比哲學家更為甚之。甚至還超越音樂，要求找到另一種材料，這便預告了《美的葬禮》。這部影片不丟棄語言，把語言納入一個整體的表述中去。這並非偶然，除了音樂，還有演員和舞者的表演，影片將各種表述方式一概納入其中。高羨慕演員尤其是舞者身體靈活，可「年歲不饒人」，卻像個樂隊指揮，知道這些演員和舞者，如同他寫作的延續。通過影片高回到「內心的聲音」，強調的是人的思考和對存在的確認：「只能在語言中折騰，語言如此輕便倒還讓他著迷，他就是個語言的雜耍者，已不可救藥，還不能不說話，哪怕獨處也總自言自語。這內心的聲音成了對自身存在的確認，他已經習慣於把感受變成言語，否則便覺得不夠盡興。」

　　《小說的藝術》可以說是對言語或書寫最美好的讚揚。高先提到「意識流」的概念並指出有必要發明一種言語書寫，更新普魯斯特、喬伊斯、福克納使用過的這種意識流。他寧願用「語言流」來取代傳統的「意識流」：「對心理活動的追索，達到的語言表述必須通過語法的篩子和時間的順序的漏斗，得來的一連串語句，不妨稱之為語言流，更為貼切。」詩意在這裡以最準確的方式觸及哲學。

　　高對哲學的態度遠遠超出以上這些論述，同樣也觸及歷史在他的作品中起的作用，不管是《一個人的聖經》，還是較為隱約的《靈山》，以及更為隱約的《美的葬禮》。高同歷史的關係，同記憶甚至同書寫的關係，這三者是分不開的。高同樣開闢了自己的路，在傾向性文學和純形式或所謂非歷史的古典美學之間，另闢蹊徑。他既不為任何所謂的事業效勞，也不擔負什麼使命，尤其不承擔救世的使命。他同時又拒絕所謂的「純」文學，因為他清楚這不過是不可救藥的懷舊假「純」文學，而且會導致政治上的極權主義。《一個人的聖經》中敘述者已經說明：「有純而又純的文學嗎？那就談文學，那麼什麼是文學？這都同會議的議題有關，也都爭個不休。這類文學與政治的爭論，你已經膩味了，中國離你已如此遙遠，只不過還用中文寫作，如此而已。」

　　可以肯定的是，小說中的人物不只是簡單拒絕這純文學——十九世紀小說的那種模式，而是以更複雜獨特的方式，通過「我」、「你」、「他」不同人稱來呈現，還有更為複雜的「她」。也就是說，敘述者與作者從此像七巧板那樣鱗次節比地交錯在一起，高不斷建構和拆卸，視角的分解轉換有時甚至難以察覺。不管是哪一種意識形態的、哲學的、藝術的教條主義，高都背道而馳，居然還又掉進懷疑主義或虛無主義中去。

　　他同過去與記憶的關係也是複雜的。首先，因為「夢與回憶難以區分」，「分不清究竟是記憶還是你的虛構」，他也不能確定記憶能否敘述。再則，也因為，他小說中的「人物」，不論是過去的「他」，還是現在的「你」，也可能是小說作者他的「意識」，或者是書中若干命名的人物，例如瑪格麗特，直到《一個人的聖經》最後一頁還提到她的回憶。他們似乎既是他們的過去的囚徒，又想得以解脫，以至於「他們」或「她們」都拒絕認同這「我」。「你」和「他」同樣處於「我」的對立面，而又有微妙的區別。這區別有時間上的差距，「你」指的是人物此時此刻，「他」指的是人物的過去。這裡，高的獨特性就在於，這兩種情況下，那我並非一樣的，認同實際上都是不可能的。

也就是說，就字面而言，「你」同「他」要區別開來。這個不確定也難以確定的「他」並沒有「我」，身份認同在這裡不過是個虛構，一種言說，也許有必要確認卻難以勾起記憶。不必回憶或記不起來這種狀況，如同《叩問死亡》劇中的那主所說：「再說又有什麼好回憶的？過去了的都注定遺忘」。斯本格爾在《西方的頹敗》一書中談到文化無法認同，本雅明的論文集《關於歷史觀》及馬爾羅的《藝術隨筆》也都強調過。高對那人，那孩子、那少年、那成年的過去的陌生人，確認的是這種無法稱之為我的不認同。

他潛入過去，哪怕極不情願，通過書寫以便超越和變形，又一次全然在見證與虛構之間。《一個人的聖經》結尾，敘述者因此得以安詳，贏得自由，唱起「生命的頌歌」，最終翻過了那頁，遠離鄉愁。小說第一章開始：「他不是不記得他還有過另一種生活，但太遙遠了恍如隔世，也確實永遠消失了。」而這一章結束於：「他不是沒有過另一種生活，之後竟然忘了。」全書則在見證與虛構之間，詩人建構了一個他「個人的中國」，以便不至於被另一個他永遠也不會回去的中國粉碎掉，而作品卻可能不朽，不在乎強權和帝國，經得起時間考驗。

從這些不同的層面看高同哲學的複雜關係，而尤以同黑格爾哲學的關係最為哲學。高的作品中反覆提到「否定之否定」，總帶有貶義，在他眼裏，這是把一種活躍的思想變成漫畫。這也表明高批評的歸根結底並非黑格爾的哲學，我甚至要說事情並不這麼簡單，顯而易見，「否定的否定」，號稱辯證法的「更替」，這貶值了的黑格爾主義乃是某種馬克思主義的載體，導致現代主義的一種形式，意味的是掃蕩過去。高比馬爾羅或德里達還更強調：「沒有繼承，哪來創造」。

這便順理成章，高拒絕那種變得貧乏的辯證法而轉向老子：「老子的一生二，二生三，三生萬物，這古老的智慧倒提供了一服清涼劑，有助於人們從這否定的否定不斷革命的怪圈子裏解脫出來。事物的演變與轉化並不以顛覆為模式，兩者的中介正蘊藏產生萬物的機制，思想的自由亦然。新鮮思想往往從兩者的臨界中誕生，人類文化的積累這漫長的歷史乃是在前人的基礎上不斷地發現與再認識，文學藝術的創作也同樣如此。」我這裡所以引用他的《自由與文學》中這麼長一段話，為的是說明割斷高的作品中的哲學維度是多麼錯誤的。總之，至少，蘇格拉底伊始，哲學就同漫畫式的批評扯在一起，而哲學家同他的假兄弟詭辯家得區分開來，哲學的漫畫較之詭辯家還更有甚之，這正是高碰上的。

　　然而，事情還要複雜些，因爲高這樣攻擊「否定之否定」，排斥的不只是五十年代到七十年代的共產主義制度下貶値的黑格爾學說。德勒茲針對黑格爾提出一個關鍵的問題，通過他對「否定的否定」的一再批評（也即人們稱之爲的「更替」，見德里達對黑格爾的翻譯），他也站到當代哲學的行列，不斷反對認同或一統，那種可能變爲極權的思想。高一再拒絕「更替」，開拓出的園地其獨特之處，不像德勒茲的差異，說的是差異本身，他的路則是在差異「之間」。他強調的不只是這邊緣地帶的重要性，他還意識到這一向度的外化，在他的作品中不斷越界，具體而切實，超越一切對立和現成的規範。高的邊緣概念，特別體現在他和大江健三郎的對談中，他明確無疑提出，不僅訴諸同政治的關係，還推延到更爲普遍的同社會的關係。這邊緣概念也還建構在他的作品中，不管是文學、繪畫或電影，他不斷越界，打破樣式的分野。

　　他不滿足於介入哲學，還推演到所謂「終極」。雖然沒用這詞，他寫的《叩問死亡》卻又這番表述：「知道當不來上帝，你呀，便訴諸玄思，也玩起哲學，汝思故汝在。」「當其時」，指的是不僅是前後因果關係，也來自哲思時的覺悟。這當然是一齣戲，而非玄學著作，卻滲透哲學。

　　我提醒高的作品如此接近哲學，但我得承認他自己在他的文論中卻努力區別開，甚至似乎把兩個領域加以對立。在《小說的藝術》中這種區分表述得十分嚴格，高在談到小說中的內心獨白之後，明確指出「小說不能寫成思想著作」。進而又說明：「小說家呈現思想不同於哲學家之處，在於這種闡述並非僅僅是理性的，還同時注入了審美。思考對小說家而言，不靠格言和警句這樣一種斷言，哲學的思考是抽象的、無人稱的，不確定誰在思考。小說家恰恰相反，思考與思想都要通過他的人物某時、某地、某種心情下有感而發。也就是說，小說中的思想表述既不脫離感性，又得成爲這人物生活的一個環節，把感性與智性統一在人物的體驗中。小說中達到的認知，走的是一條同哲學家相反的路。」這段話把文學特別是小說同哲學的界限劃得分明，人們不能不同意他的意見。然而，問題倒不在於混淆兩者的界限，也非通常的區分層次，這裡有幾點要注意的：其一，高並非執意將這兩者對立。他這樣區分小說家和哲學家的時候，偏愛的是後者，看重的是「理念」的表述，其目的都在於「認知」，雖然抹去感性與智力的界限，結果是這認知至少一部分來自哲學。其二，高區分小說家和哲學家找到的理由：小說的審美層次和哲學思考的抽象性，不確定思考者是誰。這些論據未必不可靠，儘管是哲學

史上的主導傾向，但也不盡然如此。從哲學家的角度來看，並非所有的哲學著作都缺乏審美層次，哪怕一些艱澀的文本，哲學思考也並不一定都是抽象的、純然客觀的。特別是當代哲學，諸如李歐塔、德里達、南茜，以及年輕一代的哲學家。哲學並不簡約爲邏輯和理性，而小說也不簡約爲審美。小說誠然不是思想著作，但小說不是沒有教益的，特別是高的作品有其思辨的部分。這不過是些細節，高指出其對立的方面固然不可否認，但這種對立卻背離他作品中貫串的創作思想，而他不管是理論、詩、小說、戲劇、繪畫還是電影作品，都努力包含哲學的向度。

　　高時常提到「當下」，很容易讓人立刻想到伊壁鳩魯的享樂主義，其時是對存在的肯定，高還時不時強調這種確認具有本體論的層次。《叩問死亡》劇中這主說：「還確實如此，你尋尋覓覓，當下還就是它，這番奇蹟！你聽，你看，你感受、品嘗、觸摸，又欣慰還又痛苦，這喃吶之際你身心才得以確認。」這番肯定和列舉不能不令人想到笛卡爾。他在《沉思錄》中肯定，應該「牢記這個建議：我思故我在，當我說出或找這樣想的時候，千眞萬確。」那麼，隨即自問：「我是誰？」笛卡爾解釋道：「我是在想的那事，也即他疑惑，他設想，他肯定，他否定，他要，他不要，他也想像，他還感受。」而高在他的劇中對「我思故我在」以及存在的意識闡述得更爲徹底，帶上當今世界的印記。可以把高和笛卡爾對比，他的列舉顯然有親緣關係，比笛卡爾還開放。但這種對比還太簡單了，高其實更複雜，更流暢，尤其更爲細緻，兩者的關係還有待描述。

　　兩組平行的肯定，就存在的領域和「我思」的內涵而言，是同樣的，但又不完全一致。高的闡述超越了笛卡爾，時間界定「此時」，而「此刻」更爲確切，所以高在劇中稱爲「當下」。不管就伊壁鳩魯的享樂主義還是笛卡爾的我思而言，這都極爲清楚。笛卡爾確認的「我思故我在」是思考的此刻，停止思考我也就不存在，也就是說存在思考的時間中。高把時間限定爲「此刻」，而且置於存在的主體前後的框架裏。細讀高的話，便會看出他對時間的限定非常接近哲學，而且是古典哲學，如笛卡爾或帕斯卡，而非現代哲學或當代哲學。對後者，高批評黑格爾的辯證法中著名的更替說，批評其對立面說，也即在共產主義國家傳播貶值了的黑格爾主義，同樣還批評當代思想繼承的黑格爾的更替思想，以他的方式來理解，還又是「之外」的思想。

　　高和笛卡爾平行的列舉，確認主體存在相應的層面、時間和空間，開發了一個議題，即主體是否涉及經驗。這問題笛卡爾早已提出來，但本文研究範

圍有限。就高和笛卡爾親緣而言，有必要指出的是後者是哲學家，他不像斯賓諾莎從實體出發，從人乃至於個人的經驗出發，從懷疑出發，將經驗提升到形而上的層次。這也在一定意義上確認了高所以把小說同哲學加以區別；而笛卡爾的哲學開始像小說，就《沉思錄》而言，且不說他的《談方法》，首先是生存經驗。我這裡強調的是高同他的平行類比，高的這句「這喃吶之際你身心才得以確認」，準確而令人心動。就馬爾羅所說的繼承與兄弟般競爭這意義而言，高既是笛卡爾的傳人，也是黑格爾和薩特的傳人。人會說這些名字太偉大了，確實如此。不妨借用一下這樣一個熟悉的意象──高坐在他們的肩膀上。高的「我思故我在」，也如同黑格爾或薩特，只要讀一讀薩特的《詞語》中的「我寫故我在」就足以明白，而高的那句話還走得更遠，帶嘲弄意味，兼備戲劇的滑稽和悲劇性。「喃吶」乃生命之初，高用的這詞猶如來自童年，更爲廣義說的是人的脆弱，帶有調笑的意味，同時又突出了一個時代的悲劇性，這便是他對笛卡爾之「我思」的回應，對薩特的存在主義的回應，或是對一種當代哲學的回應。笛卡爾開啓的我思故我在，高報以喃吶之我作爲回答。

　　高不自認哲學家，也不願意當哲學家，卻不斷作哲學思考，他的作品具有不可排除的哲學層次。《逃亡》一劇中的年輕姑娘問：「別總人呀人的，你是哲學家嗎？」中年人回答：「幸虧不是。」姑娘說：「我最受不了男人談哲學。」這是他劇中人物的臺詞，可還得補充一句：不管是高的戲劇還是小說，電影和理論文章中，都不斷談哲學。對高來說，至少有兩點可以肯定的，而且互相併不矛盾，那就是作哲學思考未必只是哲學家，而哲學叩問幸虧超越大學課堂。這就是說藝術與哲學的界限遠比人以爲的要複雜得多。涉及創作的時候，高可是極爲貼近哲學，像所有的大藝術家那樣。他在《盡可能貼近真實》一書中確認：「進行創作如同面對死亡，同時又是生命的見證，兩者不可分。」又說：「親身經歷的和並未經歷而只是想像的在人內心是一回事，對藝術家的藝術來說，這兩者的區分沒多大意義。」藝術家對他的藝術理論的闡述，說明藝術與哲學看來也是並行交錯的，對高而言，不管是作爲小說家還是詩人或電影藝術家（且不說畫家），高都表明：哲學就在他的作品中，難分難解，有時甚至難以覺察，但總也在場。〔註1737〕

〔註1737〕讓一皮埃爾・扎哈戴撰、蘇珊譯《高行健與哲學》，《明報月刊》「明月」副刊 2015 年 6 月號第 36～43 頁的「特輯」欄目中。該文由高行健先生提供影印本，感謝。

6 月 20 日，馬悅然在澳門的演講詞《中國現當代文學與諾貝爾文學獎》刊發在汕頭大學《華文文學》2015 年第 3 期上。〔註 1738〕

7 月 26 日，劉再復在美國科羅拉多寫作《高行健，當代世界文藝復興的堅實例證》。〔註 1739〕

劉再復指出，「沒有一個人像高行健如此給我啓迪。這啓迪，甚至改變了我的某些文學理念和思維方式。」〔註 1740〕文中他總結了高行健的四次「人文發現」：1、發現二十世紀的「現代蒙昧」，即被「主義」（政治意識形態）綁架、主宰的蒙昧；2、發現「自我的地獄乃是更難衝破的地獄」；3、發現「脆弱的人」；4、發現對立兩極之間有一個廣闊的第三空間，也可稱作「第三地帶」。

9 月，臺灣期刊《師大學報（語言與文學類）》第 60 卷第 2 期刊發許維賢的論文《高行健早期小說藝術理論與實踐：以〈現代小說技巧初探〉為中心》、闕瑞珍的論文《高行健戲劇創作與其生命歷程的關聯》。

許文摘要：本文回顧和檢閱高行健早期的小說藝術理論與實踐，以《現代小說技巧初探》為中心，再加上當年數篇未收錄此書的小說理論文章，探析高行健早期小說藝術理論的「現代」語境和小說形式革新主張。《現代小說技巧初探》最大嘗試突破的要點在於專注談「什麼是現代小說技巧？」，而不是停留在 1980 年代初中國大陸文壇膠著於「我們要不要現代小說技巧？」的消極層面，而本文認為，其中最重要的主張就是有關對「意識流」的重新詮釋和提法，此提法不但是高行健在中後期主張「語言流」的源頭活水，也推動了 1980 年代中國小說的革新。在高行健早期的小說觀中，這個革新的出發點首先是參照了西方現代主義形式美學的意識流手法，然後再延伸出高行健早期兩項重要的小說形式革新主張，即提倡一種「敘述語言的角度轉換」和「非情節性和非典型化的小說書寫」。本文嘗試探討這兩項小說形式革新主張在高行健早期中篇小說《有隻鴿子叫紅唇兒》和短篇小說《給我老爺買魚竿》等創作的實踐程度和其得失。

〔註 1738〕《華文文學》2015 年總目錄，《華文文學》2015 年第 6 期第 126 頁，汕頭大學主辦 2015 年 12 月 20 日出版。

〔註 1739〕該文文末標注：2015 年 7 月 26 日美國科羅拉多，劉再復著《再論高行健》第 13 頁，臺北聯經出版社有限公司 2016 年 12 月初版。

〔註 1740〕劉再復著《再論高行健》自序第 3 頁，臺北聯經出版社有限公司 2016 年 12 月初版。

作者許維賢爲新加坡南洋理工大學中文系助理教授。〔註1741〕

閻文摘要：本文以高行健的戲劇作品做評論，其戲劇觀認爲戲劇是表演的藝術，重視演員與觀眾的交流，但又強調演員與觀眾都要以冷靜角度去內省與欣賞，更客觀地理解戲中人的困境，使人對自身的生存狀態有覺醒和超越。他擅長靈活運用人稱代名詞，急遽轉換敘事觀點，使讀者進入每個角色的心理思維，對其告白產生理解與包容。高行健後期劇作中的角色大多以類型爲名：男人、女人、旅客、妓女、夢遊者、痞子；其筆下的年輕女子，對於性關係雖是輕率，卻是擁有性自主權的。高行健的戲劇具有普世性的生命關懷，在其作品中，道出人類對其存在價值與意義的懷疑，並強調禪狀態的精神層面，《八月雪》中的主角慧能，將禪變成一種生活感知，是一種哲學，也是一種生活方式；不是要人們打坐修行，而是要實踐生活，在此刻當下見諸本性。

作者閻瑞珍是臺中教育大學語言教育學系博士生。〔註1742〕

10月20日，劉再復的文章《走向當代世界繪畫的高峰》〔註1743〕、樂桓宇的文章《嵌套影像，看見詩歌》〔註1744〕刊發在汕頭大學《華文文學》2015年第5期。

10月，高行健的妻子西零〔註1745〕在巴黎寫作《藝術家妻子的簡單生活》，她這樣評價另一半：「高行健很隨和，熟悉他的人都知道，同他很好相處」〔註1746〕；「高行健在得諾貝爾獎之前和之後沒有多大的改變，他從未爲謀利而改變藝術的初衷。」〔註1747〕

西零在文中說：

20多年前，我剛來法國，在一家公司工作，晚上、週末和假期的時間用

〔註1741〕來自華藝臺灣學術文獻數據庫，該數據庫2018年4月～6月在汕頭大學免費試用，筆者4月13日下載。

〔註1742〕來自華藝臺灣學術文獻數據庫。

〔註1743〕《華文文學》2015年總目錄，《華文文學》2015年第6期第126頁，汕頭大學主辦2015年12月20日出版。

〔註1744〕《華文文學》2015年總目錄，《華文文學》2015年第6期第128頁，汕頭大學主辦2015年12月20日出版。

〔註1745〕聯經書店的網頁這樣簡介西零：法籍華人作家，高行健夫人，長居巴黎。落筆清新，文風淡雅，曾著有小說《總是巴黎》和《尋找露易絲》。

〔註1746〕西零《藝術家妻子的簡單生活》，西零著《家在巴黎》序第4頁，臺北聯經出版事業股份有限公司2016年6月初版。

〔註1747〕西零著《家在巴黎》序第6頁。

來寫作，非常辛苦，不是想當作家，而是出於一種愛好。高行健理解這種心情。他鼓勵所有渴望寫作的人，對我當然也不例外。我喜歡用第一人稱寫小說，可以簡單生動描繪人物，敘述的線索也十分單純、清晰。〔註1748〕

2000年，高行健獲得諾貝爾文學獎，一時間家裏的電話鈴響個不停，信件堆積如山，太多的事情需要人處理。他沒有助理，也沒有經紀人。我就跟在他後邊幫忙，各種事務都做，只是不再寫作了，沒有時間也沒有精力，況且世界上有很多作家，並不缺我這一個。「如果不是心裏真有話要說，不吐不快，非寫不可，不寫也好。高行健這樣講，我覺得這話說得很實在。時光過得太快，好像不久前才去斯德哥爾摩領獎，還記得那些盛典盛宴，還有午夜大廳手舉火把的孩子，一切都如夢一般。令人難以置信的是，十五年的時光已經過去了。〔註1749〕我們早已回到了正常的生活。我也習慣了現在的身份——藝術家的妻了。藝術家的生活在人們眼裏，似乎不同一般。其實，藝術家的真實生活不僅很簡單，而且很平常。不平常的是藝術的想像力和創造力。〔註1750〕

一年三百六十五天都要預先計劃好，哪一段時間做什麼，寫文章、作畫、應邀參加活動（文學藝術節或大學裏辦的有關他的研討會），前些年還拍電影。不過，近年來他用在繪畫上的時間更多。高行健每年都有兩、三次大小不同的畫展，之前有許多複雜、細緻的準備工作要做。一批批畫作被運走、又送還。許多賣掉的畫自然永遠也不會回來了。有時候，我覺得像一次次告別，有點捨不得。高行健沒有這麼複雜的心情，做自己想做的、能做的，做完就此了結，無牽無掛，接下去又忙別的。日程安排總是很滿，大的項目通常要排到一、兩年之後。〔註1751〕最重要的事情從未改變，那就是他的藝術道路。〔註1752〕

兩人的日常是這樣的：

早晨，我起床後，先燒咖啡，再下樓買麵包。高行健通常只吃麵包抹蜂蜜，喝一杯不加牛奶的熱巧克力，然後去畫室工作。畫室是他最喜歡的地方。他總要先泡好一杯茶，放上選好的音樂，再準備筆墨、紙張和畫布，漸漸進

〔註1748〕西零著《家在巴黎》序第3頁。
〔註1749〕西零著《家在巴黎》序第3～4頁。
〔註1750〕西零著《家在巴黎》序第4頁。
〔註1751〕西零著《家在巴黎》序第4～5頁。
〔註1752〕西零著《家在巴黎》序第5～6頁。

入創作狀態。這是他少年時就夢想的藝術天地，自由自在的創作讓他十分快樂。上午，我有不少瑣碎的事情要處理，回信、回電話、去郵局、去商場，再回到家裏，時間很快就到了中午。家門輕輕一響，高行健從畫室回來了。午餐通常是他喜歡的日本拉麵。未完成的畫上水墨未乾，總讓他有些不放心。吃完午飯，他會稍稍休息一下，很快又返回畫室。我到畫室打下手，幫他收拾東西。另外一件事很重要，就是欣賞新作。我看著一幅幅作品誕生，總是滿心喜悅和興奮。〔註1753〕

多年來，我們一直就是這樣生活。高行健在得諾貝爾獎之前和之後沒有多大的改變；只是從前以客廳爲畫室，現在有一個寬敞的工作室，可以作很大的畫。如今，家在市中心，也比以前住郊區方便多了。他十多年前大病之後，煙酒都不沾，而且一直素食，晚餐加一碟燒魚，生活比以前更加簡單。〔註1754〕

夏末的晚上，我們沿塞納河走到聖米歇爾廣場，在街頭的露天咖啡座上坐下休息。路邊一棵大樹上的樹葉一片片落下來，漸漸被風吹散，只有少數幾片還留在接近樹根的地方。中國人的老話說「葉落歸根」，其實並不確切。巴黎曾經吸引了無數來自外國的作家、藝術家，例如，貝克特、喬伊斯、尤奈斯庫、海明威、畢加索、賈高梅第、夏卡爾⋯⋯他們之中很多人，以這個世界文化藝術之都爲自己的第二故鄉，一生都留在這裡。豈不是「葉落」巴黎了？〔註1755〕實際上，我們在法國這麼多年，沒有客居異鄉的感覺。作爲一個作家、藝術家，高行健充分實現了自己的夢想，沒有遺憾。而且，他在法國有眾多的欣賞者和知音，這種精神的交流總令人愉快。忙過一段時間之後，我們會去看展覽、看戲、聽音樂，還有歌劇和舞劇。巴黎的節目太多，五花八門，精彩的不少，總也看不過來。我們出門時常安步當車，好在家在市中心，到哪裏都不遠，我們現在的生活就是這麼簡單。高行健說，簡單的生活更輕鬆，適意。我又加上「愜意」兩字——享受當下無憂無慮的時刻。〔註1756〕

12月，香港大山文化出版柯思仁的著作《高行健與跨文化劇場》，由陳濤、鄭傑譯。

〔註1753〕西零著《家在巴黎》序第4～5頁。
〔註1754〕西零著《家在巴黎》序第5～6頁。
〔註1755〕西零著《家在巴黎》序第7頁。
〔註1756〕西零著《家在巴黎》序第9頁。

該書目錄如下：

這一年，美國一大學演出《彼岸》。英國愛丁堡戲劇節演出《山海經傳》（臺灣師大製作的搖滾音樂劇）。韓國首爾演出《車站》。意大利米蘭舉辦《逃亡》排演朗誦會。法國巴黎出版藝術畫冊《高行健，墨趣》新版。英國倫敦畫廊舉辦高行健個展並出版畫冊。西班牙舉辦高行健「呼喚文藝復興」繪畫、攝影與電影展並出版畫冊。法國普羅旺斯大學出版社出版《高行健的舞臺與水墨畫：亮相的劇場性》。〔註1757〕

2016 年　76 歲

5 月 31 日，臺灣《自由時報》網絡版首頁的即時新聞報導：《諾貝爾文學獎得主高行健：我對中國已無鄉愁》。〔註1758〕

5 月，臺灣師範大學出版高行健著作精裝本《美的葬禮》（中英法三種語言）。

該書目錄如下：

序言　　　　　　　　　　　　　　　　　　高行健

高行健或葬禮的輝煌　　　　　　　　　　　達尼爾・貝爾吉斯

〔註1757〕劉再復著《再論高行健》第 263～264 頁。

〔註1758〕筆者 2017 年 12 月在澳門大學查找的網絡信息。

高行健的《美的葬禮》　　　　　　　讓－皮埃爾・扎哈戴
《美的葬禮》，一個當代萬花筒　　　娜塔莉・畢婷歌
關於高行健的電影詩《美的葬禮》　　提耶利・杜夫海訥
詩人與精神
思想者與思考
後現代
作秀
眾生相
狂歡節
說戲
洛麗塔
焦慮
月夜
悲憫
貧困與荒涼
上帝與死神
悲歌與馬戲
維納斯、聖母及女巫
戰禍
地獄篇
夢幻與人生真諦
溺水
葬禮
高行健著作

5 月，中國美術學院藝術學碩士生馬思濤提交論文，題目為《回到最初——論高行健的繪畫風格對海報設計的啓示》，導師為吳小華教授。

論文摘要：作為畫家的高行健，其繪畫多用傳統水墨方式表現，風格高曠疏遠、氣勢磅礴，極具現代藝術的氣息。本文旨在提煉高行健繪畫中的水墨元素和極簡構圖，融於海報的設計之中，為當今的海報設計提供新的可能。

6 月 6 日，臺灣中央研究院中國文哲研究所舉行「呼喚文藝復興——高行健演講暨座談會」。

　　該活動主持人爲彭小妍（中央研究院中國文哲研究所研究員），引言人有胡耀恒、單德興、楊小濱、梁志民、熊玉雯。座談會結束後，在場聽眾向高行健提問，部分回答摘錄如下：

　　問：您有沒有想回中國大陸？

　　答：中國是我遙遠的過去。我該寫的關於中國的感受，都已經寫在我作品裏頭。我不否定中國文化也是滋養我的一個重要精神源泉。但我面對當今世界，有那麼多感受，世界又那麼廣大，因此，我呼喚文藝復興當然不是談中國問題。我經常開玩笑說，雖然聯合國沒發給我身份證，但是我自認是一個世界公民。

　　問：談談您的作品與音樂的聯繫。

　　答：我的創作還眞有樂感。因爲我口誦嘛，口誦的話不能雜亂無章，我很講究語言的樂感。我的詩集裏有一個序言講到：我的詩不是修辭，是活的語言。我回到口語，要一聽就懂；不僅一聽就懂，一聽就能喚起感受。我非常注意語言的樂感，包括用法文寫作，找寫的法文也要有樂感。中文句子可以很短，實際上往往是許多的小分句，如果做語法分析，可以很複雜，但句子寫起來幾個字就可以點斷。中文的樂感首先是四聲，起承轉合、平上去入。所以古詩最早是四言，這符合漢語語音的特點。可法文不行，法文句子非常長。你可以一個長句子，主句、副句、定語從句，一氣下來很長。如果用法文寫作，我不是把那個意思寫出來就完了，怎麼達到法語語言之美，眞是費盡心思。我寫第一個法文戲，第一個句子就是一個長句子，差不多有一頁，當然有逗號點斷，事實上是個大長句子，用了三天三夜。追求什麼？語言的樂感、音樂性，同我的中文寫作一樣。

　　問：您在寫劇本、小說跟詩三個完全不同的文體的時候，當初腦子裏有沒有對象？有沒有「閱聽人」的對象？

　　答：文體對我來講是難以轉換的。要是寫詩，就是詩；是劇作，就得有戲劇的結構。我寫戲的時候，不僅得先有戲劇結構，還得在我的想像中看見演員怎麼表演，因爲我是爲演員寫戲，不是一個純文學的劇本。我自己經常排戲，瞭解演員怎麼表演。因此，寫的時候如果想像中看不到演員的表演，這戲沒法寫下去。寫小說又不一樣了，寫小說對我來說好像自言自語，一個敘述者在講述長篇的獨白，因此又是另一種狀態。如果跨文體，就是一個複調性的創作，《靈山》就是這麼一個創作。

　　我的小說有詩，但不是抒情。抒情也不是詩唯一的表述。詩也可以敘事，希臘的荷馬史詩，實際上有小說的成分，也是互相融合的，但就純詩而言，詩不敘述。詩人儘管抒情，但小說家要抒情，那就很難看得下去。可我的小說裏有詩意，詩意又不抒情，怎麼辦得到？這在美學上有講究，我把它稱爲「冷抒情」。不是滿懷激情，把主觀的情感投入進去；而是一雙冷眼關注，當你冷眼關注這混沌的人世，也就看出悲劇、喜劇、鬧劇、乃至於荒誕；也就看出其中的詩意來了。抒情不一樣，抒情首先得自己熱起來、情感投入，因此沒有冷觀關注。抒情是熱情奔放、滿腹激情。可還會有另一種詩。所謂「冷抒情」，即使是對自我的關注，也像關注外在世界一樣。從而昇華爲一種審美評價，也即詩意。對內心世界，包括佛洛依德發現的潛意識，人也可以關注。怎麼關注？就得有第三隻眼睛。

　　問：您怎麼看宗教和文學的關係？

　　答：我的作品確實有一種我稱之爲「宗教情懷」，而非某一種宗教信仰。我也沒有一個固定的宗教信仰，你要說無神論似乎也可以。我的作品甚至也跟上帝、死神開玩笑。但是無神論太簡單了，無神論一說太革命了。人是複雜的，而人的認知是不是能窮盡？難說。人的生命有限，個體是渺小的，這個世界宇宙卻是無限的，時間也是無限的。脆弱的個體、渺小的個人面對這個世界，自然有一種畏懼，這畏懼可以變成病態：有人先天就神經不健全，有人後天發作。但是，這畏懼也可以變成一種宗教信仰，有畏和無畏我認爲區別很大。說一個人無畏，有點可怕，無畏之人什麼都幹得出來，什麼壞事都能幹。我想還是有點良知、有點畏懼的好，這也是我的心態，我也有畏懼。我以爲，人的畏懼是宗教信仰的源起，因爲有限的生命，面對無限的世界，人有這畏懼，所以需要宗教，至少得到精神上一些安慰。因此，宗教信仰的產生，不管哪一個民族，不管哪一種文化，都免不了。宗教本身並不壞，我不反對宗教。那麼多革命者紛紛要剷除宗教；然而宗教給我們帶來了和平，帶來很多的慰藉，卻是革命帶不來的。佛教和基督教文化，以及天主教、猶太教、基督教、東正教都延續到今天。當然，宗教一旦變成權力，也會有宗教戰爭，包括現今伊斯蘭的恐怖主義，很可怕。如果走火入魔到這程度，那是另外一回事，但不因此就否定宗教本身。宗教情懷，我以爲人人其實心底都有，包括憐憫之心，人人其實心裏都有。這是人性，我認爲人起碼有三心才算是人，他得有畏懼之心，有謙卑之心，有憐憫之心，才是人，否則就很

可怕。因此，宗教當然有它產生的根據，也可以導致不同的宗教信仰。我不反對宗教，只是當宗教變成一種政治權力的時候，跟任何權力一樣，它就會壓迫人、迫害人。那是另外一回事，包括中世紀的所謂宗教裁判。但是，宗教比起意識形態和現代政治造成的災難，那是小意思。這二十世紀的災難，宗教簡直是沒法比擬。因此，我不反對宗教，只是我沒有一個固定的宗教信仰。

問：請談談科學與文學的關係。

答：我從小對科技就非常有興趣，到今天還很有興趣。重要的科技發現，我追隨。不久前我在瑞士日內瓦參觀了現今全世界最大的加速器。我被邀請去日內瓦那個中心跟物理學家交流，我受益非常之大。同頂尖的物理學家們有三次討論，他們希望和一個作家、詩人對話。而他們三位沒有一個不愛好藝術的，這幾位頂尖的科學家，有的拉小提琴，有的彈鋼琴，有愛聲樂，還真能唱，但是他們是頂尖的科學家。我想倒過來，作為文學藝術家，如果是科盲，對創作來說不見得有什麼好處，應該瞭解當今科學的發展，迅猛的發展。我很少買什麼報紙和雜誌，但是我時不時買法國的Science，就是《科學》雜誌，因為它經常介紹最新的基礎理論和新的科學發現。我看不懂，但起碼它傳遞一些信息和概念，讓我覺得很有意思。進化論在人類的歷史上不成立，人類歷史複雜得多，遠超過進化論那麼一個簡單的設定。但是科學上的進化論是成立的，因為每一個科學的發現都奠基在前人的發現上，一步一步邏輯程序毫不混亂。這個工具理性對於科學工作者、研究者絕對必要。但是把科學的工具理性用來解釋人類社會，大錯！這是兩回事。我對進化論的批評，可我並不懷疑科學的進步，科學日新月異。科學的進步，從二十世紀起，尤其進到二十一世紀，速度之迅猛，現代科技手段越來越先進，難以預測。二十年後在科技領域會有什麼新發現，難以想像，不瞭解這個進步，也是很遺憾的事情，這是我對科技的認識。科技和人文是兩個不同的領域。

問：您當初寫作《靈山》時，是什麼啟發了您對代詞的混用？

答：我曾經沿著長江流域，一去五個月，浪跡一萬五千公里，八個省、七個自然保護區，甚至進入原始林區，從這個村寨到下一個村寨，走一天還看不到人。我身上只帶幾個東西，一是照相機、一個筆記本、一個錄音機。錄音機是我到國外訪問的時候，發的零花錢買的，那時候中國大陸還買不到錄音機；零花錢我一分錢沒花，當時就買了個磚頭式的錄音機。我走著走著，

就發現自己思考的時候不是說「我」，是「你」。我便大聲說出來，錄音機開著，小說結構的第一章，人稱「你」就這麼出來了，然後就越來越複雜，這部小說足足寫了七年，就這樣建構起來了。〔註1759〕

6月8日～7月10日，在臺北亞洲藝術中心舉辦《呼喚文藝復興》個展。

活動的安排在報導中是這樣的：

諾貝爾文學獎得主高行健以「畫家」身份來到臺灣，親自參加亞洲藝術中心舉辦的個展「呼喚文藝復興」開幕酒會，展期6月8日～7月10日，將展出全新水墨創作、2003至今所拍攝的三部電影、「靈山」旅途中攝影、書籍與相關評論、國際展覽現場照及畫冊。高行健在臺短暫的停留時間中，除亞洲藝術中心個展之外，另有臺灣師範大學、中央研究院、聯經出版社舉辦的表演與講座，密集的活動將是今年臺灣藝文界盛事。

高行健，1940年生於江西，集小說家、劇作家、畫家、攝影師、電影及戲劇導演之身份於一身。2000年獲得百年來第一次頒給華人作家的諾貝爾文學獎，華人世界為之喧騰。

去年，高行健巡迴歐洲舉辦數場大型展覽：年初比利時伊克塞爾美術館與比利時皇家美術館同時舉辦「高行健回顧展」，比利時皇家美術館並永久典藏《潛意識》系列作品六件，年底則於西班牙kubo-kutxaFundazioa個展。1997年起亞洲藝術中心就開始經營高行健繪畫，18年來，有感於高行健在文學盛名之外，更有包含繪畫在內等各種形式、且為數可觀的創作面向皆深受藝術界肯定；因此，我們藉由「呼喚文藝復興」展覽探討高行健的「繪畫要如何與其他藝術形式發生關係」。本展呈現的多元的創作形式同時指向他的哲學思維與他亟欲「回到文藝復興時代」的人文主義思想，這正是此次展覽最核心的題旨。

亞洲藝術中心的高行健個展「呼喚文藝復興」，以他2016年繪畫新作為主軸，並播映電影《側影與影子》、《洪荒之後》、《美的葬禮》，高行健目前的三部電影僅在故宮及英國、新加坡等國際大型高行健活動公開播映。我們亦搜羅國內少見的文獻公開展出：歷年國際展覽大型畫冊以呈現高行健美術館回顧展的規模；並有高行健1980年代在中國時期出版的文學理論、戲劇集等，

〔註1759〕林延澤整理、陳佩甄、彭小妍校訂《呼喚文藝復興——高行健演講暨座談會紀錄》。來自華藝臺灣學術文獻數據庫。

這些著作在今天看來似乎只是一家之主張，但在當時的中國則是不見容於當局的「前衛」思想；另外，比較不為人知的一套書《高行健戲劇六種》是臺大教授胡耀恒於 1995 年委託帝教出版社發行，目前已絕版，也是本次展出的重要文獻之一；聯經、聯合文學、明報在臺港出版的高行健重要著作與相關評論，也在文獻之列。此外，1980 年代高行健獨自行走中國西南山區後，除了寫成《靈山》一書，旅途中以底片拍攝上萬張照片，此次也精選展出。這些作品在表現高行健的蓬勃創造力之餘，也從不同角度進入他個人的文化觀察、語言邏輯，以至於個人的哲學觀點。

　　本展展名沿用自西班牙 kubo-kutxaFundazioa 個展「呼喚文藝復興」，而事實上，這個受到一再沿用的展名來自於聯經 2014 年出版的《自由與文學》書中高行健所撰《呼喚文藝復興》一文。面對全球化以致於凡事以市場為導向的時代，他質問：「超越政治和市場不謀求功利的文學藝術，在現今這時代是否可能？」他自答：「這樣的文藝首先得出於作家藝術家自身的感受，全然來自個人獨立不移的思考，不吐不快。」圖像、文字，都是創作語言，互為表裏，如同兩條不同的路徑指向一套哲學理念，早在 1980 年代高行健的創作即透露一種擺脫意識型態、回歸人文的思想，時至今日人文關懷的核心價值已經點點滴滴地削弱，因此人人需要呼喚文藝復興！

　　6 月 8 日當天下午 2 點整舉行開幕酒會及講座「呼喚文藝復興」，由高行健本人、臺灣大學胡耀恒教授、臺灣藝術大學校長陳志誠主講，地點在亞洲藝術中心臺北二館；6 月 25 日 4 點講座《出神入「畫／話」：高行健的電影詩學》由兩位曾擔任關渡美術館策展人的徐明瀚（電影中心《Fa 電影欣賞》執行主編）、孫松榮（臺南藝術大學動畫藝術與影像美學研究所教授），於亞洲藝術中心臺北一館進行對談。展期至 7 月 10 日。

　　展覽地點與開幕酒會：

　　【墨趣】

　　2016.6.8　2：00pm｜亞洲藝術中心臺北二館｜臺北市樂群二路 93 號
　　展出高行健 2016 年水墨畫布新作

　　【全景視域】

　　2016.6.8　5：00pm｜亞洲藝術中心臺北一館｜臺北市建國南路二段 177 號
　　展出高行健攝影、電影、文學、文獻、水墨紙本作品
　　高行健電影放映場次

展期間每週六 6／11，6／18，7／2，7／9 放映，本放映場次時間安排 6／25 講座當天不適用

亞洲藝術中心臺北一館｜臺北市建國南路二段 177 號

10：30～12：00　側影或影子

14：30～15：00　洪荒之後

15：30～17：30　美的葬禮〔註 1760〕

（臺北）亞洲藝術中心的網頁這樣介紹高行健

藝術家高行健，2000 年諾貝爾文學獎得主，1940 年生於江西，1962 年畢業於北京外語學院法語系，1987 年至法國定居。高行健不僅是小說家、詩人、劇作家、戲劇和電影導演，也是著名的畫家。高行健在現代主義美學和當代人類的實存狀況中思考，他的繪畫結合中國水墨意境與西方抽象，在似與不似之間。2003 年法國馬賽市舉辦他的大型藝術創作活動並定名爲「高行健年」，個展包括 2008 年德國卡爾斯魯厄 ZKM 博物館，2009 年法國愛爾斯坦烏爾特博物館舉辦之高行健與德國諾貝爾文學獎得主格拉斯雙人展，2015 年比利時「伊克塞爾美術館」與「皇家美術館」同時大規模展出高行健創作，皇家美術館並設立永久陳列廳展出高行健六件巨幅畫作。〔註 1761〕

6 月，西零的著作（散文集）《家在巴黎》由臺灣聯經出版。

該書目錄如下：

序　藝術家妻子的簡單生活

家在巴黎

說到童話

都柏林一夢

馬賽高行健年

與莫里哀爲鄰

塞納河之夢

花神咖啡館

蒙巴納斯的故事

作家街

追憶——似水年華

〔註 1760〕筆者 2017 年 12 月在澳門大學查找的網絡信息。
〔註 1761〕筆者 2017 年 12 月在澳門大學查找的網絡信息。

奧爾良花園舊事

皇家花園漫步

墓園隨想

消失的宮殿

聖心之下

心之所至

前衛劇場的記憶

月亮的西邊　太陽的東邊

巴黎藝術展

拉丁區的記憶

時光的印記

聖馬丁運河

日出的印象

綠楊芳草

巴黎　不要熄滅你的燈火

凱旋之門

布魯塞爾高行健雙展

西零在《作家街》中寫道：

羅曼・羅蘭說過，「眞理，就是尋找眞理」；「英雄，就是做自己能做的事。」這裡面的內涵很接近高行健所說的「冷的文學」。高行健在《沒有主義》一書中的文章《個人的聲音》結尾處講到：「個人注定不可能達到終極眞理，或稱之爲上帝，或稱之爲彼岸，個人的認知所達到的這種認知，我稱爲理性，也不是主義。羅曼・羅蘭說過：「我不關心政治，政治總是關心我。」這也和高行健說過的話差不多。

在法國的城市有許多以作家的名字命名的街道。這些人在世的時候，大都無權無勢，有的甚至窮困潦倒。而他們的名字卻一直被後人銘記在心中。比如狄德羅，他年輕的時候做過翻譯，和高行健有點像。不過狄德羅生前並沒有得到同時代人的充分認可。他去世幾年後，法國發生了大革命。他的墓地原本在巴黎聖洛克教堂，在大革命後的動盪歲月裏，被人毀墓拋屍。同期的啓蒙運動思想家伏爾泰和盧梭後來都莊嚴隆重葬在先賢祠。狄德羅卻不知在何處。

　　到了十九世紀下半期，也就是狄德羅去世一個世紀以後，人們才充分肯定他在法國思想史上的重要地位。一個世紀對於個人太長了，可是對於歷史卻很短暫。狄德羅對後世的影響深遠，從今天的法國人身上還能看到他的影子。〔註1762〕

　　西零在《心之所在》一文中寫道：

　　我問過高行健：「你的心在何處？」

　　「這不就在巴黎嗎？」他說得好簡單。

　　「人在巴黎不一定心就在巴黎。」

　　「不知道，我就在巴黎。」

　　「你不是說是個世界公民嗎？」

　　「我是一個住在巴黎的世界公民。……審美，對一般知識分子而言，是一個美學的判斷，對我來說，是一個藝術家一生的最高價值評判，也是藝術家生命的歸屬。」

　　高行健說的審美，是找尋美之所在的過程。這樣看來，也可以說美之所在就是心之所在。〔註1763〕

　　西零在《前衛劇場的記憶》最後一段中寫道：

　　戲劇人大都經歷過轟轟烈烈的風光時候——劇場裏雷鳴般的掌聲，以及鮮花、盛讚。而他們每個人都有自己的藝術之路，也早已習慣踽踽獨行。

　　在巴黎的一個攝影棚裏，羅伯特・威爾森做了高行健的一個肖像視頻；把臉塗成白色，讓高行健自己寫一句話，用燈光打在臉上。

　　高行健寫的是——「孤獨是自由的必要條件。」〔註1764〕

　　7月9日，臺北亞洲藝術中心發布《走尋靈山——高行健攝影作品介紹》。

　　文字如下：

　　《靈山》與《靈山行》。這一次高行健個展「呼喚文藝復興」展出的攝影作品是高行健還在中國時拍攝的。八十年代初，他曾多次遠離北京，去中國南方邊遠的水域和山區流浪，最長的一次1983年，穿越了八個省、七個自然

〔註1762〕西零著《家在巴黎》第102～104頁。
〔註1763〕西零著《家在巴黎》第152～154頁。
〔註1764〕西零著《家在巴黎》第163～164頁。

保護區，爲時五個多月，行程達一萬五千公里。他拍了幾千張照片，可惜大都已喪失。這裡展出的僅僅是他 1987 年底爲了寫《靈山》帶到巴黎的一小捲膠片中選出的二十張。他從 1982 年起就著手寫《靈山》這部小說，1989 年七月在巴黎完稿，爲時七年。這部小說如今譯成了三十九種文字出版，可說是世界當代文學的一部經典。

　　高行健是南方人，他祖籍江蘇泰州，出生在江西贛州，對南方文化一直很有興趣；1980 年代由於政治控制有些鬆動，他開始有機會遠離北京前往中國西南山區旅行。西南山區地處偏僻，管理不便，因此南方文化傳統在中國文化中發展出多樣的民間文化，他走訪了黃河、開封、洛陽、雲南、貴州、四川、青海、西藏等地，從東海之濱到青藏高原，南到雲貴交界，北到大熊貓保護區羌族山寨和大雪山，他幾年之間的多次旅行是沿著整個長江流域從源頭一直旅行到東海，總共跨越了 13 個省，直接接觸了苗族、彝族、羌族、土家族等少數民族。

　　高行健的靈山之行早已屆滿三十週年。巴赫汀（Mikhail Bakhtin）「眾聲喧嘩」揭示了主體的存在，同時指涉對於開放性的嚮往，即使當時還不流行這個文化理論，從眾聲喧嘩的角度看來，高行健的旅程早已是體現他心之所向最關鍵的一次實踐。高行健曾指出，與北方比較，南方文化更活躍、也更早形構出文化；踏上旅程，他便與單一而強大的文化支配力保持距離，親身體驗多元文化並思考其背景中某一個具有影響力的歷史言說者，他在《靈山》裏寫下這樣一段：

這禹陵裏如今殘存可考的古蹟
只有大殿對面的一塊石碑
斑駁的若干蝌蚪般的文字
專家學者尚無人能辨認
我左看右看，琢磨來，琢磨去
恍然大悟，發現可以讀作：
歷史是謎語
也可以讀作：歷史是謊言
又可以讀作：歷史是廢話
還可以讀作：歷史是預言
再可以讀作：歷史是酸果

也還可以讀作：歷史錚錚如鐵

又能讀作：歷史是麵團

再還能讀作：歷史是裹屍布

進而又還能讀作：歷史是發汗藥

進而也還能讀作：歷史是鬼打牆

又同樣能讀作：歷史是古玩

乃至於：歷史是理念

甚至於：歷史是經驗

甚而還至於：歷史是一番證明

以至於：歷史是散珠一盤

再至於：歷史是一串因緣

抑或：歷史是比喻

或：歷史是心態

再諸如：歷史即歷史

和：歷史什麼都不是

以及：歷史是感歎

歷史啊歷史啊歷史啊歷史

原來歷史怎麼讀都行，這眞是個重大的發現！

身爲一名創作者，《靈山行》系列攝影用影像呼應文學《靈山》，而寫作則是他遠離政治中心行走過程中的感觸與獨白。高行健以批判視角，轉化民族志的研究精神，將之貫注到《靈山》和《靈山行》的創作中，使他的文學寫作具有風趣的性格，攝影作品則有人性關照的溫度。兩者對照來看，不免令人神遊、莞爾、浮想聯翩。〔註1765〕

10月，香港《明報月刊》2016年10月號刊載高行健在意大利米蘭大學舉辦的《交流與境界》國際學術研討會上的演講《越界的創作》。〔註1766〕

12月，劉再復著作《再論高行健》由臺北聯經出版事業股份有限公司初版。

該書包括7個部分，序言、附錄和五個專輯。

《自序——高行健，當代世界文藝復興的堅實例證》；

〔註1765〕公眾號「臺北亞洲藝術中心」2016年7月9日發布。
〔註1766〕劉再復著《再論高行健》第265頁。

　　第一輯有 8 篇文章：《高氏思想綱要——高行健給人類世界提供了什麼新思想》、《高行健的自由原理——在德國愛爾蘭根大學國際人文中心高行健學術研討會上的發言》、《高行健對戲劇的開創性貢獻——在韓國漢陽大學高行健戲劇節上的講話》、《當代世界精神價值創造中的天才異象》、《從卡夫卡到高行健——高行健醒觀美學論述提綱》、《中國現代文學中的兩大精神類型——魯迅與高行健》、《從中國土地出發的普世性大鵬——在法國普羅旺斯大學高行健國際討論會上的發言》、《高行健的又一番人生旅程》；

　　第二輯有 5 篇文章：《走出二十世紀——高行健〈論創作〉序》、《詩意的透徹——高行健詩集〈遊神與玄思〉序》、《世界困局與文學出路的清醒認知——高行健〈自由與文學〉序》、《人類文學的凱旋曲——萬之〈凱旋曲〉跋》、《〈高行健研究叢書〉總序》（劉再復、潘耀明）；

　　第三輯有 4 篇文章：《要什麼樣的文學——2014 年 10 月 18 日在香港科技大學與高行健的對話》、《打開高行健世界的兩把鑰匙——2014 年 10 月 24 日在香港科技大學「高行健作品國際研討會」上的發言》、《美的頹敗與文藝的復興——2014 年 10 月 28 日在香港大學與高行健的對話》、《走向當代世界繪畫的高峰——面對比利時隆重的「高行健繪畫雙展」》；

　　第四輯是《放下政治話語——與高行健的巴黎十日談》；

　　第五輯是《高行健創作年表》（截止於 2016 年 10 月）；

　　附錄收入了 4 篇文章：《余英時談高行健與劉再復——〈思想者十八題〉序文摘錄》、劉劍梅《現代莊子的凱旋》、潘耀明《滿腔熱血酬知己》、高行健《自立於紅學之林——〈紅樓夢悟〉英文版的序》。

　　12 月 20 日，王孟圖的論文《敘述者的魔術——高行健長篇小說的敘述人稱之魅》刊發在汕頭大學《華文文學》2016 年第 6 期。〔註 1767〕

　　12 月 30 日，筆者在澳門大學順利通過博士論文答辯。論文題目為《論高行健小說的現代性追求》。

　　答辯委員包括澳門大學人文學院的靳洪剛教授、朱壽桐教授、楊義教授、龔剛副教授、上海復旦大學的郜元寶教授。

　　這一年，在臺灣中央研究院、意大利米蘭藝術節和英國牛津論壇 2016

〔註 1767〕《華文文學》2015 年第 6 期第 106～111 頁，汕頭大學主辦 2015 年 12 月 20 日出版。

年會上，分別作了三次演講，題目爲：呼喚文藝復興。應邀出席法國馬賽舉辦的亞洲戲劇研討會，會上專場放映了歌劇《八月雪》錄影。法國巴黎出版《遊神與玄思》法譯本，譯者是杜特萊教授。

臺灣師範大學藝術史研究所改編上演《靈山》音樂舞劇，編舞吳義芳。法國巴黎詩人之家舉辦高行健詩歌朗誦會並放映影片《美的葬禮》。盧森堡電影資料館放映《美的葬禮》。意大利威尼斯大學舉辦高行健作品朗誦會並放映影片《美的葬禮》。

香港藝倡畫廊舉辦高行健個展並出版畫冊《墨光》。臺灣師範大學出版畫冊《美的葬禮》。美國紐約藝術博覽會推出高行健個展。盧森堡畫廊舉辦高行健個展。〔註1768〕

天津音樂學院任東嶽提交碩士論文《論林兆華導表演的雙重結構》，該文論及高行健對林兆華的影響。〔註1769〕

論文指出：林兆華作爲導演的創作大體可以分爲 1982 年之前和 1982 年之後。1982 年之前共創作四部作品，全部是現實主義的，從 1982 年的《絕對信號》開始林兆華走向當代劇場美學的探索之路。1982 年從與高行健合作開始，林兆華就已經提出表演的雙重概念，當時這種概念是模糊的，高行健的劇本已經跳脫了現實主義文本的結構，作爲導演在尋找詮釋方法時，林兆華憑藉其對表演的敏銳直覺，認識到必須要在表演上作突破。後來與高行健合作的《車站》，直到 1985 年二人合作完成《野人》，早期的這三部作品對林兆華對表導演的認知以及劇場實踐提供了堅實的創作基礎，從某種意義上講，高行健的文本以及對表導演的敏感引燃了林兆華的創作天賦。

2017 年　77 歲

1 月 1 日，朱壽桐教授在澳門大學爲筆者即將出版的博士論文作序。

2 月，筆者的博士論文改名爲《個人的存在與拯救——高行健小說論》作爲「高行健研究叢書」之一由香港大山文化出版社出版，全書大約 30 萬字。

「高行健研究叢書」六年來出版了 6 本，這是第六本。之前的五本分別

〔註1768〕劉再復著《再論高行健》第 264～265 頁。
〔註1769〕任東嶽《論林兆華導表演的雙重結構》摘要文字，根據中國知網博碩士論文搜索顯示。

為劉再復著《高行健引論》、沈秀貞著《語言不在家》、柯思仁著《高行健與跨文化劇場》、劉再復編《讀高行健》、劉劍梅著《莊子的現代命運》。

該書目錄如下：

《高行健研究叢書》總序／劉再復　潘耀明

序言／朱壽桐

緒論

第一章　個人的存在：荒誕

  1.1　現代的個人

  1.2　荒誕先鋒

  1.3　見證荒誕

    1.3.1　個人被群體吞噬

      1.3.1.1　集權的恐怖

      1.3.1.2　群眾的暴戾

      1.3.1.3　淪落的個人

      1.3.1.4　逼仄的私域

    1.3.2　直面人性的困境

      1.3.2.1　母親之死

      1.3.2.2　女友呼救

      1.3.2.3　老幹部形象

第二章　女性的意識：瘋癲

  2.1　集體的婦女

    2.1.1　鄉巫的瘋癲

    2.1.2　被政治異化

      2.1.2.1　花豆

      2.1.2.2　許倩

      2.1.2.3　「紅色」家屬

  2.2　現代的女性

    2.2.1　野性的少女

      2.2.1.1　柔媚

      2.2.1.2　情慾

      2.2.1.3　災難

2 月，羅華炎的著作《高行健小說裏的流亡聲音》由臺北秀威初版。

這是羅華炎 2009 年的博士論文，當時寫作時用的是馬來文。

羅華炎，1951 年出生，祖籍中國廣西容縣。馬來亞大學中文兼馬來文系榮譽文學士、馬來亞大學中文系文學碩士、馬來亞大學哲學博士。曾任師範學院中文講師、世紀大學教育系高級講師。著有《現代漢語語法》、《實用小學華語教學法》、《微型教學與教案示例》。〔註 1770〕

該書目錄如下：

〔註 1770〕羅華炎著《高行健小說裏的流亡聲音》一書的勒口處的作者簡介，臺北秀威 2017 年 2 月初版。

5.3 從各種意識形態或主義束縛中逃亡

5.4 從市場壓力中逃亡

5.5 從「自我」桎梏中逃亡

第六章　總結

參考書目

4 月 6 日，臺灣師範大學網頁發布「高行健藝術節」活動公告。

該活動公告這樣寫道：

諾貝爾文學獎得主高行健教授於臺灣師範大學擔任講座教授第六年，故臺灣師範大學將舉辦《高行健藝術節》系列活動以茲慶賀，邀請藝文界知名人士對高教授著作相關議題進行研討，以利各方汲取寶貴美學、文化藝術等經驗，建立美學新觀點，從而構築出一個供各領域創作者、演出者，以及研究者相互交流之平臺。

【藝術節 5／15～6／15 全部活動】：

「遠矚巨海，回眸靈山—高行健與師大圓夢特展」（免費）

5／15（一）～6／15（四）臺師大-文薈廳

【靈山與山海經傳】創作分享（憑演出票券並在線報名）

5／19（五）18：00 臺師大-誠 101 階梯教室

【靈山音樂舞蹈劇場】（售票演出）

5／19（五）、5／20（六）19：30 臺師大禮堂

【追尋自由的靈魂】高行健先生創作論壇（免費，需在線報名）

5／22（一）9：20~17：20 圖書館 B1 國際會議廳

【山海經傳】搖滾音樂劇（售票演出）

5／26（五）19：30、5／27（六）14：30 與 19：30、5／28（日）19：30、5／30（二）19：30、5／31（三）19：30、6／1（四）19：30、6／2（五）19：30 臺師大禮堂〔註 1771〕

4 月 21 日，劉再復在美國科羅拉多寫作《高行健「思維方式」》一文。

劉再復寫道：

得知臺灣師大舉辦「高行健藝術節」並舉行高行健學術研討會，我的第一個反應是：師大很有見識，知道高行健異常重要，而且知道高行健是一個

〔註 1771〕筆者 2017 年 12 月在澳門大學查找的網絡信息。

需要不斷闡釋、不斷認知的重大文化存在。

　　每次面對高行健，我總有一種「說不盡」的感覺。他太豐富，把全方位的精神價值創造推向令人難以置信的地步，史詩、寓言、小說、戲劇、詩歌、電影、文論、繪畫，每個領域都大放光彩，而且都很新鮮。他涉及的諸多領域，又相互聯繫，各種不同類別的創造都導向對世界和對人性的深刻認知，從而形成一個極爲燦爛而又極爲純粹的高氏精神世界。可以說，這是當今時代獨一無二、值得不斷開掘、不斷研究的世界。

　　三十年前，我只知道高行健是自己的同伴、同行，三十年後的今天，我才明白，高行健和我同行而不同類。他完全是另類作家，另類藝術家，另類思想家。他的世界是詩與哲學的巨大兼容，是藝術與認知的高度融合，是文學、藝術、哲學、佛學、歷史的奇妙交匯。東方、西方、古代、當代、理性、感性，全都打通了。我們確實難以說明高行健何以取得這番特異的成就。

　　我出國已二十七、八年，一直跟蹤高行健的創作，總發現他的創作不斷擴展，不斷衍生，難以跟上。十五年前，我寫了三百多頁的《高行健論》（聯經出版），最近又出版了三百多頁的《再論高行健》（也是聯經出版）。這本新書出版還不到半年，我又覺得可以再寫一部《三論高行健》。我這「三論」目前尚力不從心，但至少可以先概述一下尚未充分涉及的三個方面：

　　一是我將打通高行健的諸多創作領域，從文本入手，說明其多而不雜，並非文字或智力挖空心思的遊戲，各類精神創造都有實在的內涵，又互相聯繫，相互呼應，豐富繁茂而有內在的思路貫穿，從而導向深刻的認知，抵達很高的精神境界。二是我將立足於他的創作實績，說明用世上現存的各種主義、各種思維框架都不足以解說他提供的多彩多姿的作品。三是我將側重說明高行健的另類思維方式，從「思維方式」的視角解釋高行健取得這番成就的緣由。

　　高行健寫過一本書，題爲《另一種美學》，那是他對「蘇式教條」提出質疑之後又對「西式教條」的一次質疑，也是對時髦的「現代性」和「後現代主義」的質疑，即對「理念取代審美」、「觀念取代藝術」這類思路的質疑。他提出的另一種美學，正是針對當下流行於東方課堂與西方課堂的思維方式的全面叩問。

　　今天，我想就高行健思維方式提綱式地講述我的心得。這份提綱，是我多年來面對高氏世界所產生的巨大困惑和我自己作出的初步回答。我的困惑

是：一個和我同樣在極權專制條件下生長的朋友，為什麼他能贏得如此高度的自由？其才華為什麼能突破各種思想牢籠而充分展現於世界？他有什麼秘訣？有什麼「絕招」？有什麼特別之處？想來想去，我明白了一點，那就是高行健的「另類」，首先是他「思維方式」的另類。他的思維方式，橫掃中外古今教條，真正獨闢蹊徑，別出心裁。不僅超越了中國，而且超越了西方；不僅超越了十九世紀，而且超越了二十世紀；不僅超越了我們的同一代人，而且超越了比我們年輕一兩輩的各種先鋒。我歸納了一下，覺得他的思維方式有三個特別之處：

一、高行健沒有任何先驗的「政治正確」與「正、反、合」等哲學預設，沒有人們通常所說的世界觀、歷史觀等思維框架。我們是二十世紀中出生成長的人，二十世紀這大環境下，要麼接受「革命論」，認定「革命是歷史發展的火車頭」；要麼接受「進化論」，認定社會總是按照某種規律朝前發展，不斷走向進步；要麼接受「反映論」，認定文學藝術是現實時代的一面鏡子；要麼接受「本體論」，認定某個「烏托邦」才是歷史的終極。高行健卻對流行的這一切理念全然拒絕，他穿越二十世紀種種理論迷霧，回到了自己切身的經驗與認知。

今天回顧同他的交往，令我特別醒覺的是，他從不認為有什麼「終極真理」。他表述過很多次：這個世界無限豐富，變化無窮，人性也太複雜，幽微難測，我們（作家）只能「盡可能貼近真實」，即盡可能貼近人類生存的真實處境和人性的真實本性，卻無法「窮盡真理」。企圖確定世界的「終極究竟」，或企圖以此來改造世界和造就新人，都是妄念。他用認識論取代本體論，認為對於世界，只能認識再認識，永遠沒有認識的完成，永遠不可能有個終極的結論。從古希臘的柏拉圖、亞里士多德開始，哲學家們都在叩問世界的終極究竟。但高行健認定這是不可能的。因此，他既不接受也不要求自己去建構一種固定的所謂世界觀。在當代作家中，高行健是對「主義」最早也最徹底地提出質疑的作家。因為任何「主義」，都提供一個認知的終極結論。在中國、前蘇聯和東歐，馬克思主義的辯證唯物主義和歷史唯物主義建構的世界觀，提供的結論便是「共產主義」烏托邦。高行健既不認同馬克思主義，也不認同西方知識界依然流行的他稱之為的「泛馬克思主義」的左派思潮。同樣也不認同西方傳統的自由主義和人道主義。他寧可放下「人道」、「人權」這些空洞的政治話語，回到現實世界人生存的真實處境，從抽象大寫的人的

理念回到實實在在眞實的個人，回到在現實的生存困境中有種種弱點的活人。高行健認爲，文學藝術只有擺脫現實的功利才能贏得充分的自由；相反，如果納入到某種世界觀、歷史觀、本體論諸如此類的意識形態和哲學框架，勢必落入概念化與模式化的陷阱。

高行健不僅拒絕政治上的各種主義，也拒絕文學藝術中流行的各種主義。他的藝術世界從遠古的神話史詩到現代寓言，從民間歌謠說唱到突破格局的長短篇小說，以至於他的電影詩或電影史詩。提供的形象從天帝和神靈到死神與魔怪（前者如《山海經傳》，後者如《冥城》），既有隨心所欲的漫遊如長篇小說《靈山》，又有緊貼現實近乎紀實的《一個人的聖經》）。從毛澤東時代的集權專制下的中國到現今西方社會的頹敗，他的普世性視野完全超越東西方文化的分割。高行健廣闊的文學藝術世界無法納入古典主義、浪漫主義、現實主義、超現實主義或現代主義任何一種框架，即無法歸類，只能籠統地稱之爲「高氏精神世界」。

評論界通常把高行健納入現代主義或先鋒派，殊不知他其實又遠遠超越業已僵化的現代性教條。固然，上世紀八十年代末他的《現代小說技巧初探》一書和劇作《絕對信號》在中國惹起了現代主義與現實主義的爭端，而他的劇作《車站》被列爲荒誕派屢遭查禁，他的另一本文論《對一種現代戲劇的追求》，書都印出來了卻不能發行。可他自己從未認可貼在他身上的現代派和荒誕派標籤。他對中國小說和戲劇的革新，有他自己的論述。《車站》當年發表時的副標題：「生活抒情喜劇」；他小說的代表作《靈山》自稱爲語言流。他對小說和戲劇的革新從實踐到創作都有他自定的創作美學，用以區別哲學家和作爲哲學分支的美學思辨。《彼岸》一劇更無法歸類，同更早寫的《獨白》類似，既無故事情節也不塑造人物，同樣都是用於演員的訓練。或者讓一名老演員當眾展示他舞臺表演的技藝，卻道盡人生的滄桑。或是讓一群年輕的演員在排練場訓練做遊戲，而一個教會他們語言的女人卻被言語的暴力扼殺了。從眾人中脫身出來的另一個人，爲眾人所不容，弄得身心憔悴而告終。這種人生經驗，什麼時代都如此，歷史就這樣不斷重演。無怪這戲從臺灣、香港演到歐洲、澳洲和美國，都能引起觀眾的共鳴。只是無法歸類。

二、高行健思維方式的第二個突出特點是在自己的作品中不作價值判斷。即不在自己的任何類別的創作中設置敵我、左右、正邪、忠奸的政治法庭；也不設置黑白、善惡、是非、好壞的道德法庭；更不設置唯物唯心等兩

極對壘的哲學法庭，只訴諸審美，並且提升為對社會和人自身的認知。

　　中國大陸數十年中，把「政治」視為文學批評的第一標準，把分清「誰是我們的敵人，誰是我們的朋友」當成獲得寫作「政治正確」的第一前提，把設置「兩個階級、兩條道路」的鬥爭環境視為典型環境，從而把文學推向模式化、概念化的深淵。高行健的創作首先從「政治」中突圍。自始至終拒絕流行的價值觀，他把文學的功能，歸結為啓迪讀者的「覺悟」和喚醒讀者的同類經驗，從而成為自覺的意識。這種功能意識確實高於價值判斷。我跟蹤高行健三十多年，回顧高行健的整體創作，發現他丟棄通常的價值判斷，首先訴諸感受。這種感受是建立在人生經驗基礎上的切身體驗，而非理念。例如，對於「上帝」，高行健從不作「有」或「無」、「正」或「邪」、「善」或「惡」的判斷，只是用自己的心靈去感受，並隨境遇的變遷而變遷，從而演化為不同的藝術形象，喚起讀者和觀眾的共鳴，沒有絲毫的說教。那麼，高行健是不是毫無評價呢？不是，他對世界的認知，也包含某種評價，但這是同人性相關的認知，與人的情感密切聯繫在一起的審美判斷。說麥克白是悲劇人物，而不說他是「壞人」或是「大惡人」，這便是審美判斷。這種判斷通過主體去感受世界和認知世界，永遠不過時。時代再怎樣變遷，麥克白這悲劇人物也不會變喜劇的丑角。

　　高行健《夜遊神》裏的「那主」，不寫成「壞蛋」或黑幫頭目，而是佔據一方的幫主，人進入這勢力圈，就休想逃脫，越陷越深。人類社會還免不了就有「那主」，好端端一個人，一旦捲入，便走向毀滅。這便是《夜遊神》帶給觀眾的啓示。還有他的《山海經傳》，可謂補了中國遠古史詩的闕如，劇中的天帝們爭鬥不休，無所謂正義與否。曠日持久的黃帝與炎帝之戰，攪得天翻地覆，黃帝並非正統，蚩尤並非異端。諸多神怪各顯神通，有掉了腦袋還廝殺的刑天，有逐日的夸父，有砍掉了頭還能再生出一個又一個頭的應龍，有撞倒天柱於不周山造反的共工。孰正孰邪，孰善孰惡，高行健不作任何判斷，只如是這般展示人類社會的源起，天地開篇就這樣荒誕不經。天帝的長孫鯀上天偷息壤治水，天帝竟下令把他刺死，之後卻又命破腹而生的大禹去完成父志，又哪有什麼是非與理性？好不容易天下剛剛平定，大禹的慶典卻拿個遲到的防風氏開刀問斬。而那位天帝的門神羿，奉命去平息赤日炎炎的天下，為民眾射落九個太陽，卻因射殺了天帝之子被貶到人間。這救世救民立了大功的英雄卻被民眾用亂棒打死，人類的創世紀就如此荒誕，困境重重，

更何況現時代的人世間？

　　三、高行健還有一種特別的思維方式，這就是超越工具理性。他認定，科學與文學都可以認知世界。然而，科學建立在工具理性上，文學卻首先訴諸感性。科學揭示的是實在性眞理，文學昭示的則是啓迪性的眞實，前者訴諸嚴密的邏輯和因果律，後者則訴諸人的本能、感性和直覺，是兩種不同的認知方式。把科學認知方式的工具理性施加於文學，不僅無助於文學藝術，而且只能把文學的認知變質爲語言的智慧遊戲和觀念的圖解，這也正是所謂後現代的理論對當代藝術造成的災難。文學藝術直接訴諸感官，喚起人的情感，打動人的心靈，從而啓發人的心智，激發人的美感。美與詩意，醜陋與滑稽，悲劇與喜劇，怪誕與崇高，其中所包含的意識與智慧，都是工具理性不可能達到的。工具理性對於科學當然是必須的，但它不宜移用於文學藝術。在中國作家中，高行健最先覺悟到這一點。而且，他看到了工具理性無法達到心靈、靈魂和精神境界的層面。他的傑作《靈山》深宏博大，所以成了當今世界文學的經典，正在於它遠遠超越工具理性達到的認知。文學藝術原本與宗教相通，但是宗教導致信仰，而文學則導致審美。高行健又把兩者加以區分，求的是至眞至美而不求偶像和神明。他一再說，工具理性雖然可以幫助科學家抵達眞理，但不能喚醒讀者的悟性，抵達人生至高的境界。所以他放下各種主義，也包括放下「科學主義」。高行健對於工具理性的局限認識得極爲清醒，這一點，無論對東方還是西方的學界應該都有啓發。〔註1772〕

　　5月4日，**劉再復在美國科羅拉多寫作《「高行健世界」的全景描述》一文。**

　　劉再復寫道：

　　高行健的論述和專著已經很多了，但通常都是就他的創作某個領域，小說、戲劇、繪畫、電影或詩歌專題研究，再不就他的文論來探討他的文藝思想和創作美學。迄今爲止還很難見到縱觀他全方位的創作和思想的著述，這也因爲他創作的領域一直在不斷擴展和延伸而難以追蹤。如今他居然宣稱退休，雖然令人不勝遺憾，但對他的研究者來說，倒是提供了一個機會，得以統觀他已發表的作品全景。

　　高行健自己對他在各個領域的創作已有過不少理論的表述，他在中國時，就已經有兩本文集《現代小說技巧初探》和《對一種現代戲劇的追求》。

〔註1772〕該文章來自劉再復的新浪博客，2017年7月21日。

到法國之後又陸續出版了《沒有主義》、《另一種美學》、《論創作》、《論戲劇》和《自由與文學》五本文論。他既是一位罕見的全方位的文學藝術家，又是一位思想家。他的思想不僅擺脫種種意識形態的約束，獨立不移，而且不同於哲學家，即不著意把創作和思考納入理論建構的框架中。他的思想始終是生動的，開放的，從不追求所謂「終極眞理」。誠如他所說，只是不斷深化對世界與對人性的認知，認識再認識，從而取代哲學的本體論和各種價值判斷。

本文不可能全面剖析高行健的創作，只想從他創作的藝術形象切入他的世界，並做一番勾畫，以方便讀者進入他的創作所提供的極為豐富的思想與技巧。他的藝術世界從遠古的神話史詩到現代寓言，從民間歌謠說唱到突破格局的長短篇小說，以至於他的電影詩或電影史詩，而且跨越各種樣式。提供的形象從天帝和神靈到死神與魔怪（前者如《山海經傳》，後者如《冥城》）。至於人世間，既有隨心所欲的漫遊（如長篇小說《靈山》），又有緊貼現實近乎紀實的小說（《一個人的聖經》），從毛澤東時代的集權專制下的中國到現今西方社會的衰敗，這種普世性也超越東西方文化的分野。他這廣闊的藝術世界無法納入古典主義、浪漫主義、現實主義、超現實主義或現代主義的框架，甚至無法歸類，看來只能籠統稱之為高氏世界。

進入這個世界不妨先從天堂入門。高氏的天堂，不是上帝獨尊。其四面八方的天帝就有四位：東方帝俊、南方炎帝，北方還有黃帝，而西方則是西王母，想必是人類舊石器時代母虎圖騰的記憶遺存。那開天闢地用肚腸子造人的始祖神女媧就更為古老，人類的歷史由她開篇。但這並非是高行健的杜撰，遠古華夏文化遺存的古籍和殘篇可供考證。而高行健作品中的上帝，時而是隻青蛙，眼睛一張一合，說的是人類不懂的語言（見小說《靈山》的最後一章）；時而是深居井底，無限幽深（見他的長詩《遊神與玄思》）；時而又化為乞丐，驟然顯身（見他的影片《美的葬禮》）。高行健並非無神論者，可又沒有宗教信仰，連他敬重的佛家禪宗六祖慧能，在他編導的歌劇《八月雪》中，也一無神聖的光圈，他安然坐化，只留下偌大的智慧在人間。

高行健的作品一再調侃死神，卻又不像唯物主義者那樣一味褻瀆宗教。他面對「不可知」心懷敬畏，卻並非宗教信徒。他也沒有確鑿無疑的唯物或唯心的世界觀，只是冷眼觀看世界，從而留下這一番創作。

高行健對遠古神話的興趣，不止於兒時，從青年到成年幾十年的研究與思考，終於成就他把上古華夏淡漠了的記憶，拼接成如此宏大的史詩劇《山

海經傳》。此劇剔除後世帝王譜系和道德教化的種種詮釋，還其本眞，大可同古希臘的神話和史詩對比參照。《山海經傳》提供的人類源起故事及其對世界的認知，值得深入研究。在高行健獨創的「史詩」中，雖有始祖女神創世，然而天庭並不安寧，天子們吵鬧不息，弄得天下大亂，民不聊生。天帝的門神羿奉命去平息天下，卻射殺了天帝之子而被貶到人間。面對情與欲、生與死，又是一團混亂，弄得這救世的英雄竟被眾人亂棒打殺。從神話中穎脫而出最初的人的形象就這樣在生存困境中產生。

　　天帝們爭鬥不息，曠日持久的炎帝與黃帝之戰攪得天翻地覆，諸多的神怪各顯神通。有掉了腦袋還廝殺的刑天，有逐日的夸父，有砍一個頭又生一頭的應龍，還有撞倒頂天之柱在不周山造反的共工。這眾多豐富複雜而怪異的形象，不免衍生出一系列形而上的思考。而撒下漫天風塵的旱魃和塡海的精衛，這怨深情長的女性形象涉及的人性人情則又當別論。天帝的長孫鯀上天偷息壤治水，天帝竟下令刺死，卻又命破腹而生的大禹去完成父志。是非與理性安在？好不容易天下剛剛平定，大禹的慶典卻拿個遲到的防風氏開刀問斬。神話便到此結束，人間帝王的世紀於是開篇。創世紀的天庭和人世一樣荒誕，歷史從來如此。

　　高行健展示的世界，不僅有天庭，而且有地獄。《冥城》就是高行健改寫的地獄篇。據高行健自己說，他去過長江中游四川境內酆都的鬼城，見到了一個個老廟裏供奉的閻羅王、判官、牛頭馬面、母夜叉和鬼差，深受啓發，又把當地早先敬香朝拜的叫花子歌加以改編，正如同他另一部史詩劇《野人》，也大量取材民俗說唱和民間殘存的史詩。高行健把貝克特的荒誕從思辨延伸到遠古神話和民間傳說，又把卡夫卡筆下人生的現代寓言擴展到當今的現實社會。《野人》一劇中對野人的搜尋和《叩問死亡》中把垃圾當作藝術，可不都是現今東西方社會現實中的咄咄怪事。

　　高行健的作品幅度極大，從神話史詩到民間傳說，都成了高氏世界的一部分。而他的長篇小說《靈山》則援引古代的傳奇和筆記，實錄邊遠少數民族的巫術和風俗，同時又貼緊現實人生的困境，誘發出種種思考，都不是常見的浪漫主義或現實主義小說的格局。

　　評論界通常把他納入現代主義或先鋒派，殊不知他其實又遠遠超越業已僵化的現代性教條。固然，上世紀八十年代末，他的《現代小說技巧》一書和劇作《絕對信號》在中國惹起了現代主義與現實主義的爭端，受到批判；

而他的劇作《車站》列爲荒誕派則遭查禁，他的另一本文論《對一種現代戲劇的追求》，書都印出來了卻不能發行。可他自己從未認可貼在他身上的現代派和荒誕派標籤。他對中國小說和戲劇的革新，有他自己的思路。《車站》當年發表時的副標題：「生活抒情喜劇」；小說代表作《靈山》他稱爲語言流。他對小說和戲劇的革新從實踐到作品都有他自許的創作美學，用以區別哲學家和作爲哲學分支的美學思辨。《彼岸》一劇更無法歸類，同更早寫的《獨白》類似，既無故事情節也不塑造人物，同樣都是用於演員的訓練。一名老演員當眾展示他舞臺表演的技藝，卻道盡人生的滄桑。一群年輕的演員在排練場訓練做遊戲，而一個教會他們語言的女人，卻被言語的暴力弄瘋了的眾人扼殺了；一個想要做人的人，爲眾人所不容，弄得身心憔悴而告終。這種人生經驗，什麼時代都如此，歷史就這樣重演。無怪這戲從臺灣、香港演到歐洲、澳洲和美國，都能引起觀眾的共鳴。

高行健到法國之後寫的《對話與反詰》，把禪宗公案對答的方式引入戲劇。上半場一對當今的男女邂逅做愛之後，唇槍舌戰，弄得雙雙了結。下半場，這一男一女卻互不相干，各說各的，言不達意，同始終在舞臺一邊默默無語做法事的和尚形成對比，含義盡在不言中。這劇如同他在中國寫的《車站》，公共汽車站牌前等車的一幫人，講的想的都是日常瑣事，風風雨雨一等就十年，臨了才發現這車站早已取消。他們之中唯獨有個人，見過往的車不停，一言不發，早就逕自走了。這裡沒有哲學的思辨，卻恰如法國哲學家寫的《高行健與哲學》一文所說，他的作品中「哲學總也在場」。這種非哲學形態的哲思貫穿高行健的全部創作。

1989 年天安門事件之後僅僅三個月，他立刻完成了美國一家劇院向他訂的一齣時事政治劇，這齣《逃亡》劇中沒有好萊塢式的英雄，相反，它倒是回歸古希臘悲劇，同一時間地點和事件。三位劇中人逃避血腥鎮壓，躲藏在城郊一個廢置的倉庫裏，卻逃不出內心的煉獄。劇本展示全新的主題；逃出政治陰影容易，逃出自我的地獄很難。高行健回絕了劇院修改的要求，自付中文手稿的英譯費，收回該作的版權。誰又能預料，這戲竟然由瑞典皇家劇院首演，三十年來，從東歐、西歐，南北美洲演到亞洲、澳洲乃至非洲。說是當今世界的一部經典劇作，似乎並不誇張。當年政府及海外反對派都說這是政治戲。其實，它遠遠超越現實政治，完全是一部人生哲學劇。

他用法文寫的另一個系列的劇作《生死界》、《夜遊神》、《週末四重奏》、《叩

問死亡》和《夜間行歌》（之後他自己又陸續寫成中文本）。這些戲從現實社會轉向個人內心，全然消解東方文化的背景，通過人稱轉換，把現今男女之間複雜多變的心理活動變得富有戲劇性和劇場性，充分呈現在舞臺上。我曾著文，說行健把不可視的「心象」變成可視的舞臺形象，這乃是一種戲劇首創。

《生死界》，一位女演員以第三人稱在舞臺上長篇獨白，時而扮演，時而向觀眾述說，說的是這女人她的煩躁、焦慮、困惑、回憶和憂傷，聯想，夢幻和感歎，舞臺上時不時有個丑角或一位女舞者輪番表演。這男丑時而弔在衣架上做鬼臉，時而打手勢做啞劇；另一位舞者時而是青春少女，時而是幽靈，時而又還原為舞者，一切變幻都構成她內心感受的投影。該劇在巴黎圓環劇場首演，滿場觀眾，有的觀眾激動得甚至流淚。

《夜遊神》一劇有五個角色，一位身份不明的旅客在火車上看書，進入書中（或是進入夢鄉），戲就開始了。同一車廂裏的四位乘客，分別演變成書中或夢中的人物流浪漢、妓女、痞子和那主，旅客你也就成了夢遊者，足足一場噩夢。夢中你本無所事事，卻無端的接二連三捲進一重又一重的是非，不能自拔，乃至陷入罪惡，直至被迎面來的蒙面人（可能就是他自己）毀滅。開場時的檢票員，這時再度上場，拾起地上的一本書，清場，幕落。劇中的臺詞一概以人稱你貫穿全劇，這劇誠如作者在關於該劇的演出建議中說明：「本劇對一些古老的主題，諸如上帝與魔鬼，男人與女人，善與惡，救世與受難，以及現代人之他人與自我，意識與語言，用戲劇的形式企圖重做一次詮釋。」

《週末四重奏》有四個人物，老畫家和他的伴侶邀請中年作家和他的小女友，在鄉間共度週末，百無聊賴，調情逗趣，可什麼事也沒發生。每人都分別用我、你、他或她三個不同的人稱說話，時而是真對話，時而虛擬的對話，時而是自白，時而成為心聲，時而又變成表述，由此構成四人的困惑與欲念，焦慮和自嘲的四重奏，將難以表述的內心活動淋漓盡致呈現出來。該劇在巴黎法蘭西劇院的老鴿子籠劇場首演，作者本人執導。法國最大的新聞週刊《影視週刊》評論說：「一出奇特的舞臺劇，把哲學和抒情詩變為舞臺動作。作者把尤奈斯庫和貝克特結合得如此和諧，實在是極為出色的一番創作。」人生常會出現「蒼白的瞬間」，如果想自明這種瞬間的狀態，看看《週末四重奏》就清楚了。

《叩問死亡》中一位老人「這主」，進入一家空蕩蕩的當代藝術館溜達，

不料給關在裏面。他先大肆嘲弄了一番這當代藝術，繼而對當今的政治與社會極盡調侃，隨後出現的「那主」，都以第二人稱你相互指稱，其實是這主內心自我的投射，從而回顧自己的一生，層層深入，追究生命的終極意義，最後以自己上弔了結，不能不說是黑色幽默到了極致。通過無，呼喚有，通過對虛偽價值觀的撕毀而找尋生命的原點和生命價值的最初依據。該劇在法國馬賽體育館首演，作者本人執導，場場爆滿。我說行健的戲往往是「思想戲」，觀賞一下「叩問死亡」就會明白。

《夜間行歌》是爲舞蹈劇場寫的詩劇，由一名女演員以第三人稱她作表述，用以連貫全劇的舞蹈。兩位女舞者，一名憂鬱，一名活潑，同女演員一起構成女性的形象——她。一位不說話的男樂師，通過音樂伴奏和表演作爲男性陪襯。這劇與其看作女性主義的宣言，還不如說的是女性的心聲：一位當今的女人對世界發言。高行健的戲劇作品中女性的地位往往十分突出，從《逃亡》、《對話與反詰》、《生死界》、《週末四重奏》到這《夜間行歌》，女性的聲音越來越突出，而且一反通常女權主義男女平等的政治話語，訴說的是女性的思想與情懷，全劇對人生對社會自有另一番思考。

從《對話與反詰》到這一系列用法文寫的五個戲，高行健從史詩、傳奇、寓言、社會生活和政治深入到人隱秘幽微的內心世界。首先，通過主語的人稱轉換，拉開距離，提供了對主體自我觀審的可能。再則，他關於演員表演三重性的發現，以及建立中性演員一說，都爲戲劇舞臺表演提供了新的參照。他還創造了這種人稱變換的劇作法，比尤奈斯庫和貝克特更進一步，不只是把現實的荒誕和大線條的哲思引入現代劇作，還進入難以說得分明的幽微的心理活動。活人內心的瞬息變化，即使小說也不易描述，而高行健卻借用這種劇作法在戲劇中呈現，而且可以刹時打住，讓演員從人物的心理自由跳出，從旁充分闡述、評論、調侃，同劇場中的觀眾交流分享。

這一切，在他的《論創作》和《論戲劇》（與方梓勳合著）中都作了充分的論說和闡述。他的中性演員與表演的三重性，以及全能的演員與全能的戲劇的論說，更有《八月雪》佐證。歌劇《八月雪》的製作和演出表明，他不只是劇作家和戲劇理論家，也身體力行，是十分出色的導演。該劇他親自執導，用了五十名臺灣的京劇演員，經過現代舞和西方聲樂的訓練，不僅唱念做打，還有魔術和雜技，西方聲樂的獨唱、重唱和合唱隊同臺，加上交響樂團，臺上和樂池共二百五十人。馬賽歌劇院首演的盛況，我本人現場目睹，

全場觀眾歡呼，經久不息。

　　高行健請旅法作曲家許舒亞爲《八月雪》作的音樂，非常精彩。法國樂隊指揮馬克·托特曼（Marc Trautmann）對該劇曾作如下評論：「許舒亞和高行健以《八月雪》一劇，毫無疑問，創造了一種新型的歌劇，恰如另一個時代革命性的《沃采克》或《陪勒亞斯》。」（這兩部著名的現代歌劇，Woyzeck（1925）是奧地利作曲家貝爾格 Alban Berg（1885～1935）的代表作；Pelleas and Melisande（1902）是法國作曲家德彪西 Claude Debussy（1862～1918）的代表作）。

　　《八月雪》展示禪宗六祖慧能的生平，而且把這位佛家禪宗六祖作爲思想家來呈現，這也是高行健獨到的一面。慧能雖是宗教領袖，卻拒絕偶像崇拜。爲了自由，他不在乎黃袍加身，也不在乎「王者師」這些高級桂冠。尤其令人驚訝的是，他在辭世之前，竟把法衣投入火塘，一言木發，（這可是高行健的神來之筆）。之後，手杖墮地，安然坐化，一無渲染。高行健對這位大思想家描寫得何等半實而透徹。相比之下，走火入魔的狂禪大鬧禪堂那場戲又是對這人世眾生相再清醒不過的寫照。

　　高行健獲得諾獎之後馬賽市爲他舉辦「高行健年」（Année Gao à Marseille），這龐大的藝術創作計劃包括一個大型畫展、一部歌劇、一部電影、一個新戲和一個研討會。《叩問死亡》和《八月雪》都在這個計劃內，高行健終於實現了做大型歌劇的夢想。當年他所以接受改編傳統京劇劇目《大劈棺》，正是想做大型的歌舞劇。《冥城》由舞蹈家江青編舞和執導在香港舞蹈團首演。十多年後，韓國首爾舉辦的「高行健藝術節」，韓國國家劇院又上演了《冥城》改編的大型歌舞劇。然而，他還有一個夢想，拍他自己想拍的電影。這夢也終於實現了，得到馬賽做數字影視的兩位朋友阿蘭·麥卡（Alain Melka）和讓-達爾曼（Jean-Louis Darmyn）的幫助，拍了他第一部電影詩《側影或影子》。

　　這之前，他還在中國的時候，1985 年就發表了他的第一個電影劇本《花豆》，當時根本不可能拍攝。之後，一位德國製片人表示有興趣，等他出示他的構思，對方無法接受，他只好把電影的構思寫成小說發表，收入他後來出版的短篇小說集作爲書名的《給我老爺買魚竿》。到法國以後，也有製片人同他洽談，可等他拿出計劃拍攝的電影梗概，又不合通常商業電影的規範。他只好把它寫成了小說，題爲《瞬間》，也收集在他的短篇小說集中。

　　《花豆》是他的一篇短篇小說，寫一位水利工程師上了年紀，病休在家，雨天望著窗外，聽到樓上的鋼琴聲，喚起青年時的戀情，浮想聯翩。他改編為電影劇本，寫成平行並進的三欄，便於直接用於拍攝和影片的剪輯。一欄是畫面，一欄是畫面外內心的話語，再一欄時而雨聲，時而琴聲和別的音響。這別開生面的電影劇本，發表在我當時任職的社會科學院幾個年輕人剛創辦的文學刊物《醜小鴨》上。

　　《給我老爺買魚竿》，則由一根魚竿勾起這「我」對已經過世的老爺的回憶，而房裏的電視正在轉播足球世界盃德國與巴西決賽的實況，同他流沙般的思緒交錯混雜在一起。《瞬間》則是一個人在海灘的躺椅上，不知是看書還是在冥想，紛至沓來的印象和聯想，一個個突如其來的畫面，巨大的濕漉漉鏽跡斑斑的鐵門，轉而一棟棟摩天大樓，或昏暗中一個女人的背影，穿上大衣出去了，潮水湧上沙灘，一隻隻螞蟻在赤裸的手臂上爬，海鷗在空中盤旋，鏡頭之間的聯繫，似有似無，留下思索的餘地。

　　《側影或影子》這部影片的拍攝，乃是充分利用馬賽高行健年這一系列大型創作的背景。又趕上第一代數位電影剛剛出現，他這樣的非商業電影才有可能製作。為此，他特地寫了一首法文詩《逍遙如鳥》，用以貫穿這部擺脫現今電影模式的電影詩。他這種毫無故事情節而且擺脫用鏡頭來敘述的電影模式，像寫詩一樣自由拍電影，始於他年青時的夢想。他那時剛上大學，讀到了愛森斯坦的《論蒙太奇》。這位俄國電影藝術的鼻祖談到：兩個不同時空的鏡頭一旦連接在一起，便產生新的含義。這也是電影從新發明的技術變成藝術的起點。他當時一時興起，便寫下了他更早的一個電影劇本。文化大革命的年代，紅衛兵破除一切所謂舊文化、舊思想，到處查抄，那恐怖的年代，他嚇得把他的日記、筆記、家庭舊時的老照片和所有的手稿偷偷全部燒了。他的長篇小說《一個人的聖經》便借用了這一細節。

　　高行健對電影藝術的研究與思考由來已久，這在他的《論創作》和之後有關他電影創作的文章中已有交代。他所謂的「三元電影」即畫面、聲音和語言三者相對獨立，或呼應或對位，作為影片基本結構，終於在《側影或影子》中實現。

　　這部影片把馬賽高行健年的活動，作畫、排戲、拍電影和畫展實地拍攝，同回憶、聯想、想像、夢境、幻覺以及完成的創作交織在一起，又以畫外音的詩句貫穿影片。可以說，較之塔科夫斯基（Andrei Tarkovsky）和溫德爾斯

（Wim Wenders）的詩意的藝術電影更近一程，當然難以進入商業電影院，也見拒於一些電影節。然而，卻在許多博物館和國際文學藝術節得以播放。

他的第二部影片《洪荒之後》，得到西班牙巴塞羅訥的讀者圈基金會（Circulo de Lectores）的贊助。三位舞者和三位演員在他巴黎的畫室裏拍攝，背景用他的黑白水墨畫投影到特地安置的一個大銀幕上。每個畫面，舞者或演員在他的提示下盡己所能，充分表演。領舞的是一位日本舞者，身後是他的巨幅畫作《世界末日》。誰也未曾料到，一年之後，日本海域大地震，電視中海嘯的黑潮鋪天蓋地而來，居然印證了這部電影。這部黑白影片的結尾，同背後畫面上風雪中的六位使者相呼應，六位舞者和演員身上緩緩回歸一點溫暖的色調。這影片在巴黎蓬皮杜中心圖書館舉辦的他的作品討論會上放映，許多觀眾反應說令人震撼。

他最近的一部影片《美的葬禮》，得到香港大夢基金會（Reverie Fondation）的贊助，長達兩個小時，根據他的同名長詩拍攝的。這首詩是他為這部影片寫的，完成的影片中雖然只引用了若干章句，大部分已化解為無言的鏡頭。全詩收在他的詩集《遊神與玄思》中。如果說，與詩集同名的另一首長詩寫的是對人世和人生的思考，那麼《美的葬禮》則是對現實社會的批評。

四十名歐洲、亞洲、南北美洲和北非的演員和舞者，包括柔術和聲樂演員，在他畫室裏，分別排練和拍攝，沒有一個實景。背後唯有銀幕上的投影，內容的涵蓋度卻廣闊得令人驚歎。從紐約、東京、香港、漢城、到倫敦、柏林、羅馬、威尼斯和哥本哈根，又從巴黎的地下墳場、西班牙中世紀教堂裏的墓穴，到意大利的古蹟廢墟和北愛爾蘭的荒灘禿嶺。從最早取自威尼斯狂歡節的鏡頭到影片後期製作完成，前後費時七年。影片從演員們排練開始，遲來的扮演詩人的演員向眾人宣告：美已經死亡。影片結束在美神維納斯的葬禮，天地都失色，鏡頭回到黑白。影片展示的現今時代，政治的喧鬧，市場的氾濫，生態破壞，人欲橫流。影片中演員們輪番扮演維納斯、瑪多娜、漢姆萊特、唐吉訶德、泥沼中的王子、蜘蛛網裏的皇后以及現代少女洛麗塔，上帝、死神和魔鬼，詩人、思想者和精神，以及各色人等。臺灣國立師範大學出版了關於這部電影中、英、法三種文字精美的藝術畫冊。對這部電影史詩的讚賞見諸書中收集的四位法國學者的文章，這裡不再累述。高行健在哀悼美喪失的同時，無疑也在呼喚文藝的復興。這也是他近年來演講著文的主題，從新加坡、臺灣、香港、講到西班牙、意大利、英國和法國的許多大學

和報告會，他兩篇提綱挈領的文章《呼喚文藝復興》和《越界的創作》，最近還要在日本的兩個學刊上發表。恰如他的法文譯者杜特萊為他新出的法文集寫的序言，雖然只是「一個人的呼喚」，卻是擺脫了種種現實功利的一個自由的聲音。

他的長篇小說《靈山》，阿拉伯文至少有三個不同的譯本，波斯文據說也有三種譯本，葡萄牙文有兩個譯本，且不說英、法、西、德、意、日這些大語種，即使諸如立陶宛語、塞爾維亞語以及鮮為人知的巴塞羅那語和布列塔尼語（breton）等小語種也都有譯本。他的文學作品已翻譯成四十種語言。《靈山》也已成為世界當代文學的一部經典。這精神之旅在思想和精神困乏的現今時代，深深啟迪人的心靈。《靈山》總共 81 章，從令人困擾的現實社會，進入邊遠的部族和原始林區，追溯遠古的傳說和文化遺存，探討意識的深層和靈魂，借助語言的流程，喚醒人的覺悟，反思自身的存在，何等的境界！

他的另一部長篇小說《一個人的聖經》，寫的是中國文化大革命那場浩劫，參照納粹興起發動的人類現時代另一場浩劫，又何等恐怖！然而，時過境遷，幾乎快被人們遺忘了。作者不惜勾起親身的經驗，把極權專政、群眾暴力和人性的軟弱坦陳無遺，如此深刻，遠遠超越了通常的傷痕文學和持不同政見的揭露和控訴，確實是一部罕見的傑作。可惜的是，沒有經歷過的人難以體會，所以歷史才一再重複類似的災難。

高行健創作小說、戲劇、電影和詩歌之餘，還是一位享有國際盛名的畫家，迄今已在亞洲、歐洲和美國辦過近百次個展，出版了三十多本畫冊，許多大博物館甚至舉辦了他的大型回顧展。2001 年，法國亞維農國際戲劇節（Festival d'Avignon）之際，不僅上演了他的兩齣戲《生死界》和《對話與反詰》，還在中世紀的主教宮大廳（Palais des Papes）舉行了他首次大型回顧展，出版了藝術畫冊《另一種美學》（Pour une autre esthétique, Flammarion）意大利（Per Un'Altra Estetica, Rizzoli）和美國（Return to Painting, HarperCollinsPublishers）兩家大出版社隨即出了該畫冊的意大利文和英文版。2003 年又在馬賽老慈善院博物館 Musée de la Vieille （Charité）舉辦了他的大型新作展。他為黑白兩個大展廳創作了巨幅組畫，高兩米五，十七幅大畫總長度達六十米，之後全部捐贈給了馬賽市。館內還有個老教堂，他的畫放大複製後做成巨大的畫框，鑲嵌在八個拱門裏，正中的聖壇上豎立的一幅，五米多高，畫中十字架上似鳥又似人的形象，象徵犧牲。之後，還出版了藝術畫冊《逍遙如鳥》。臺灣、新加

坡、德國、西班牙、葡萄牙的美術館也相繼舉辦他的大型畫展，一再出版畫
冊。既有西班牙馬德里的索非亞皇后現代美術館（Museo Nacional Centro de
Arte Reina Sofia ）的個展，又有比利時布魯塞爾舉行的盛大的個人雙展。依
克斯美術館（Musée d'Ixcelles）舉辦他迄今以來最大的回顧展同時，比利時皇
家美術館（Musées Royaux des Beaux-Arts de Belgique）則為他專設展廳，常年
展出他呈現「潛意識」的六幅巨大的組畫，並永久收藏。比利時皇家美術館
館長米歇爾‧達蓋（Michel Draguet）為這雙展寫的專著《墨趣》（Le Goût de
l'encre），評價他的畫作：「展示了一派精神的空間……繪畫因而成為他思考的
結晶……圖像在他這裡既變成依據感覺的一種思想，又是一個熒屏，超越其
表象，令人深思的赤露的存在。」法國畫家兼藝術評論家丹尼爾‧貝爾塞斯
（Daniel Bergez）寫的藝術專著，竟然稱他為「靈魂的畫家」（Gao Xingjian
Peintre de lâme），並以此作為這部藝術畫冊的書名。這裡還不妨引用另一位法
國藝評家佛朗索瓦‧夏邦（François Chapon）對他的讚頌：「從既得的知識沼
澤中躍出，朝原始本質的淨區攀登。」

　　高行健的繪畫無疑給中國水墨開拓了一條新路，而且超越西方當代藝術
的困乏，另開新路，展示了繪畫藝術新的前景，在具象與抽象之間，竟然呈
現一派難以窮盡無垠的心象，這在藝術史上也寫上了新鮮的一頁。

　　高行健這諸多領域的創造實實在在，確實是現今罕見的一位全方位藝術
家。難怪葡萄牙烏爾茨博物館（Wurth Portugal）館長努諾‧第亞斯（Nuno Dias）
早就寫到：「如果幾個世紀之前，高行健無疑會是個文藝復興的藝術家……毫
無教條，獨自一人，不從屬任何政黨、任何主義，任何潮流……在藝術中充
分展示他獨立不移的自由思想。」而意大利米蘭藝術節破例為他頒發特別致
敬獎狀，頌詞寫道：「全能的藝術家才是唯一確切的稱謂，米蘭藝術節今天要
向這位真正純粹的思想探索先行者致敬，期望他的激情與創造活力令全世界
的自由精神為之感動，並以他來確認大寫的藝術之無限理想。」

　　兩年前，西班牙聖巴斯田（San Sebastian）舉辦了「高行健—呼喚文藝復
興」文學藝術綜合展，主辦的庫伯基金會博物館（Kubo-kutxa Fundazion）館
長薩比爾‧依圖比（Xabier Iturbo）也寫到：「毫無疑問，這位天才的藝術家正
是我們這時代文藝復興無可爭辯的象徵。」

　　高行健何以能取得這番舉世矚目的成就，是值得深入研究的課題。本文
回顧了他全方位的創作，要探討的正是他這番創作背後主導的思想和不同尋

常的思維方式。他無疑也是一位思想家，但他不同於哲學家之處，恰如英國牛津高峰論壇（Oxford Altius Forum）的主持人西班牙學者卡爾羅斯·布蘭科（Carlos Blanco）的提示，他稱讚高行健把「把哲學與詩、認知同藝術融合在一起，」而另一位法國哲學家讓—皮埃爾·扎哈戴（Jean-Pierre Zarader）也寫道：「高行健不自認哲學家，也不願當哲學家，卻不斷作哲學思考，他的作品具有不可排除的哲學層次。對高而言，不管是作為小說家或電影藝術家（且不說畫家），高都表明：哲學就在他作品中，難分難解，有時甚至難以覺察，但總也在場。」〔註 1773〕

5 月 15 日～6 月 15 日，**臺灣師範大學主辦「高行健藝術節」**。〔註 1774〕

5 月 23 日，**臺灣《中國時報》報導「高行健獲頒臺師大名譽博士學位」**。

報導稱：昨天由臺師大校長張國恩代表授予高行健名譽博士學位證書，文學院院長陳登武代表誦讀表彰辭，隨後舉行「追尋自由的靈魂」高行健創作論壇，邀集香港、韓國等多位學者參與。

5 月 30 日，**臺灣《世界日報》刊發報導，題目為「高行健的鄉愁，分了一個給臺灣」**。

該報導寫道：

臺灣師範大學日前頒授諾貝爾文學獎得主高行健名譽文學博士學位，推崇他在文學、寫作、藝術創作、戲劇上的卓越成就。高行健近年來不斷在臺灣「呼喚文藝復興」，他高度肯定臺灣的民主和文化成就，同時期許臺灣社會可扮演現代「文藝復興」的推手。

「20 世紀以來，什麼都可成為藝術，唯獨美消失了。」高行健曾說，20 世紀的美學不斷顛覆、否定了人類的文化傳統，把文學藝術當作革命的武器，他舉例，在蒙娜麗莎臉上畫兩撇鬍子，「一個玩笑竟成 20 世紀藝術潮流的主流」，批判、顛覆已成當今藝術創作的主導思考，「問題很大」。

「連繪畫也被排除在當代藝術中。」高行健感歎，廣告、香水、服裝成為當代藝術展的主角，「太荒謬了」，扼殺了真正的藝術創作，真正的文學藝術要遠離市場、政治，如果藝術跟時尚一樣「換季」，還有什麼傳世價值？「這是大倒退」。因此，高行健想要喚起 21 世紀的文藝復興。他說，這個文藝復興是全人類的，沒有地域限制，由當今藝術家們走出自己的路。

〔註 1773〕此文電子版由高行健先生提供，感謝。
〔註 1774〕筆者 2017 年 12 月在澳門大學查找的網絡信息。

　　高行健指出，現在是全球化的時代，作家、藝術家的思想沒有國界，但這個世界又問題重重。文化跟科技不同，建立在工具理性的科技是不斷進步，日新月異，這是無可否認的，「但人類的文化是不是日新月異，就要打個大問號」，他舉例，烏托邦和共產主義革命造成的災難，死了很多人，這是人類的進步嗎？這是大可懷疑的。我們需要文化，啓發人的心智，讓人明白身處的環境，也因此，文學藝術就起了作用。

　　臺師大校長張國恩代表授予高行健名譽博士學位證書。高行健致辭時表示：我是法國公民，也自認是世界公民，但我有一個千眞萬確的故鄉，就是臺灣。

　　高行健說，他在法國定居 30 年，「巴黎是我的家」，他所取得的成就，主要在巴黎完成，因爲巴黎環境自由。「但臺灣是我的故鄉，這是確確實實的。」高行健說，他所有作品在臺灣發表、演山、評論，沒有任何的困難和障礙，深深得到臺灣朋友的厚愛和賞讚，「讓我很驚訝，也說明了臺灣的文化水平和藝術鑒賞能力非常好。」

　　高行健說，他目睹了臺灣社會 30 年來的進步，不只是經濟繁榮，文化也很繁榮，「臺灣何嘗不能像古希臘一樣，展開一番新文化、新思想」，他期待臺灣找到中西方思想的新出路，也看好臺灣誕生出大思想家、大藝術家、或是大文學家。〔註 1775〕

　　8 月 5 日，筆者爲汕頭市作協做講座，題目爲：《高行健：華文作家的普世書寫》。

　　該活動地點：潮州市淡浮院。與會人員爲汕頭作協會員，大約 30 人。

　　8 月 20 日，劉劍梅的論文《高行健作品中的女性與道》刊發在汕頭大學《華文文學》2017 年第 4 期。〔註 1776〕

　　論文提要：海外漢學對高行健作品的研究已經發展到一定的規模，最大的爭議點是關於他對女性的描寫和塑造。本文探討高行健小說和戲劇中的哲學維度和性別維度，通過研究其作品中的道與女性之間錯綜複雜的關係，來展示其深刻的關於女性個體命運的禪悟。在禪的場域裏，欲望和兩性關係是個體通往禪悟的必經之路，而女性的角色不可避免地與個體的自省和自覺緊

〔註 1775〕筆者 2017 年 12 月在澳門大學查找的網絡信息。
〔註 1776〕《華文文學》2017 年第 4 期第 14～22 頁，汕頭大學主辦 2017 年 8 月 20 日
　　　　　出版。

緊相連。薩特的「他人是地獄」的命題，著重的是人與社會、人與他者的關係；而高行健的「自我是地獄」的命題，則把對自我的認知看成是當代文學的重要主題。無論是男性還是女性都必須面對自我，反觀自我，直面現代社會中自我的空虛和妄念，孤獨與絕望，躁動與不安，唯有對自我「幽暗意識」的充分認知，才能夠最終走出自我的地獄。在高行健的小說和戲劇中，一方面我們看到，在他眼裏，女性是由社會和文化所塑造的，所以他對女性的描寫往往有意識地挑戰傳統文化對女性的定義，但另一方面我們也看到他非常重視女性不同於男性的生理和心理構造和特質，重視這一構造所形成的女性獨特的無意識、內心世界和女性思想，並由此來探尋個體生存的眞實困境。

劉劍梅指出：

海外漢學對高行健作品的研究已經發展到一定的規模，不過關於其小說和戲劇中塑造的女性形象，則爭議不斷。有的學者給高行健貼上了「厭女症」的標籤，比如 Kam Louie（雷金慶）評論《靈山》時，認爲「其厭女症的幻想與中國傳統觀念中對年輕女性的定義不謀而合，這些年輕女性似乎只有一步之遙就會被性欲望的洪水捲走」。美國學者羅鵬（Carlos Rojas）評論《一個人的聖經》時，認爲小說中描述的「女人性」（femininity）與高行健對官方政治話語的拒絕最終混爲一談，而「小說敘述者在某種程度上無視他自己的社會政治姿態裏包含有系統的厭女症。」Belinda Kong 分析《逃亡》的時候，把劇中女孩的被強姦闡釋成「一種懲罰的邏輯——針對她對男權眞相政治的大膽逾越，以及她勇敢要求的性解放，歸根結底，針對她所扮演的女權主義的角色。」類似這樣的批評聲音，也可以在其他學者的論述中找到，即使這些學者的批評態度相對溫和一些，他們還是認爲高行健對女性的塑造有問題，認爲他對女性的描寫只是他自己文化身份認同和心理焦慮的折射，並非眞正關心女性問題和女性命運。

然而，跟以上的這些批評聲音相反，以 Malbel Lee（陳順妍）爲代表的一些學者，則認爲高行健在其小說和戲劇中對女性形象的描寫，正好體現了他獨特的美學和哲學的辯證模式，而這一模式使他能夠細膩地表現獨特的女性思想和女性的內心世界。比如，通過探討高行健的多層次的戲劇中對女性心理的表現，Malbel Lee 挑戰了以往那些給高行健的女性觀貼上「厭女症」標籤的研究，充分肯定了他對女性的同情態度，以及對女性情感、心理、無意識和複雜的內心世界的探索。另外以爲漢學家 Mary Mazzili 也同樣指出「厭女症」

的標籤太過簡單武斷，完全忽視了高行健戲劇中關於性別問題所呈現的極其複雜和流動性的再現，「最好的例子之一就是《生死界》，在這個劇裏，高行健運用複雜的表現方式來探尋性別問題，通過一個女人的故事來揭示女性的生存狀況。

筆者將延續 Mabel Lee，Gilbert Fong（方梓勳）、Terry Siu-han Yip（葉少嫻），Kwok-kan Tam（譚國根），Mary Mazzili 等學者的研究成果，進一步探討高行健小說和戲劇中的哲學維度和性別維度，展示其深刻的關於女性個體命運的禪悟。〔註1777〕

劉劍梅的文章一萬多字，分爲「女性和柔的力量」、「女性主體的社會文化構成和哲學維度」、「女性與自由」三個部分進行論述。

9 月 24 日，林克歡發給筆者關於「重返八十年代」專題的約稿《話劇的八十年代》一文，並加了一小篇「附言」。

林克歡在附言中說：

其實，戲劇的 80 年代，是一個充盈著過分樂觀情緒、又夾雜著忐忑不安的複雜年代。人們歡呼「打倒四人幫，文藝得解放」，整個文化藝術界洋溢著一種壓抑已久的翻身感與解放感。但接二連三的禁戲（沙葉新等人的《假如我是眞的》、高行健的《車站》、王培公的《WM（我們）》的遭禁與公開批判），實驗戲劇家的心頭立即變得沉重起來。

戲劇的 80 年代，是一個尋求突破與恢復十七年（文革前）現實主義革命傳統與戲劇模式並存的年代。戲劇與小說不同，現代小說無論寫作還是閱讀，都是孤獨的個人行爲；而戲劇無論是創作還是觀賞，從來都是不同門類的藝術家（編劇、表演、導演、舞臺美術設計家、音樂家、舞蹈家）的群體合作，戲劇演藝活動從來都是人（演員）與人（觀衆）的會見，一種傳遞社群經驗的社會行爲，它必然受到戲劇傳統與觀衆欣賞習慣的制約。創新舉步維艱，甚至到了 80 年代末期，體制外的戲劇活動仍被稱爲「地下戲劇」。

70 年代末、80 年代初，西方現代主義戲劇觀念與技法的引進，首先選擇改裝的布萊希特是一種必然。布萊希特是東德著名戲劇家，屬於社會主義陣營，這是一張他進入社會主義中國免簽的通行證。而將他的表現主義戲劇語彙統統說成是現實主義的新技法，則是一種必要的策略。隨後洶湧而至的現代主義／後現代主義戲劇觀念與舞臺技法，則是借助新啓蒙的理想主義大旗

〔註1777〕《華文文學》2017 年第 4 期第 14～15 頁。

與改革開放的名義進行的。

　　與電影藝術以年代先後分為第三代、第四代、第五代不同，引領 80 年代戲劇變革的，是一個年齡、出身、知識結構差別極大的藝術家群體。黃佐臨是老一代戲劇家，早在 30 年代的上海（孤島時期），便因陋就簡地開始了長達半個世紀的舞臺實驗；陳顒、徐曉鐘等人，屬於 40 年代參加革命、50 年代到蘇聯接受斯坦尼斯拉夫斯基體系正規訓練的中年導演；而林兆華、胡偉民等則是 70 年代才開始從演員轉行的年輕導演。但他們都親身經歷文化大革命，都因江青的「話劇死了」一句話，被放逐到部隊農場「下放」鍛鍊的臭老九。他們都或多或少地意識到社會主義現實主義的一統天下與政治一體化格局的同構關係，都或多或少地感受到固化的革命話語模式與他們切身遭際的現實經驗的巨大矛盾。於是，突破固化的思維定勢，尋找一種新的戲劇語言、新的舞臺呈現，成了他們的共同追求。但他們畢竟屬於三個不同的世代。他們的差異與分歧，在隨後的政治變局中逐漸顯現出來。

　　可以說，戲劇的 80 年代，是一個既新且舊、突進與後退激烈博弈的混雜年代。一方面，對抽象的人、人性、人道主義的張揚、對卡西爾《人論》的誤讀、對一成不變的「戲劇本體」的固守……在引發短暫的社會衝擊之後，其啓示意義變得十分可疑；另一方面，對戲劇自律／半自律的強調，對藝術作為現實批判的自由與理想主義的執著追求，仍有不可磨滅的歷史意義與現實意義。

　　黑格爾說：一切存在的都是合理的。而「合理」的東西在其歷史展開過程中的表現，也就是必然性。80 年代只能如此展開、如此落幕。今天重提 80 年代，不是尋找另一個烏托邦，也不僅僅是對既存的文化秩序加以闡釋，而是要思索 80 年代為我們留下什麼珍貴的精神遺產，以及那些在現存秩序中仍可資借鑒的批判性與建設性思想資源。〔註 1778〕

　　9 月，臺灣期刊《中國文哲研究通訊》第 27 卷第 3 期刊發林延澤整理、陳佩甄、彭小妍校訂的文章《呼喚文藝復興——高行健演講暨座談會紀錄》。〔註 1779〕

　　10 月，劉再復的文章《「高行健世界」的全景描述》刊發在《明報月

〔註 1778〕《話劇的八十年代》，林克歡此文寫於 2012 年，後刊發於《華文文學》2017
　　　　　年第 6 期，2017 年 12 月 20 日出版。
〔註 1779〕來自華藝臺灣學術文獻數據庫。

刊》「明月」副刊 2017 年 10 月號。

10 月 11 日下午，筆者在南京參觀了與高行健相關的幾處地方。

這一天，南京因為秋天來臨而降溫下著濛濛細雨，但這絲毫沒有影響筆者出行的興致。我步行穿梭在位於鼓樓區南京大學老校區附近，去了包括漢口路小學——高行健插班讀小學六年級的地方、金陵中學——兩位諾貝爾文學獎作家（賽珍珠，高行健）曾在此上學、鼓樓醫院——高行健曾被診斷出肺癌的地方、賽珍珠故居等。

10 月 20 日，《華文文學》2017 年第 5 期刊發劉再復的文章《高行健：當代世界文藝復興的堅實例證——〈再論高行健〉自序》。該期刊封二位置刊發出版信息——「香港大山文化出版莊園的學術專著」。

12 月 20 日，《華文文學》2017 年第 6 期（此期主編朱壽桐　常務副主編莊園）的「重返八十年代」的欄目中，刊發林克歡的文章《話劇的八十年代》和筆者的文章《高行健年譜　1981 年　41 歲》等。

參考文獻

中國大陸出版
單篇文章及發表的期刊

1979 年

1. 高行健《巴金在巴黎》，《當代》（文學季刊）第 2 期第 141〜146 頁，人民文學出版社 1979 年 9 月。

2. 高行健《寒夜的星辰》，《花城》第 3 期 146〜218 頁，廣東人民出版社 1979 年 11 月第 1 版第 1 次印刷。

1980 年

1. 高行健《尼斯——蔚藍色的印象》，《花城》第 4 期第 198〜201 頁，廣東人民出版社 1980 年 1 月第 1 版第 1 次印刷。

2. 高行健《巴黎印象記》，《人民文學》1980 年第 2 期第 69〜71 頁，人民文學出版社 1980 年 2 月 20 日出版。

3. 高行健《法蘭西現代文學的痛苦》，《外國文學研究》1980 年第 1 期第 51〜57 頁，湖北省外國文學學會出版 1980 年 3 月。

4. 高行健翻譯、〔法〕雅克普列維爾《歌詞集》選譯《巴爾巴娜》、《一家子》，《花城》第 5 期第 219〜220 頁，廣東人民出版社 1980 年 5 月第 1 版第 1 次印刷。

5. 高行健《法國現代派人民詩人普列維爾和他的〈歌詞集〉》，《花城》第 5 期第 221〜225 頁，廣東人民出版社 1980 年 5 月第 1 版第 1 次印刷。

6. 高行健《關於巴金的傳奇》，《花城》第 6 期第 169〜173 頁，廣東人民出版社 1980 年 8 月第 1 版第 1 次印刷。

7. 高行健《文學創作雜記》，《隨筆》第 10 集第 40〜44 頁，廣東人民出版社出版 1980 年 8 月第 1 版第 1 次印刷。

8. 高行健《文學創作雜記》，《隨筆》第 11 集第 81～85 頁，廣東人民出版社 1980 年 9 月第 1 版第 1 次印刷。

9. 高行健《再談小說的敘述語言》，《隨筆》第 12 集第 71～74 頁，廣東人民出版社 1980 年 11 月第 1 版第 1 次印刷。

10. 高行健《談小說敘述語言中的第三人稱「他」》，《隨筆》第 13 集第 40～42 頁，花城出版社 1980 年 12 月第 1 版第 1 次印刷。

11. 高行健《談小說敘述語言中的第三人稱「他」——文學創作雜記》，（廣州），《隨筆》第 13 集，花城出版社 1980 年 12 月第 1 版第 1 次印刷。

12. 高行健《時代的號手——在巴黎召開的抗戰時期中國文學國際討論會》，《詩探索》1980 年第 1 期（創刊號），四川人民出版社 1980 年秋季出版。

13. 《中國抗戰文學國際座談會在巴黎》，《讀書》1980-05-30。

1981 年

1. 高行健《有隻鴿子叫紅唇兒》，《收穫》1981 年第 1 期第 205～254 頁，上海文藝出版社 1981 年 1 月 25 日出版。

2. 高行健《意大利隨想》，《花城》1981 年第 3 期（總第 10 期）第 188～194 頁，花城出版社 1981 年 6 月第 1 版第 1 次印刷。

3. 高行健《朋友》，《莽原》1981 年第 2 期第 171～174 頁，（鄭州）莽原文學社 1981 年 8 月出版。

4. 高行健《文學創作雜記之五：談意識流》，《隨筆》第 14 集第 39～41 頁，花城出版社 1981 年 3 月出版。

5. 高行健《文學創作雜記：談怪誕與非邏輯》，《隨筆》第 15 集第 32～35 頁，花城出版社 1981 年 4 月出版。

6. 高行健《文學創作雜記：談象徵》，《隨筆》第 16 集第 48～50 頁，花城出版社 1981 年 5 月出版。

7. 高行健《文學創作雜記：談藝術的抽象》，《隨筆》第 17 集第 34～36 頁，花城出版社 1981 年 7 月出版。

8. 高行健《文學創作雜記：談現代文學語言》，《隨筆》第 18 集第 27～29 頁，花城出版社 1981 年 9 月出版。

1982 年

1. 高行健《一篇不講故事的小說》，《醜小鴨》1982 年第 4 期第 29 頁，中國人才研究會、人才雜誌社、（北京）《醜小鴨》編輯部 1982 年 4 月 25 日出版。

2. 高行健《雨、雪及其他——一篇非小說的小說》，《醜小鴨》1982 年第 7 期第 26～31 頁，中國人才研究會、人才雜誌社、（北京）《醜小鴨》編輯部 1982 年 7 月 25 日出版。

3. 高行健《同一位觀眾談戲——現代戲劇雜談之一》,《隨筆》第 23 期第 70～76 頁,花城出版社 1982 年 11 月出版。

4. 高行健、劉會遠《絕對信號》,《十月》1982 年第 5 期第 121～143 頁,北京出版社 1982 年 9 月出版。

5. 高行健《路上》,《人民文學》1982 年第 9 期第 23～28 頁,作家出版社 1982 年 9 月 20 日出版。

6. 高行健《讀王蒙的〈雜色〉》,《讀書》1982 年第 10 期第 36～40 頁,三聯書店 1982 年 10 月 10 日出版。

7. 高行健《二十五年後》,《文匯月刊》1982 年第 11 期第 40～42 頁,文匯報社 1982 年 11 月 10 日出版。

8. 高行健《談小說觀與小說技巧》,《鍾山》1982 年第 6 期第 233～239 頁,江蘇人民出版社 1982 年 11 月 15 日出版。

9. 高行健《同一位觀眾談戲——現代戲劇雜談之一》,《隨筆》第 23 期,1982 年 11 月出版。

10. 胡偉民《話劇要發展,必須現代化》,《人民戲劇》1982 年第 2 期。

11. 《王蒙致高行健》,《小說界》1982 年第 2 期,上海文學出版社 1982 年 5 月出版。

12. 《北京人民藝術劇院歡慶建院三十週年》(作者寧銳),《人民戲劇》1982 年第 7 期。

13. 劉心武《在「新、奇、怪」面前——讀〈現代小說技巧初探〉》,《讀書》1982 年第 6 期,1982 年 6 月 10 日出版。

14. 馮驥才《中國文學需要「現代派」》,《上海文學》1982 年第 8 期第 88～91 頁,上海文藝出版社 1982 年 8 月 1 日出版。

15. 李陀《「現代小說」不等於「現代派」》,《上海文學》1982 年第 8 期第 91～94 頁,上海文藝出版社 1982 年 8 月 1 日出版。

16. 劉心武《需要冷靜地思考》,《上海文學》1982 年第 8 期第 94～96 頁,上海文藝出版社 1982 年 8 月 1 日出版。

17. 《北京人藝的新探索——小劇場演出》(作者凌霄),《人民戲劇》(該刊 1983 年開始恢復原名《戲劇報》) 1982 年第 10 期第 15 頁,中國戲劇出版社 1982 年 10 月 18 日出版。

18. 李陀《論「各式各樣的小說」》,《十月》1982 年第 6 期第 238～246 頁,北京出版社 1982 年 11 月出版。

19. 《可喜的藝術探索》,林涵表,12 月 9 日《北京日報》。

20. 《〈絕對信號〉震動了我的心》,12 月 12 日《中國青年報》。

21. 《引人注目的活躍局面——看入夏以來首都話劇演出有感》(作者聞起),《人民戲劇》1982 年第 11 期第 16～18 頁,中國戲劇出版社 1982 年 11 月 18 日出版。

22. 《新花新路新嘗試——訪〈絕對信號〉導演林兆華》（作者牛耕雲），《人民戲劇》1982 年第 11 期第 42～43 頁。中國戲劇出版社 1982 年 11 月 18 日出版。

23. 曲六乙《吸收、溶化、獨創性》，《人民戲劇》1982 年第 12 期第 26～27 頁，中國戲劇出版社 1982 年 12 月 18 日出版。

24. 張仁里《話劇舞臺上的一次新探索》，《人民戲劇》1982 年第 12 期第 27 ～29 頁，中國戲劇出版社 1982 年 12 月 18 日出版。

25. 行之《征服觀眾》，《人民戲劇》1982 年第 12 期第 29 頁，中國戲劇出版社 1982 年 12 月 18 日出版。

26. 《新華文摘》全文轉載劇本《絕對信號》，1982 年第 12 期，人民出版社 1982 年 12 月 25 日出版。

1983 年

1. 高行健《談現代戲劇手段——戲劇創作雜談之二》，《隨筆》1983 年第 1 期（總第 24 期）第 115～121 頁，花城出版社 1983 年 1 月出版。

2. 高行健《談劇場性——現代戲劇手段初探之三》，《隨筆》1983 年第 2 期第 90～95 頁，花城出版社 1983 年 3 月出版。

3. 高行健《談戲劇性——現代戲劇手段初探之四》，《隨筆》1983 年第 3 期第 116～123 頁，花城出版社 1983 年 5 月 22 日出版。

4. 高行健《動作與過程——現代戲劇手段初探之五》，《隨筆》1983 年第 4 期第 103～109 頁，花城出版社 1983 年 7 月 22 日出版。

5. 高行健《談時間與空間——現代戲劇手段初探之六》，《隨筆》1983 年第 5 期第 103～110 頁，花城出版社 1983 年 9 月 22 日出版。

6. 高行健《談假定性——現代戲劇手段初探之七》，《隨筆》1983 年第 6 期第 96～103 頁，花城出版社 1983 年 11 月 22 日出版。

7. 高行健《車站》，《十月》1983 年第 3 期第 119～138 頁，北京出版社 1983 年 5 月出版。

8. 高行健、劉會遠《絕對信號》，《作品與爭鳴》1983 年第 3 期第 17～36 頁，（北京）文化藝術出版社 1983 年 3 月 17 日出版。

9. 高行健《現代小說技藝的新課題——談現代小說與讀者的關係》，《青年作家》1983 年第 3 期第 61～63 頁，（成都）青年作家文學月刊社 1983 年 3 月 1 日出版。

10. 高行健《鞋匠和他的女兒》，《青年作家》1983 年第 4 期第 14～16 頁，（成都）青年作家文學月刊社 1983 年 4 月 1 日出版。

11. 高行健《花環》，《文匯月刊》1983 年第 5 期第 6～9 頁，文匯報社 1983 年 5 月 10 日出版。

12. 高行健《質樸與純淨》，上海《文學報》5 月 19 日第三版。

13. 高行健《談冷抒情與反抒情》，《文學知識》1983 年第 3 期第 12～14 頁，河南人民出版社 1983 年 5 月 22 日出版。

14. 高行健《海上》，《醜小鴨》1983 年第 6 期第 39～41 頁，（北京）工人出版社 1983 年 6 月 7 日出版。

15. 高行健《母親》，《十月》1983 年第 4 期第 218～222 頁，北京出版社 1983 年 7 月出版。

16. 高行健《圓恩寺》，《海燕》1983 年第 7 期，1983 年 7 月出版。

17. 高行健《現代折子戲（四齣）》，《鍾山》1983 年第 4 期第 170～191 頁，江蘇人民出版社 1983 年 7 月 15 日出版。

18. 高行健《河那邊》，《鍾山》1983 年第 5 期第 117～130 頁，江蘇人民出版社 1983 年 9 月 15 日出版。

19. 巴金的《一封回信》，《上海文學》1983 年第 2 期第 4～5 頁，上海文學出版社 1983 年 1 月 1 日出版。

20. 《〈絕對信號〉使人驚醒》，《北京晚報》1 月 21 日。

21. 夏衍《答友人書——漫談當前文藝工作》，《上海文學》1983 年第 2 期第 4～13 頁，上海文學出版社 1983 年 2 月 1 日出版。

22. 邵牧君《現代派和電影》，《新華文摘》1983 年第 1 期第 155～157 頁，人民出版社 1983 年 1 月 25 日出版。

23. 曉江《開放與設防——略論對西方現代派文學的認識》，《新華文摘》1983 年第 1 期第 156～157 頁，人民出版社 1983 年 1 月 25 日出版。

24. 樊駿《關於中國現代文學研究的考察和思索》，《新華文摘》1983 年第 3 期 140～142 頁，人民出版社 1983 年 3 月 25 日出版。

25. 賀敬之的《新時期的文藝要堅持民族性》，《新華文摘》1983 年第 3 期 142～143 頁，人民出版社 1983 年 3 月 25 日出版。

26. 巴金的《一封回信》，《新華文摘》1983 年第 3 期 144～145 頁，人民出版社 1983 年 3 月 25 日出版。

27. 鄭伯農的《民族化——社會主義文藝的必由之路》，《新華文摘》1983 年第 3 期 144～145 頁，人民出版社 1983 年 3 月 25 日出版。

28. 陳駿濤的《關於創作方法多樣化問題的思考》，《新華文摘》1983 年第 3 期 145～149 頁，人民出版社 1983 年 3 月 25 日出版。

29. 劉有寬《賀〈絕對信號〉獲獎》，《北京劇作》1983 年第 2 期第 84～86 頁，北京市文化局藝術製作工作室。

30. 宋魯曼《一部有明顯缺陷的作品——評話劇〈車站〉》，《北京劇作》1983 年第 2 期第 87～88 頁、及第 111 頁，北京市文化局藝術製作工作室。

31. 丁揚忠《探路——〈絕對信號〉及其他》，《劇壇》1983 年第 2 期第 15 ～17 頁，天津《劇壇》編輯部 1983 年 4 月 1 日出版。

32. 曲六乙《吸收・溶化・獨創性》，《作品與爭鳴》1983 年第 3 期第 37～38 頁，文化藝術出版社 1983 年 3 月 17 日出版。

33. 王敏《對舞臺真實的執著追求》，《作品與爭鳴》1983 年第 3 期第 39～41 頁，文化藝術出版社 1983 年 3 月 17 日出版。

34. 潤生《關於〈絕對信號〉的討論綜述》，《作品與爭鳴》1983 年第 3 期第 41～42 頁，文化藝術出版社 1983 年 3 月 17 日出版。

35. 曹禺、高行健、林兆華《關於絕對信號的通信》，《十月》1983 年第 3 期，1983 年 5 月出版。

36. 范際燕《「現代派」談論鳥瞰》，《文譚》1983 年第 8 期。

1984 年

1. 高行健《花豆》，《人民文學》1984 年第 9 期，1984 年 9 月 20 日出版。

2. 高行健《我的戲劇觀》，《戲劇論叢》1984 年第 4 期第 78～82 頁，中國戲劇出版社 1984 年 12 月 29 日出版。

3. 吳祖光《發展文藝需要自由討論的空氣》，《戲劇報》月刊 1984 年第 11 期。

1985 年

1. 高行健《獨白》，《新劇本》1985 年第 1 期（創刊號）第 85～90 頁，（北京）新劇本編輯部 1985 年 1 月 2 日出版。

2. 高行健《花豆——一部畫面、語言和音響的電影詩》，《醜小鴨》1985 年第 1 期第 65～79 頁，（北京）自學雜誌社 1985 年 1 月 7 日出版。

3. 高行健《花豆——一部畫面、語言和音響的電影詩》（續），《醜小鴨》1985 年第 2 期第 54～61 頁，（北京）自學雜誌社 1985 年 2 月 7 日出版。

4. 高行健《野人》，《十月》1985 年第 2 期第 142～169 頁，北京十月文藝出版社 1985 年 3 月出版。

5. 高行健《無題》（後改為《抽筋》），（北京）《小說週報》創刊號第 3～4 頁，山東文藝出版社 1985 年 2 月出版。

6. 高行健《公園裏》，《南方文學》月刊 1985 年第 4 期第 10～12 頁，（桂林）南方文學雜誌社 1985 年 4 月 1 日出版。

7. 高行健《車禍》，《福建文學》1985 年第 6 期第 11～15 頁，（福州）福建文學月刊編輯部 1985 年 6 月出版。

8. 高行健《侮辱》，《青年作家》1985 年第 7 期第 10～13 頁，（成都）青年作家文學月刊社 1985 年 7 月出版。

9. 高行健《劇協也要改革》，《第四次劇代會部分代表發言摘登》，《戲劇報月刊》1985 年第 6 期第 7 頁，中國戲劇出版社 1985 年 6 月 18 日出版。

10. 《中國劇協第四次會員代表大會在北京舉行》,《戲劇報》月刊 1985 年第 5 期,中國戲劇出版社 5 月 18 日出版。

11. 于是之《北京人藝劇本組的工作》,《戲劇報》月刊 1985 年第 5 期。

12. 鍾藝兵《漫談〈野人〉》,《戲劇報》月刊 1985 年第 7 期第 10～11 頁,中國戲劇出版社 1985 年 7 月 18 日出版。

13. 《對有爭議的話劇劇本的爭議——中國戲劇文學學會召開有爭議的話劇劇本討論會發言紀要》,《劇本》1985 年第 7 期,1985 年 7 月 28 日北京出版。

14. 林克歡《陡坡》,《戲劇報》月刊 1985 年第 7 期第 11～13 頁,中國戲劇出版社 1985 年 7 月 18 日出版。

15. 鍾藝兵《漫談〈野人〉》,《戲劇報》月刊 1985 年第 7 期。

16. 王小琮等《興奮之後的思考》,《戲劇報》月刊 1985 年第 7 期第 12～13 頁,中國戲劇出版社 1985 年 7 月 18 日出版。

17. 吳繼成等《〈野人〉五問》,《戲劇報》月刊 1985 年第 7 期第 14～15 頁,中國戲劇出版社 1985 年 7 月 18 日出版。

18. 熊源偉《深層的開掘,詩化的追求》,《戲劇報》月刊 1985 年第 8 期第 18～19 頁,中國戲劇出版社 1985 年 8 月 18 日出版。

19. 育生《為話劇創新的「排浪」叫好》,《戲劇報》月刊 1985 年第 8 期。

20. 陳瘦竹《談荒誕戲劇的衰落及其在我國的影響》,《社會科學評論》1985 年第 11 期,1985 年 11 月 23 日出版。

1986 年

1. 高行健《用自己感知世界的方式來創作》,《新劇本》1986 年第 3 期,1986 年 5 月 2 日出版。

2. 高行健《評格洛托夫斯基〈邁向質樸戲劇〉》,《戲劇報》月刊 1986 年第 7 期,1986 年 7 月 18 日出版。

3. 高行健《要什麼樣的戲劇》,《文藝研究》1986 年第 4 期第 88～91 頁,(北京)文化藝術出版社 1986 年 7 月 21 日出版。

4. 高行健《給我老爺買魚竿》,《人民文學》1986 年第 9 期,人民文學雜誌社 1986 年 9 月 20 日出版。

5. 高行健《彼岸》,《十月》1986 年第 5 期第 238～251 頁,北京十月文藝出版社 1986 年 9 月出版。

6. 高行健《從民族戲劇傳統中汲取營養》,《新劇本》1986 年第 5 期,1986 年 9 月 2 日出版。

7. 高行健《戲曲不要改革與要改革》,《戲曲研究》第 21 期第 6～10 頁,文化藝術出版社 1986 年 12 月北京第 1 版第 1 次印刷。

8. 徐新建《尹光中印象》，《山花》1986 年第 2 期，1986 年 2 月 1 日出版。

9. 《出訪歸來記述》，《劇本》1986 年第 3 期，1986 年 2 月 28 日出版。

10. 夏剛《當代啓示錄——高行健話劇世界面面觀》，《當代作家評論》1986 年第 2 期第 47～57 頁，當代作家評論雜誌社 1986 年 3 月 25 日出版。

11. 《普萊爾在北京人藝培訓演員》，《戲劇報》月刊 1986 年第 5 期。

12. 夏剛《十年：世紀的衝刺——對「劫後文學」的雙焦點參照透視》，《當代作家評論》1986 年第 5 期，當代作家評論雜誌社 1986 年 9 月 25 日出版。

13. 童道明《我主張戲劇觀念的多樣化》，《戲劇報》月刊 1986 年第 3 期第 26～28 頁，中國戲劇出版社 1986 年 3 月 18 日出版。

14. 高鑒《觀念與實踐的錯合》，《戲劇報》月刊 1986 年第 5 期第 28～30 頁，中國戲劇出版社 1986 年 5 月 18 日出版。

15. 李歐梵、李陀、高行健、阿城《作家四人談　文學：海外與中國》，由趙玫整理，未經本人審閱，《文學自由談》1986 年第 5 期第 25～36 頁，百花文藝出版社 1986 年 9 月 5 日出版。

16. 《北京劇協召開高行健作品研討會》，《戲劇報》月刊 1986 年第 12 期，1986 年 12 月 18 日出版。

17. 康洪興《論新時期戲劇的美學解放》，《戲劇》1986 年第 4 期。

18. 張毅《論高行健戲劇的美學探索》，《戲劇》1986 年第 4 期，1986 年 12 月 20 日出版。

19. 林克歡《戲劇的超越》，《文學評論》1986 年第 6 期。

1987 年

1. 高行健《文學需要互相交流，互相豐富》，《外國文學評論》1987 年第 1 期（創刊號）第 125～128 頁，中國社會科學出版社 1987 年 2 月 15 日出版。

2. 葉君健、高行健《現代派，走向世界》，《人民文學》1987 年第 1、2 合刊，1987 年 2 月 20 日出版。

3. 劉曉波《十年話劇觀照》，《戲劇報》1987 年第 1 期第 9～11 頁，中國戲劇出版社 1987 年 1 月 18 日出版。

4. 董子竹《該是作高層次回歸的時候了——話劇十年斷想》，《戲劇報》1987 年第 2 期第 18～21 頁，中國戲劇出版社 1987 年 2 月 18 日出版。

5. 譚霈生《話劇十年——「人學」的深化與困頓》，《戲劇報》1987 年第 2 期第 20～23 頁，中國戲劇出版社 1987 年 2 月 18 日出版。

6. 李雲龍《戲劇隨想》，《戲劇報》月刊 1987 年第 2 期、第 3 期、第 4 期。

7. 康洪興《不能再回到「一統論」去了》，《戲劇報》月刊 1987 年第 10 期。

8. 高鑒《從書齋到舞臺──高行健和他的時代》,《戲劇文學》1987 年第 10 期。

9. 林克歡《高行健的多聲部與複調戲劇》,《文學評論》1987 年第 6 期,1987 年 11 月 15 日出版。

1988 年

1. 高行健《京華夜談》,《鍾山》1988 年第 1 期第 194～201 頁,《鍾山》雜誌編輯部 1988 年 1 月 15 日出版。

2. 高行健《京華夜談(續)》,《鍾山》1988 年第 2 期第 197～205 頁,《鍾山》雜誌編輯部 1988 年 3 月 15 日出版。

3. 高行健《京華夜談(續)》,《鍾山》1988 年第 3 期第 198～203 頁,《鍾山》雜誌編輯部 1988 年 5 月 15 日出版。

4. 高行健《京華夜談(續)》,《鍾山》1988 年第 4 期第 204～208 頁,《鍾山》雜誌編輯部 1988 年 7 月 15 日出版。

5. 高行健《京華夜談(續)》,《鍾山》1988 年第 5 期第 204～208 頁,《鍾山》雜誌編輯部 1988 年 9 月 15 日出版。

6. 高行健《京華夜談(續)》,《鍾山》1988 年第 6 期第 200～204 頁及 208 頁,《鍾山》雜誌編輯部 1988 年 11 月 15 日出版。

7. 高行健《遲到了的現代主義與當今中國文學》,《文學評論》1988 年第 3 期第 11～15 頁,及 76 頁,1988 年 5 月 15 日出版。當時《文學評論》的主編是劉再復。

8. 周翼南《高行健其人》,《中國作家》1988 年第 3 期第 174～177 頁,中國作家雜誌社 1988 年 5 月 10 日出版。當時《中國作家》的主編爲馮牧。

9. 林兆華《墾荒》,《戲劇》1988 年春季號第 84～91 頁,中央戲劇學院戲劇雜誌社 1988 年 5 月 20 日出版。

10. 黃麗華《高行健戲劇時空論》,《戲劇藝術》(季刊)1988 年第 1 期第 42 ～48 頁,上海戲劇學院《戲劇藝術》編輯部。

1989 年

1. 許子東《現代主義與中國新時期文學》:李慶西《尋根:回到事物本身》,《文學評論》1989 年第 4 期。

1990 年

1. 胡潤森《「高行健劇作」對話錄》,《煙台大學學報(哲學社會科學版)》1990 年第 2 期。

2. 張瑞德《十年來小說理論研究評述》,《鄭州大學學報(哲學社科版)》1990 年第 4 期。

1992 年

1. 于是之《探索者的足跡——北京人藝演劇學派國際學術研討會開幕詞》，《中國戲劇》1992 年第 8 期第 6～8 頁，中國戲劇雜誌社 1992 年 8 月 18 日出版。

2. 徐曉鐘《邁向新的戲劇現實主義》，《中國戲劇》1992 年第 8 期第 9～10 頁，中國戲劇雜誌社 1992 年 8 月 18 日出版。

3. 林兆華《藝術風格要發展》，《中國戲劇》1992 年第 8 期第 13 頁，中國戲劇雜誌社 1992 年 8 月 18 日出版。

1993 年

1. 張濤、湯吉夫《零落成泥碾作塵——試論現代派小說的本土化》，《絲路學刊》1993 年第 1 期。

2. 馮壽農《中國新時期文學對西方荒誕派文學的吸收和消融》，《廈門大學學報（哲社版）》1993 年第 3 期。

1994 年

1. 楊匡漢《現代主義影響與新時期文學——當代文學潮流觀察之一》，《江西社會科學》1994 年第 8 期。

1996 年

1. 王新民《高行健：新時期實驗戲劇的傑出代表》，《無錫教育學院學報》1996 年第 2 期。

1998 年

1. 陳春生《覺醒、實驗、和諧——新時期小說文體演進的軌跡》，《湖北師範學院學報（哲學社科）》1998 年第 5 期。

2000 年

1. 鍾勇《「沒有主義」的主義和「你別無選擇」的自由——高行健講座引起的對話和聯想》，廣州的《粵海風》2000 年第 1 期。

2. 賈冀川《〈過客〉與〈車站〉的比較研究》，《邢臺職業技術學院學報》2000 年第 2 期。

3. 王麗華《高行健：社會轉型下的戲劇實驗》，《遼寧師專學報社科版》2000 年第 4 期。

4. 新華社 10 月 13 日北京電報導高行健獲諾獎。

5. 《人民日報》10 月 14 日在第二版位置轉載新華社北京電的消息，題目爲：《諾貝爾文學獎被用於政治目的失去權威性》。

6. 賈冀川《〈過客〉與〈車站〉的比較研究》，《魯迅研究月刊》2000 年第 11 期。

7. 王福湘《當代文學史寫作與 90 年代文學考察——中國當代文學研究會第 11 屆學術年會綜述》,《西江大學學報》2000 年第 6 期。

2001 年

1. 彭放《「全球化」語境中的中國文學困境》,《學術交流》2001 年第 1 期。

2. 鄭凡夫《2000 年諾貝爾文學獎備忘錄》,《文藝理論與批評》2001 年第 1 期。

3. 陳映真《天高地厚——讀高行健先生受獎詞的隨想》,《文藝理論與批評》2001 年第 2 期,2001 年 3 月 24 日出版。

4. 姜深香、王殿文《個性經驗的物化——淺談〈靈山〉》,《中山大學學報論叢》2001 年第 2 期。

5. 李更《高某獲獎帶來的尷尬》,《文學自由談》2001 年第 2 期。

6. 林兆華《戲劇的生命力》,《文藝研究》2001 年第 3 期,2001 年 5 月 21 日出版。

7. 鄭治《也談文學的「政治標準」》,郭楓《一個嚴肅的玩笑——2000 年諾貝爾文學獎縱橫談》,《文藝理論與批評》2001 年第 3 期。

8. 鄭凡夫《2000 年諾貝爾文學獎備忘錄》,張慧敏的《中國文壇盛會 爲高行健翻案》,《作品與爭鳴》2001 年第 5 期轉載。

9. 王文初《有關高氏獲獎的幾篇文章讀後》,《文學自由談》2001 年第 4 期。

10. 宋建林《新時期現代主義的論爭與反思》,《北京社會科學》2001 年第 4 期。

11. 王尚政《也曾走過〈靈山〉一段路》,《世界華文文學論壇》2001 年第 4 期。

12. 《關於中國當代文學研究會第 11 屆年會涉及高行健話題的眞相——致〈作品與爭鳴〉雜誌的公開信》和《中國當代文學研究會第 11 屆學術年會簡報》,《南方文壇》2001 年第 6 期。

2002 年

1. 賈冀川《高行健——中國話劇藝術的叛逆者》,《戲劇》雜誌 2002 年第 2 期。

2. 劉忠惠《對高行健文學作品表達中的人稱層次感悟》,《松遼學刊社科版》2002 年第 3 期。

3. 余傑《二十世紀中國文學的雙子星座——沈從文和高行健文學道路之比較》,《社會科學論壇》2002 年第 10 期。

2003 年

1. 劉妹贇、姜紅明《論〈靈山〉與中國人的諾貝爾文學獎情結》,《理論月刊》2003 年第 1 期。

2. 薛支川、林阿娟《破與立——高行健80年代探索劇初探》，《黔東南民族師範高等專科學校學報》2003年第1期。

3. 陳吉德《奔向戲劇的「彼岸」——高行健論》，《戲劇》2003年第1期，2003年3月20日出版。

4. 趙毅衡《無根有夢：海外華人小說中的漂泊主題》，《社會科學戰線》2003年第5期，2003年5月出版。

5. 李春霞、陳召榮《解讀靈山》，《河西學院學報》2003年第4期。

6. 金介甫著、彭京譯《屈原、沈從文、高行健比較研究》，《吉首大學學報（社科版）》2003年第3期，2003年9月出版。

2004 年

1. 姚新勇《藝術的高蹈與政治的滯累——高行健兩部長篇小說評論》，《海南師範學院學報（社會科學版）》2004年第1期，2004年2月15日出版。

2. 王音潔《是「先鋒的品格」，還是「先鋒的技巧」？——評孟京輝與高行健的「先鋒戲劇」實踐》，《浙江學刊》2004年第1期。

3. 王堯《1985年「小說革命」前後的時空——以「先鋒」與「尋根」等文學話語的纏繞爲線索》，《當代作家評論》2004年第1期。

4. 王澤龍《略論法國文學在中國的傳播與接受特徵》，《晉東南師範專科學校學報》2004年第3期。

5. 鄭毅《從高行健到庫切看諾貝爾文學獎的價值取向》，《重慶社會科學》2004年第3～4期。

6. 杜威佛·克馬《無望的懷舊　重寫的凱旋》，《雲南大學學報社科版》2004年第5期。

7. 鄭凌娟《〈終局〉與〈活著〉及〈彼岸〉中不同的人生觀之比較》，《山西煤炭管理幹部學院學報》2004年第2期，2004年6月出版。

2005 年

1. 周怡《諾貝爾獎關注的文學母題：流亡與回鄉》，《文史哲》2005年第1期。

2. 樊星《禪宗與當代文學》，《當代作家評論》2005年第3期。

3. 趙毅衡《無根者之夢：海外小說中的漂泊主題》，《上海文學》2005年第6期。

4. 桑農《誰先提出「語言流」？》，《文學自由談》2005年第3期。

5. 余琳《對一種現代戲劇的追求——高行健20世紀80年代戲劇研究簡述》，《藝苑》2005年第4期，2005年8月20日出版。

6. 杜特萊《跟活生生的人喝著咖啡交流——答本刊主編韓石山問》，《山西文學》2005年第10期。

7. 南帆《現代主義：本土的話語》,《東南學術》2005 年第 5 期。

8. 吳金喜、鄭家建《詩學的與哲學的維度——論 20 世紀中國小說研究的兩個生長點》,《福建論壇人文社科版》2005 年第 11 期。

9. 付治鵬《生態批評與中國生態戲劇——對三個戲劇文本的生態主義批評》,《戲劇》2005 年第 4 期,2005 年 12 月 20 日出版。

10. 喬悦《導演中心主義與中國當代探索戲劇》,《藝苑》2005 年 C1,2005 年 12 月 25 日出版。

11. 胡志峰《從語言到表演到禪——談高行健的戲劇觀念》,《重慶社會科學》2005 年第 12 期。

2006 年

1. 周冰心《迎合西方全球想像的「東方主義」——近年來海外「中國語境」小說研究》,《華文文學》2006 年第 1 期。

2. 馬建《重新開闢的語言境界——比較高行健和哈金的小說語言》,《華文文學》2006 年第 2 期。

3. 景曉鶯《相似和對立：〈車站〉與〈等待戈多〉主題之比較》,《語文學刊（高教,外文版）》2006 年第 10 期。

4. 王京鈺《解讀〈靈山〉中的「你」「我」「他」》,《遼寧工學院學報》2006 年第 5 期。

5. 佘愛春《生態戲劇的經典之作——高行健劇作〈野人〉的生態解讀》,《四川教育學院學報》2006 年第 3 期。

6. 李江瓊《中文普通圖書著錄解疑》,《圖書館論壇》2006 年第 2 期,2006 年 4 月出版。

2007 年

1. 張檸《一個時代的文學病案》,《勵耕學刊（文學卷）》2007 年第 1 輯,2007 年 4 月出版。

2. 劉琦《觀眾：交流的彼岸——簡析高行健探索劇中的「觀演關係」》,《滄桑》2007 第 4 期。

3. 戴瑤琴《「圈地」裏的低吟淺唱——論現階段歐洲華文文學》,《華文文學》2007 年第 5 期,2007 年 10 月 20 日出版。

4. 陸煒《高行健與中國戲劇》,《揚子江評論》2007 年第 6 期。

2008 年

1. 谷海慧《中國式荒誕劇的精神指向分析》,《江漢論壇》2008 年第 2 期。

2. 朱崇科《想像中國的弔詭：暴力再現與身份認同——以高行健、李碧華、張貴興的小說書寫為中心》,《揚子江評論》2008 年第 2 期。

3. 宋德揚《〈靈山〉的第二人稱敘述》，《文學前沿》2008 年第 2 期。

4. 邢向輝《心靈的飛翔——讀高行健的〈靈山〉》，《新世紀文學選刊》2008 年第 11 期。

5. 朱智勇《「史詩劇」樣式與「史詩性」缺失——略論〈野人〉的藝術得失》，《揚州教學學院學報》2008 年第 2 期，2008 年 6 月出版。

6. 徐永平《俄羅斯對中國現代文學瞭解多少？——訪著名文學評論家弗拉基米爾·邦達連科》，《外國文學動態》2008 年第 4 期，2008 年 8 月 17 日出版。

7. 林瑞豔《行走著的「等待」——簡析高行健〈車站〉》，《藝苑》2008 年第 11 期。

2009 年

1. 豐雲《文革敘事與新移民作家的敘述視角》，《東嶽論叢》2009 年第 1 期。

2. 王豔《打破中國傳統戲劇意識的堅冰——從〈野人〉看高行健的現代戲劇觀》，《濰坊學院學報》2009 年第 1 期，2009 年 2 月出版。

3. 倪立秋《解構〈靈山〉敘事》，《文學教育》2009 年第 2 期。

4. 徐健《新時期北京人藝研究述評》，《北京社會科學》2009 年第 3 期，2009 年 6 月 26 日出版。

5. 朱崇科《面具敘事與主體游移：高行健、英培安小說敘事人稱比較論》，《西南民族大學學報社科版》2009 年第 3 期。

6. 金理、陳思和《思潮與爭鳴：現實主義、現代主義、純文學的反思——〈中國新文學大系（1977～2000 年）文學理論卷〉導言之一》，《南方文壇》2008 年第 4 期。

7. 王堯《「現代派」通信述略——〈新時期文學口述史〉之一》，《文藝爭鳴》2009 年第 4 期。

8. 黃萬華《平和長遠、散中見聚：歐華文學的歷史進程和現狀》，《華文文學》2009 年第 6 期。

9. 張小平《論 20 世紀 80 年代中國先鋒戲劇的藝術探索》，《社科縱橫》2009 年第 11 期。

10. 張小平《論 20 世紀 80 年代中國先鋒戲劇的思想主題——以高行健作品爲例》，《齊魯藝苑》2009 年第 6 期。

2010 年

1. 馬悅然《〈高行健論〉序》；劉再復《人類文學的凱旋曲——萬之〈凱旋曲〉跋》，《當代作家評論》2010 年第 2 期。

2. 邱華棟《高行健：朝向靈山》，《東吳學術》2010 年第 2 期。

3. 范福潮《隱瞞的也許比説出來的還要多──重讀高行健筆記》,《上海文化》2010 年第 5 期。

4. 王孟圖《「顯一隱」的經緯──高行健長篇小説文本結構研究》,《福建師範大學社科版》2010 年第 3 期。

5. 唐爲群《法國馬賽一大漢語教育碩士的課程設置及啓示》,《長江學術》2010 年第 4 期。

6. 羅長青《城鄉差別:高行健〈車站〉被忽視的主題》,《蘭州學刊》2010 年第 10 期。

7. 胡學坤《〈河那邊〉隱藏的後現代主義》,《科技致富嚮導》2010 年第 29 期。

8. 高玉《中國離諾貝爾文學獎究竟有多遠?》;黃維樑《華文文學與諾貝爾文學獎》,《文藝爭鳴》2010 年第 6 期。

9. 李珊珊《野人的戲劇符號學解讀──試以老歌師曾伯的唱詞爲例》,《青年文學家》2010 年第 12 期。

10. 《華文文學》2010 年第 6 期以「高行健專輯」方式推出 9 篇文章,欄目主持人爲劉再復。

2011 年

1. 黃焰結《權力開路 翻譯爲媒──個案研究高行健的諾貝爾文學獎》,《山東外語教學》2011 年第 1 期。

2. 曾慧林《以此對中國傳統戲曲的回歸──讀話劇〈絕對信號〉有感》,《群文天地》2011 年第 3 期。

3. 李建立《「風箏通信」與 1980 年代的「現代小説」觀念》,《中國現代文學研究叢刊》2011 年第 2 期。

4. 趙淑俠《披荊斬棘,從無到有──析談半世紀來歐洲華文文學的發展》,《華文文學》2011 年第 2 期。

5. 劉雲《近二十年中國大陸歐洲華文文學研究綜述》,《華文文學》2011 年第 3 期。

6. 羅長青《從就業制度的角度解讀〈絕對信號〉》,《北京社會科學》2011 年第 3 期。

7. 宋寶珍《探索、跋涉的步履──有關高行健劇作〈車站〉〈野人〉的爭議》,《名作欣賞》(下旬刊) 2011 年 6 月。

8. 康建兵《高行健野人的生態批評》,《華南理工大學學報 (社會科學版)》2011 年第 4 期,2011 年 8 月出版。

9. 胡亮、趙毅衡《禪劇,美國詩,「小聰明主義」:趙毅衡訪談錄》,《詩歌月刊》2011 年第 10 期。

10. 劉再復《高行健對戲劇的開創性貢獻》,《華文文學》2011 年第 6 期。

11. 邱麗娜《如何從文本「內」和文本「外」讀高行健的〈靈山〉》,《華中人文論叢》2011 年第 2 卷第 2 期。

12. 李志敏文章《試論高行健的戲劇理想及其影響》,《電影評介》2011 年第 23 期。

2012 年

1. 高行健《意識形態與文學》、劉再復《高氏思想綱要——高行健給人類世界提供了什麼新鮮的思想》、《高行健的自由原理》、劉劍梅《現代莊子的凱旋——論高行健的大逍遙精神》、李冬梅《靈山與中國巫文化》,《華文文學》2012 年第 3 期。

2. 王德領《20 世紀 80 年代對西方現代派文學接受中的技術主義》,《首都師範大學學報社科版》2012 年第 1 期。

3. 莊偉傑《海外華文文學有別於中國文學的特質——以海外新移民文學爲例》,《中國文學研究》2012 年第 2 期。

4. 陳豔萍《從〈對話與反詰〉看禪宗對高行健的影響》,《安徽文學（下半月）》2012 年第 3 期。

5. 趙憲章《〈靈山〉文體分析——文學研究之形式美學方法個案示例》,《華文文學》2012 年第 2 期,2012 年 4 月 20 日出版。

6. 劉劍梅《八十年代初期現代莊子的轉運》,《東吳學術》2012 年第 3 期。

7. 牛鴻英《藝術創造的互文與交響——從〈車站〉與〈等待戈多〉的對比看高行健戲劇的民族性》,《新世紀劇壇》2012 年第 4 期,2012 年 8 月 1 日出版。

8. 劉再復《膽識兼備,方爲境界——莊園〈女性主義專題研究〉序》,《華文文學》2012 年第 5 期,2012 年 10 月 20 日出版。

9. 高音《立此存照——重溫 30 年關於小劇場的幾篇文章幾次對話》,《藝術評論》2012 年第 12 期。

10. 周航《〈花城〉與「新時期」文學的發端》,《小說評論》2012 年 5 月。

11. 周俊《歐洲新移民小說的「文革」敘事》,《濮陽職業技術學院學報》2012 年第 3 期。

12. 李永求《高行健短篇小說〈母親〉分析》,《棗莊學院學報》2012 年第 4 期。

13. 劉洪濤《世界文學觀念的嬗變及其在中國的意義》,《中國比較文學》2012 年第 4 期。

14. 翟源《試論〈靈山〉的美學追求》,《寶雞文理學院學報社科版》2012 年第 5 期。

15. 張立群、王龍龍《關於 20 世紀 80 年代「現代派」文學的重審》,《廣東廣播電視大學學報》2012 年第 5 期。

16. 李明英《求同與變異:新時期的現代主義論爭》,《綿陽師範學院學報》2012 年第 10 期。

17. 陳進武、彭麗萍《論高行健〈靈山〉的人性敘事倫理》,《長江師範學院學報》2012 年第 11 期。

18. 劉家思《從劇場性到假定性──論高行健「現場表演劇場性」的理論得失》,《新世紀劇壇》2012 年第 6 期。

2013 年

1. 林克歡《演員三重性:一種美學?還是一種技法?》和《回到過去與拓展未來──〈山海經傳〉觀後》,《華文文學》2013 年第 1 期。

2. 虞越溪《諾獎評價標準的意識形態性──莫言與高行健「授獎詞」比較》,《中文學術前沿》2013 年第 1 期。

3. 裴毅然《莫言獲「諾獎」原因及後期效應》,《社會科學》2013 年第 1 期。

4. 劉劍梅《文學是否還是一盞明亮的燈?》,《當代作家評論》2013 年第 2 期。

5. 董岳州《流亡與邊緣──高行健與奈保爾比較》,《衡陽師範學院學報》2013 年第 2 期。

6. 牟森《戲劇改變世界嗎?與彼岸有關》,《新美術》2013 年第 6 期,中國美術學院學報 2013 年 6 月出版。

7. 劉再復《故事的極致與故事的消解──「高行健莫言比較論」續篇》,《當代作家評論》2013 年第 4 期,2013 年 7 月 25 日出版。

8. 羅長青《從人物塑造看實驗劇〈野人〉的生態主題》,《海南師範大學學報(社科版)》2013 年第 8 期,2013 年 8 月 15 日出版。

9. 李興陽、許忠梅《現代戲劇追求中的「激進」與「保守」之爭──高行健話劇〈野人〉及其論爭研究》,《文學評論叢刊》第 15 卷第 1 期。

10. 楊慧儀著、林源譯《〈靈山〉1982～1990:從現代主義到折中主義》,《當代作家評論》2013 年第 5 期,2013 年 9 月 25 日出版。

11. 牟森《〈上海的奧德賽〉敘事報告》,《藝術評論》2013 年第 11 期,中國藝術研究院 2013 年 11 月 4 日出版。

12. 肖群《論〈靈山〉尋求個體主題性的困境》,《職大學報》2013 年第 5 期,2013 年 11 月 22 日出版。

13. 劉再復《世界困局與文學出路的清醒認知──高行健〈自由與文學〉序》、《駁顧彬》、李澤厚《四星高照,何處靈山──2004 年讀高行健》、林崗《通往自由的美學》,《華文文學》2013 年第 5 期。

14. 牛婷婷《論〈一個人的聖經〉的自審結構》，《安徽文學》2013 年第 11 期。

15. 范春霞《我新故我在——試析高行健的小說〈靈山〉》，《黑龍江教育學院學報》2013 年第 11 期。

16. 黃一《「熱」文學與「冷」文學：中華傳統的兩種現代形態——莫言、高行健創作比較談》，《東嶽論叢》2013 年第 11 期。

17. 葉子《論〈紐約客〉的華語小説譯介》，《小説評論》2013 年第 6 期。

18. 陳新《論高行健戲劇的審美意識形態意義》，《東莞理工學院學報》2013 年第 6 期。

19. 蔣漢陽《同一文學意圖的雙重變奏——高行健〈靈山〉、〈野人〉的跨文類比較》，《考試週刊》2013 年第 68 期。

20. 湯海濤《從高行健先鋒戲劇看中國現代戲劇創作》、李文紅《高行健戲劇創作與複調理論》、劉宇《劇場性視閾下高行健戲劇創作》、溫金英《從風格型人物看高行健創作》、吳智慧《小說〈靈山〉的敘事分析》、張莉《從〈彼岸〉看高行健創作的荒誕性》、慕容倜倜《高行健和莎士比亞作品的文學色彩對比》，《短篇小說》2013 年第 19 期。

2014 年

1. 劉錫誠《1982：「現代派」風波》，《南方文壇》2014 年第 1 期。

2. 郭冰茹、曹曉雪《靈山的禪意分析》，《華文文學》2014 年第 2 期。

3. 薛莉莎《例談高行健對布萊希特戲劇理論的借鑒》，湖北《文學教育（下）》2014 年第 4 期，4 月 25 日出版。

4. 黃一、黃萬華《歐洲華文文學：遠行而回歸中的文化中和》，《天津師範大學學報社科版》2014 年第 2 期。

5. 劉再復《高行健莫言比較論——在香港科技大學人文學部的公開演講》，《華文文學》2014 年第 4 期。

6. 莊園《鄉愁的氾濫與消解——簡論華文作家的三種離散心態》，《華文文學》2014 年第 5 期。

7. 高行健、劉再復《要什麼樣的文學》，《華文文學》2014 年第 6 期。

8. 王靜斯、宋偉《20 世紀 80 年代「現代派」文學論爭中的生存哲學「突圍」》，《南都學壇（人文社科學報）》2014 年第 4 期。

9. 何碧玉撰、周丹穎譯《現代華文文學經典在法國》，《東嶽論叢》2014 年第 10 期。

10. 杜特萊《諾貝爾文學獎中文得主莫言和高行健在社會中的地位》，《揚子江評論》2014 年第 6 期。

11. 張靜《對〈車站〉「等待」主題新的詮釋》，《甘肅廣播電視大學學報》第 24 卷第 4 期。

2015 年

1. 何平《「國家計劃文學」和「被設計」的先鋒小說》,《小說評論》2015 年第 1 期,2015 年 1 月 20 日出版。

2. 王藝珍《弔詭意義:略論〈逃亡〉的寓言圖景》,《藝苑》2015 年第 1 期,2015 年 2 月 20 日出版。

3. 讓－皮埃爾‧扎哈戴撰、蘇珊譯《超越二律背反的美學觀》,《明報月刊》「明月」副刊 2015 年 2 月號。

4. 讓－皮埃爾‧扎哈戴撰、蘇珊譯《高行健與哲學》,《明報月刊》「明月」副刊 2015 年 6 月號。

5. 馬悦然《中國現當代文學與諾貝爾文學獎》,《華文文學》2015 年第 3 期。

6. 劉再復《走向當代世界的繪畫高峰》;樂桓宇《嵌套影像,看見詩歌》,《華文文學》2015 年第 5 期。

2016 年

1. 王孟圖《敘述者的魔術——高行健長篇小說的敘述人稱之魅》,《華文文學》2016 年第 6 期。

2017 年

1. 劉再復《高行健,當代世界文藝復興的堅實例證》,《華文文學》2017 年第 5 期。

2. 劉再復《「高行健世界」的全景描述》,《明報月刊》「明月」副刊 2017 年 10 月號。

3. 劉劍梅《高行健作品中的女性與道》,《華文文學》2017 年第 5 期。

4. 林克歡《話劇的八十年代》,《華文文學》2017 年第 6 期。

5. 莊園《高行健年譜　1981　41 歲》,《華文文學》2017 年第 6 期。

書

1. 高行健著《現代小說技巧初探》,花城出版社 1981 年 9 月第 1 版,1982 年 12 月第 2 次印刷。

2. 高行健著《有隻鴿子叫紅唇兒》,北京十月文藝出版社 1984 年 5 月第 1 版第 1 次印刷。

3. 高行健著《高行健戲劇集》,群眾出版社 1985 年 6 月第 1 版第 1 次印刷。

4. 高行健著《對一種現代戲劇的追求》,中國戲劇出版社 1988 年 8 月。

5. 《中國戲劇年鑒(1983)》,中國戲劇年鑒編輯部編,中國戲劇出版社 1983 年 12 月第 1 版第 1 次印刷。

6. 《北京文藝年鑒 1981》,工人出版社 1982 年第 1 版第 1 次印刷。

7. 《北京文藝年鑒 1982》，工人出版社 1982 年 12 月第 1 版第 1 次印刷。

8. 《北京文藝年鑒 1983》，北京市社會科學研究所《北京文藝年鑒》編輯部編，中國展望出版社 1984 年 1 月。

9. 《〈人民文學〉1984 年短篇小說選》，《人民文學》雜誌社編 1985 年 4 月第 1 版第 1 次印刷。

10. 《〈絕對信號〉的藝術探索》，北京人民藝術劇院《絕對信號》劇組編，中國戲劇出版社 1985 年 5 月北京第 1 版第 1 次印刷。

11. 《當代話劇探討》，黑龍江省藝術研究所 1986 年 2 月出版。

12. 《中國戲劇年鑒（1985）》，中國戲劇出版社 1987 年 10 月第 1 版第 1 次印刷。

13. 劉再復《論中國文學》，作家出版社 1988 年 8 月出版。

14. 《現代意識流小說》，吳亮、章平、宗仁發編，時代文藝出版社 1988 年 10 月第 1 版第 1 次印刷。

15. 許國榮編《高行健戲劇研究》，中國戲劇出版社 1989 年 6 月第 1 版第 1 次印刷。

16. 《當代中國作家百人傳》，求實出版社 1989 年 6 月出版。

17. 《紀念北京人民藝術劇院建院四十週年（1952～1992）》，林錦雲、林兆華主編，香港江源出版公司 1992 年。

18. 林克歡編《林兆華的導演藝術》，北方文藝出版社 1992 年 10 月第 1 版第 1 次印刷。

19. 《絕對信號》，周星編，中國文學出版社 1993 年 12 月第 1 版第 1 次印刷，1994 年 9 月第 2 次印刷。

20. 洪子誠著《中國當代文學史》，北京大學出版社 1999 年 8 月第 1 版，2005 年 2 月第 16 次印刷。

21. 許子東著《為了忘卻的集體記憶——解讀 50 篇文革小說》第 201 頁，三聯書店 2000 年 4 月北京第 1 版第 1 次印刷。

22. 王新民著《中國當代話劇藝術演變史》，浙江大學出版社 2000 年 4 月出版。

23. 高行健著《靈山》、《有隻鴿子叫紅唇兒》、《絕對信號》，灕江出版社 2000 年 11 月出版。高行健著《你一定要活著》，敦煌文藝出版社 2001 年 1 月出版。

24. 《文學爭鳴檔案——中國當代文學作品爭鳴實錄（1949～1989）》，張學正、丁茂遠、陳公正、陸廣訓主編，南開大學出版社、百通（香港）出版社 2002 年 8 月第 1 版第 1 次印刷。

25. 萬之著《諾貝爾文學獎傳奇》，世紀出版集團、上海人民出版社 2010 年 1 月第 1 版第 1 次印刷。

26. 《最新諾貝爾文學獎獲獎作品選讀（中）》，劉哲主編、劉江榮副主編，天津科技翻譯出版公司，2010 年 5 月第 1 版第 1 次印刷。

27. 李雲龍著《落花無言——與于是之相識三十年》，北京出版社 2011 年 9 月第 1 版第 1 次印刷。

28. 劉劍梅著《莊子的現代命運》，商務印書館 2012 年 9 月第 1 版第 1 次印刷。

29. 葉志良著《絕對信號：轉型期中國戲劇藝術思潮》，武漢大學出版社 2013 年 3 月第 1 版第 1 次印刷。

30. 林兆華口述，林偉瑜、徐馨整理《導演小人書》（全本），作家出版社 2014 年 5 月第 1 版。

31. 于是之著、李曼宜編《于是之家書》，作家出版社 2017 年 1 月第 1 版第 1 次印刷。

臺灣出版

1. 高行健著《給我老爺買魚竿》，臺北聯合文學 1989 年 2 月初版。

2. 高行健著《靈山》，臺北聯經 1990 年 12 月初版，2010 年 3 月初版第 37 刷。

3. 《高行健戲劇六種》（一集《彼岸》、二集《冥城》《聲聲慢變奏》、三集《山海經傳》、四集《逃亡》、五集《生死界》、《對話與反詰》、六集《夜遊神》），臺北帝教出版社 1995 年初版。

4. 高行健著《一個人的聖經》，臺北聯經 1999 年 4 月初版。

5. 高行健著《八月雪》，臺北聯經 2000 年 12 月初版。

6. 畫冊《高行健》，亞洲藝術中心 2000 年 12 月初版。

7. 高行健著《週末四重奏》，臺北聯經 2001 年 1 月初版，2006 年 11 月初版第 4 刷。

8. 高行健著《沒有主義》，臺北聯經 2001 年 1 月初版，6 月初版第四刷。

9. 高行健著《另一種美學》，臺北聯經 2001 年初版。

10. 高行健著《母親》，（臺北）聯合文學出版社 2001 年 7 月初版，2003 年 4 月 20 日初版十四刷。

11. 高行健著《高行健短篇小說集（增訂本）》，臺北聯合文學出版社 2001 年 7 月初版。

12. 高行健著《高行健劇作集 1 車站》，臺北聯合文學 2001 年 10 月出版。

13. 高行健著《高行健劇作集 2 絕對信號》，臺北聯合文學 2001 年 10 月出版。

14. 高行健著《高行健劇作集 3 野人》，臺北聯合文學 2001 年 10 月出版。

15. 高行健著《高行健劇作集 4 彼岸》，臺北聯合文學 2001 年 10 月出版。

16. 高行健著《高行健劇作集 5 冥城》，臺北聯合文學 2001 年 10 月出版。

17. 高行健著《高行健劇作集 6 山海經傳》，臺北聯合文學 2001 年 10 月出版。

18. 高行健著《高行健劇作集 7 逃亡》，臺北聯合文學 2001 年 10 月出版。

19. 高行健著《高行健劇作集 8 生死界》，臺北聯合文學 2001 年 10 月出版。

20. 高行健著《高行健劇作集 9 對話與反詰》，臺北聯合文學 2001 年 10 月出版。

21. 高行健著《高行健劇作集 10 夜遊神》，臺北聯合文學 2001 年 10 月出版。

22. 周美惠著《雪地禪思：高行健執導〈八月雪〉現場筆記》，臺北聯經 2002 年 12 月初版。

23. 高行健著《朋友》，（臺北）聯合文學出版社 2004 年 1 月初版。

24. 高行健著《叩問死亡》，臺北聯經 2004 年 4 月初版。

25. 高行健著《論創作》，（臺北）聯經 2008 年 4 月初版。

26. 高行健、方梓勳著《論戲劇》，臺北聯經 2010 年 4 月初版。

27. 高行健著《遊神與玄思》，臺北聯經 2012 年 5 月初版。

28. 沈衛威著《望南看北斗：高行健》，臺灣立緒文化事業有限公司，2012 年 2 月初版。

29. 楊煉編《逍遙如鳥：高行健作品研究》，臺北聯經 2012 年 6 月初版。

30. 西零《家在巴黎》，臺北聯經出版事業股份有限公司 2016 年 6 月初版。

31. 劉再復著《再論高行健》，臺北聯經出版社 2016 年 10 月。

32. 羅華炎著《高行健小說裏的流亡聲音》，臺北秀威 2017 年 2 月初版。

香港出版

1. 高行健著《山海經傳》，香港天地圖書公司 1993 年初版。

2. 高行健著《週末四重奏》，香港新世紀出版社 1996 年初版。

3. 潘耀明主編《2000 年文庫——當代中國文庫精讀高行健》，明報月刊、明報出版有限公司 1999 年 8 月第 1 版、2000 年 10 月第 2 版、2000 年 11 月第 3 版。

4. 高行健著《一個人的聖經》，（香港）天地圖書有限公司 2000 年，由（臺北）聯經出版授權。

5. 林曼叔編《解讀高行健》，明報出版社 2000 年 11 月初版。

6. 伊沙編著《首位諾貝爾文學獎華人得主高行健評說》，香港明鏡出版社，2000 年 10 月初版。

7. 劉再復著《論高行健狀態》，香港明報出版社 2000 年 11 月初版。

8. 劉心武著《瞭解高行健》，（香港）開益出版社 2000 年 12 月初版。

9. 高行健著《文學的理由》，香港明報 2001 年 4 月初版。

10. 趙毅衡《建立一種現代禪劇——高行健與中國實驗戲劇》，香港天地圖書有限公司 2001 年初版。

11. 高行健著、方梓勳、陳順妍譯《冷的文學——高行健著作選》中英對照版，香港中文大學 2005 年出版。

12. 劉再復編、李澤厚、林崗、杜特萊等著《讀高行健》，香港大山文化出版社 2013 年 8 月初版。

13. 危令敦著《一生二，二生三——高行健小說研究》，香港天地圖書 2013 年 8 月初版。

14. 沈秀貞著《語言不在家——高行健的流亡話語》，香港大山文化出版社 2014 年 5 月初版。

15. 柯思仁著《高行健與跨文化劇場》，香港大山文化出版社 2015 年 12 月初版。

16. 莊園著《個人的存在與拯救——高行健小說論》，香港大山文化出版社，2017 年 2 月初版。

中國知網的碩博士論文

1. 2003 年，廣西師範大學冷耀軍（現當代文學專業，導師李江）的碩士論文《從危機到彼岸：一個尚待實現的夢想——論先鋒劇作家高行健的戲劇探索》。

2. 2004 年，上海師範大學景曉鶯（英語語言文學專業，導師葉華年）的碩士論文《比較〈等待戈多〉與〈車站〉——影響研究與平行研究》。

3. 2006 年，廈門大學的余琳（戲劇戲曲學專業，導師周寧）的碩士論文《另一種現代戲劇——高行健戲劇及其理論初探》。西北大學的李彩虹（英語語言文學專業，導師胡宗鋒）的碩士論文《流亡與探求的追尋之路——原型批評視角下〈天路歷程〉與〈靈山〉之對比研究》。

4. 2008 年，復旦大學倪立秋（中國現當代文學專業，導師陳思和）的博士論文《新移民小說研究——以嚴歌苓、高行健、虹影為例》。華中科技大學曾輝（中國現當代文學，導師李俊國）的碩士論文《「靈山」路上執迷的行者——高行健研究》。延邊大學金英（比較文學與世界文學專業，導師樸玉明）的碩士論文《相同的等待，不同的結果——貝克特的〈等待戈多〉與高行健的〈車站〉之比較》。福建師範大學王孟圖（中國現當代文學專業，導師鄭家建）的碩士論文《高行健小說詩學研究》。

5. 2010 年，復旦大學吳嵐（世界文學與比較文學專業，導師陳思和）的博士論文《「世界文學」視域下的中日現代文學比較研究——以大江健三郎與高行健為例》。

6. 2011 年，南昌大學龔雅婧的碩士學位論文《國內報紙（1999～2008 年）諾貝爾文學獎報導》。南京大學龍珊珊（中國現當代文學專業，導師沈衛威）的碩士論文《作爲「內容」的語言——論高行健小說〈靈山〉》。暨南大學的馬連花（中國現當代文學專業，導師莫海斌）的碩士論文《困境與突圍——高行健旅法期間戲劇創作主題論》。

7. 2012 年，湖南師範大學王鑫（影視戲劇專業，導師韓學君）的碩士論文《高行健對戲劇現代性的追求》。

8. 2014 年，揚州大學陸展（中國現當代文學專業，導師陳軍）的碩士論文《1980 年代高行健探索戲劇的接受研究》。廣西師範學院李娜（比較文學與世界文學專業，導師謝永新）的碩士論文《高行健長篇小說的藝術形式研究》。四川外國語大學黃婧媛（中國現當代文學專業，導師李偉民）的碩士論文《融合與分裂——高行健先鋒實驗戲劇複調藝術思維研究》。

9. 2016 年，天津音樂學院任東嶽的碩士論文《論林兆華導表演的雙重結構》，該文論及高行健對林兆華的影響。中國美術學院藝術學馬思濤（藝術學專業，導師吳小華）的碩士論文，題目爲《回到最初——論高行健的繪畫風格對海報設計的啓示》。

附錄：高行健文學藝術年譜
簡版（1940～2017）

1940 年　0 歲

1 月 4 日，高行健山生於江西贛州，祖籍江蘇泰州。

父親高異之曾任南昌中國銀行職員，抗戰期間，隨同銀行撤退到江西贛州。抗戰勝利後，全家遷回南昌。

1948 年　8 歲

寫下第一篇日記。

八歲起開始塗鴉，不曾中斷。

1950 年　10 歲

年初，隨父母自南昌到南京，插班進入南京市二條巷小學五年級。

十歲寫第一篇小說，自作插圖。

9 月，轉學到南京市漢口路小學，入讀六年級至小學畢業。

1951 年　11 歲

9 月，入南京第十中學讀書。

1952 年　12 歲

初中二年級，開始喜歡油畫，在校期間師從惲宗瀛（1921－）先生學習繪畫。

素描、水彩、油畫、泥塑都做。

1957 年　17 歲

9 月，考入北京外國語學院法語系。

10 月，父親高異之曾任南京市婦幼保健醫院總務主任，反右鬥爭中受審，下放勞動。

1961 年　21 歲

7 月 1 日，母親顧家騮從南京腦科醫院下放到南京市棲霞區農場的養雞場勞動鍛鍊（計劃一年，實際不到三個月就出現意外）時，溺水身亡。

1962 年　22 歲

7 月，從北京外國語學院法語系畢業，被分配到外文出版發行事業局所屬國際書店任翻譯。

沉迷於戲劇閱讀，繪畫寫作依然不斷。

1966 年　26 歲

5 月 16 日，毛澤東發動文化大革命。

嚇得燒掉大學期間及隨後未曾發表的大量手稿。

1970 年　30 歲

下放到「五七」幹校勞動，隨後到安徽寧國縣插隊種田。工閒時間，藉替農民照相爲由，研究攝影。

文革中學校復課，調到港口鎮中學，任初中英語和政治課教員。

1972 年　32 歲

港口中學成立「革命委員會」，高行健被選爲成員之一。

1973 年　33 歲

經當地下放的老幹部照顧，加入中國共產黨。

1975 年　35 歲

文革後期，對外聯繫恢復，急需翻譯，被召回北京外文出版局，任《中國建設》雜誌社法文組組長。

研究攝影洗印技術，並重新作畫。

1977 年　37 歲

調到中國作家協會對外聯絡委員會任翻譯。

1978 年　38 歲

4 月～12 月，在北京寫作並完成中篇小說《寒夜的星辰》。

1979 年　39 歲

4 月 24 日至 5 月 13 日，作爲中國作家訪法代表團翻譯，隨同巴金訪問法國。這是高行健第一次法國之行。

7 月 21 日，在北京寫作《法蘭西現代文學的痛苦》。

9 月，《當代》1979 年總第 2 期刊發散文《巴金在巴黎》，這是高行健正式發表的第一篇文章。

11 月，《花城》第 3 期刊發高行健的小說處女作——《寒夜的星辰》。

12 月 2 日，在北京寫作《法國現代派人民詩人普列維爾和他的〈歌詞集〉》。

1980 年　40 歲

1 月，散文《尼斯——蔚藍色的印象》刊發在《花城》第 4 期。

2 月 20 日，散文《巴黎印象記》刊發在《人民文學》1980 年第 2 期。

3 月 9 日，寫作《文學創作雜記》。

3 月 31 日，在北京寫作短篇小說《朋友》。

3 月，《法蘭西現代文學的痛苦》刊發在《外國文學研究》1980 年第 1 期。

4 月 5 日，在北京寫另 篇《文學創作雜記》。

4 月 20 日，在北京寫作《關於巴金的傳奇》。

5 月 27 日，寫作《談小說敘述語言中的第三人稱「他」——文學創作雜記》。

5 月，《法國現代派人民詩人普列維爾和他的〈歌詞集〉》和《〈歌詞集〉選譯》（由高行健翻譯的雅克‧普列維爾的兩首詩《巴爾巴娜》和《一家子》），兩篇文章一起發表在《花城》第 5 集。

6 月，作為中國作家代表團的翻譯，與劉白羽、孔羅蓀、艾青、吳祖光、馬烽等到巴黎，參加「中國抗戰時期（1937～1945）文學討論會」，發表「艾青的詩學」，會後訪問意大利。

8 月 11 日，在北京完成中篇小說《有隻鴿子叫紅唇兒》初稿。此乃巴金主編的《收穫》雜誌約稿。

8 月，《關於巴金的傳奇》刊發在《花城》第 6 期。

8 月，《文學創作雜記》刊發在《隨筆》第 10 集。

9 月 26 日，在北京寫作《談怪誕與非邏輯》。

9 月，《時代的號手——在巴黎召開的抗戰時期中國文學國際討論會上的發言》刊發在《詩探索》1980 年第 1 期（創刊號）上。

9 月，寫作《談意識流》。

9 月，第二篇《文學創作雜記》刊發在《隨筆》第 11 集。

10 月 12 日，在北京寫完《有隻鴿子叫紅唇兒》二稿。

10 月 26 日，在北京寫作《談象徵》。

10 月，開始寫作《現代小說技巧初探》。

10 月，中國戲劇界醞釀著戲劇觀念的變革。

11 月，《再談小說的敘述語言》刊發在《隨筆》第 12 集。

12 月 2 日，在北京寫作《談藝術的抽象》。

12 月，《談小說敘述語言中的第三人稱「他」──文學創作雜記》刊發在《隨筆》第 13 集。

1981 年　41 歲

1 月 14 日，在北京寫作《談現代文學語言》。

1 月 25 日，中篇小說《有隻鴿子叫紅唇兒》刊發在《收穫》1981 年第 1 期。

3 月 3 日，在北京完成遊記散文《意大利隨想曲》。

3 月，在北京完成《現代小說技巧初探》。

3 月，《談意識流──文學創作雜記之五》刊發在《隨筆》第 14 集。

4 月，《談怪誕與非邏輯──文學創作雜記》刊發在《隨筆》第 15 集。

5 月，父親高異之（文革下放勞動）平反，隨即因肺癌去世。

5 月，《談象徵──文學創作雜記》刊發在《隨筆》第 16 集。

6 月，調到北京人民藝術劇院，從事編劇工作，當時于是之擔任劇本組組長。

6 月，《意大利隨想曲》刊發在《花城》1981 年第 3 期的「海外風信」欄目。

7 月，話劇《車站》初稿寫於北戴河－北京。

7 月，《談藝術的抽象──文學創作雜記》刊發在《隨筆》第 17 集。

8 月，短篇小說《朋友》刊發在《莽原》1981 年第 2 期。

9 月，《談現代文學語言──文學創作雜記》刊發在《隨筆》第 18 集。

9 月，《現代小說技巧初探》由花城出版社出版。

12 月 23 日，王蒙讀了《現代小說技巧初探》後給高行健寫信。

12 月 31 日，話劇（無場次）《絕對信號》第一稿完成。

這一年，成爲職業作家，同時也從事繪畫與攝影。

1982 年　42 歲

1 月，寫作《對〈絕對信號〉演出的幾點建議》。

2 月 12 日，在北京寫作評論《談小說觀與小說技巧》。

2月17日，在北京寫作短篇小說《鞋匠和他的女兒》。

2月23日，寫作評論《一篇不講故事的小說》。

2月26日，在北京寫作《同一位觀眾談戲——現代戲劇雜談之一》。

2月26日，寫作短篇小說《雨、雪及其他》。

2月，在戲劇民族化的討論中，胡偉民發表《話劇要發展，必須現代化》的重要文章。

3月6日，劉心武在北京寫作《現代小說技巧初探》讀後感。

3月31日，讀完《現代小說技巧初探》後十分激動，馮驥才寫信給李陀。

4月初，與林兆華談《絕對信號》的藝術構思。

4月19日，在北京完成話劇（無場次）《車站》第三稿。

4月20日，給《花城》的編輯蘇晨寫信。

4月25日，《一篇不講故事的小說》發表在《醜小鴨》1982年第4期（總第4期）。

5月4日，與林兆華再談《絕對信號》的藝術構思，這次主要圍繞排戲細節。

5月20日，李陀給劉心武寫信，探討高行健的書中談及的「現代小說」。

5月，《小說界》1982年第2期刊發《王蒙致高行健》。

6月8日，劉心武給馮驥才寫信，講他對高行健「初探」的讀後感。

6月10日，《讀書》1982年第6期刊發劉心武文章《在「新、奇、怪」面前——讀〈現代小說技巧初探〉》。

6月11日晚，北京人民藝術劇院在首都劇場舉行建院三十週年紀念會。

6月，《絕對信號》開始排練，獲于是之支持。法國媒體認為該戲宣告中國先鋒戲劇的誕生。

6月25日，在北京寫作短篇小說《二十五年後》。

7月1日，《絕對信號》劇組建立。

7月14日，在北京寫作短篇小說《花豆》。

7月25日，《雨、雪及其他》刊發於《醜小鴨》期刊1982年第7期。

7月27日，在北京寫作《讀王蒙的〈雜色〉》。

這年夏天，在北京開始長篇小說《靈山》的寫作。

8月1日，《上海文學》1982年第8期刊發一組文章，討論「現代派文學」。

8月18日，《絕對信號》整個戲初排結束。

9月15日，在北京寫作《談現代戲劇手段》。

9月19日～10月3日，《絕對信號》在北京人藝一樓排練廳免費公開試演。

9月20日，短篇小說《路上》刊發在《人民文學》1982年第9期。

9月，《絕對信號》（署名高行健、劉會遠）在《十月》1982年第5期刊發。

10月10日，《讀王蒙的〈雜色〉》刊發在《讀書》1982年第10期。

10月18日，《人民戲劇》刊發報導《北京人藝的新探索——小劇場演出》。

10月26日，巴金寫作《一封回信》，聲援高行健。

11月5日，《絕對信號》在北京人民藝術劇院首演。當時，演出地點由宴會廳改造，還沒有被正式批准為「小劇場」。

11月10日，《二十五年後》刊發在《文匯月刊》1982年第11期。

11月15日，《談小說觀與小說技巧》刊發在《鍾山》1982年第6期。

11月18日，《人民戲劇》刊發《引人注目的活躍局面》，肯定《絕對信號》的演出。

11月，在北京完成劇本《車站》二稿。

11月，寫作《對〈車站〉演出的幾點建議》。

11月，《同一位觀眾談戲——現代戲劇雜談之一》刊發在《隨筆》第23期。

12月4日，法國《世界報》刊發對《絕對信號》的報導。

12月8日，在北京寫作《談劇場性》。

12月9日，《北京日報》發表《可喜的藝術探索》一文，肯定《絕對信號》。

12月12日，《中國青年報》發表報導，題目為《〈絕對信號〉震動了我的心》。

12月13日，于是之給北京人藝領導（刁光覃、夏淳、蘇民）寫信，表示支持《車站》開始排練。

12月15日，夏淳批覆，認為于是之意見值得重視，但要開會討論。

12月18日，《人民戲劇》刊發三篇文章研討《絕對信號》。

12月20日，夏衍寫作《答友人書——漫談當前文藝工作》，也聲援高行健。

12月25日，《新華文摘》1982年第12期全文轉載劇本《絕對信號》。

12月出版的《北京文藝年鑒（1982年）》的「中篇小說簡介」中，收入「高行健：《有隻鴿子叫紅唇兒》」。

1983 年　43 歲

1 月 1 日，巴金聲援「現代派」的文章——《一封回信》刊登在《上海文學》1983 年第 1 期頭條。

1 月 2 日，在北京寫作短篇小說《侮辱》。

1 月 6 日，在北京寫作《談冷抒情與反抒情》。

1 月 21 日，《北京晚報》發表文章《〈絕對信號〉使人驚醒》。

1 月 25 日，《新華文摘》1983 年第 1 期轉載兩篇與「現代派」有關的文章。

1 月 26 日，在北京人藝寫作《談戲劇性》。

1 月，《戲劇創作雜談之二：談現代戲劇手段》發表在《隨筆》1983 年第 1 期。

1 月，寫作《對現代折子戲演出的幾點建議》。

2 月 1 日，夏衍的文章《答友人書 ——漫談當前文藝工作》刊發在《上海文學》1983 年第 2 期頭條，也聲援「現代派」，提倡文藝民主。

2 月 26 日，與林兆華一起給曹禺寫信。

3 月 14 日，在北京寫作短篇小說《河那邊》。

3 月 15 日，曹禺回信。

3 月 17 日，《作品與爭鳴》刊發《絕對信號》劇本全文、兩篇對該劇的評論文章以及一篇討論綜述。

3 月 18 日，《車站》劇組建立。高行健和林兆華分別在建組會上談戲劇觀。

3 月 19 日，在北京寫作短篇小說《海上》。

3 月 23 日，在北京寫作《動作與過程》。

3 月 25 日，巴金的《一封回信》被《新華文摘》1983 年第 3 期轉載。該期《新華文摘》刊發了 6 篇相關文章，其中 4 篇涉及對「現代「和「形式多樣化」的肯定。

3 月，《現代戲劇手段初探之三：談劇場性》刊發在《隨筆》1983 年第 2 期。

3 月，《現代小說技藝的新課題——談現代小說與讀者的關係》刊發在《青年文學》1983 年第 3 期。

4 月 1 日，《鞋匠和他的女兒》發表在《青年作家》1983 年第 4 期。

4 月 1 日，《劇壇》刊發《探路——〈絕對信號〉及其他》，肯定該劇的演出意義。

4 月 14 日，在北京人藝為小說集《有隻鴿子叫紅唇兒》寫作後記。

4月24日，在北京寫作短篇小說《公園裏》。

4、5月份，與林兆華一起決定排演《車站》，再獲曹禺和于是之支持。

5月，《過客》（魯迅）和《車站》演出。

5月7日，在北京人藝寫作《談時間與空間》。

5月10日，短篇小說《花環》發表在《文匯月刊》1983年5月號。

5月19日，《質樸與純淨》刊發在上海《文學報》第三版的「文學創作」欄目上。

5月22日，《談冷抒情與反抒情》刊發在《文學知識》1983年第3期。

5月22日，《現代戲劇手段初探之四：談戲劇性》刊發在《隨筆》1983年第3期。

5月，劇本《車站》刊發在《十月》1983年第3期。

5月，《關於〈絕對信號〉的通信》（曹禺、高行健、林兆華）刊發在《十月》1983年第3期。之後，此兩封信作為序言被收入《〈絕對信號〉的藝術探索》一書中。

6月6日，《車站》在北京人民藝術劇院首演。

6月7日，短篇小說《海上》刊發在《醜小鴨》1983年第6期。

6月，寫作《談多聲部戲劇試驗》。

7月15日，《現代折子戲》四折包括《模仿者》、《躲雨》、《行路難》及《喀巴拉山口》刊發在《鍾山》1983年第4期。

7月20日，寫作《談假定性》。

7月22日，《現代戲劇手段初探之五：動作與過程》刊發在《隨筆》1983年第4期。

7月，《絕對信號》到哈爾濱、大慶等地巡迴演出。

7月，短篇小說《母親》刊發在《十月》1983年第4期。

7月，短篇小說《圓恩寺》刊發在《海燕》期刊1983年第7期。

8月，《荒誕派戲劇選》由外國文學出版社出版，高行健翻譯的劇作是尤金·尤涅斯庫的《禿頭歌女》。

8月，《文譚》1983年第8期刊發范際燕文章《「現代派」討論鳥瞰》。

9月15日，《河那邊》發表在《鍾山》1983年第5期。

9月22日，《現代戲劇手段初探之六：談時間與空間》刊發在《隨筆》1983年第5期。

11 月 22 日，《現代戲劇手段初探之七：談假定性》在《隨筆》1983 年第 6 期刊發。

11 月 24 日，中共北京市委宣傳部就《車站》寫給中宣部以及北京市市委一份報告，責成相關部門總結經驗教訓。

11 月 29 日，北京市市長段君毅給予批覆：「可否先做工作，讓人藝自我批評。」

12 月，《中國戲劇年鑒（1983）》有兩處涉及《絕對信號》。一是開篇的綜述文章《回顧 1982 年的話劇創作》（作者遊默），一是在劇目評論中收入曲六乙的《吸收‧溶化‧獨創性》。

12 月，《北京劇作》1983 年第 2 期刊發兩篇評論：《賀〈絕對信號〉獲獎》、《一部有明顯缺陷的作品——評話劇〈車站〉》。

這一年，《車站》完成排練並演出，演後又引發了轟動。中宣部副部長賀敬之卻說，《車站》是 1949 年以來「最惡毒的一個戲」。因肺癌疑雲，逃離北京回南京休養一段日子。回到北京後，因「清除精神污染運動」高漲，風口浪尖中決定逃亡，去了大西南，浪跡長江流域五個月，行程達一萬五千公里。戲被禁演，文學作品不得發表，轉而專攻水墨。

1984 年　44 歲

1 月，《北京文藝年鑒 1983》收入「關於話劇《絕對信號》的爭論」，並將《絕對信號》列入「戲劇簡介」的欄目中。

4 月 14 日，在北京寫作劇作《獨白》。

5 月，小說集《有隻鴿子叫紅唇兒》在北京十月文藝出版社出版。是「希望文學叢書」中的一本。

8 月 30 日，在南京寫作《我的戲劇觀》。

9 月 20 日，短篇小說《花豆》刊發在《人民文學》1984 年第 9 期。

11 月 9 日，寫完劇作《野人》一稿。

11 月 18 日，吳祖光的文章《發展文藝需要自由討論的空氣》發表在《戲劇報》1984 年第 11 期。

11 月 26 日，與林兆華談《野人》。

12 月 1 日，寫作《對〈野人〉演出的說明和建議》。

12 月 2 日，完成《野人》二稿。

12月13日，于是之家書中提及高行健約稿，以及對知識分子的重視。

12月22日，寫作短篇小說《抽筋》。

12月29日，《我的戲劇觀》刊發在《戲劇論叢》1984年第4期。

12月，中國作協召開第四次全國代表大會，高行健作為特邀代表入會。

1985年　45歲

年初，《野人》劇組開始前期的演員訓練。

1月2日，《獨白》（獨角戲）刊發在《新劇本》創刊號（1985年第1期）。

1月7日，《花豆──一部畫面、語言和音響的電影詩》刊發在《醜小鴨》1985年第1期。

1月25日，向于是之彙報劇本演出有轉機。

1月，《信息世界》刊發高行健對尹光中的評價文字。

2月7日，《花豆──一部畫面、語言和音響的電影詩》（續）刊發在《醜小鴨》1985年第2期。

2月，短篇小說《抽筋》改名為《無題》刊在《小說週報》創刊號。

3月，《野人》刊發在《十月》期刊1985年第2期。

3月，《絕對信號》獲第二屆《十月》文學獎（1982～1984）劇本第一名。

4月1日，短篇小說《公園裏》刊發在《南方文學》1985年第4期。

4月上旬，參加中國第一次布萊希特討論會並發言，題目為《我和布萊希特》。

4月18日，參加中國劇協第四次會員代表大會並發言。

4月，《野人》彩排。

4月，《花豆》被收入「《人民文學》1984年短篇小說選」一書，由湖南人民出版社1985年4月出版。

4月，在北京寫作《答〈青年藝術家〉記者問》。

5月5日，《野人》在北京人民劇院首演。

5月6日，北京人民藝術劇院組織評論界、媒體、出版界人士座談《野人》。

5月8日，于是之夫婦看《野人》演出，很開心。

5月18日，《戲劇報月刊》1985年第5期刊發于是之的《北京人藝劇本組的工作》，表示對該院劇作家的尊重和重視。

5月19日，《工人日報》刊發報導稱讚《野人》。

5月28日～30日，中國戲劇文學學會召開有爭議的話劇劇本討論會。

5 月，寫作《〈野人〉和我》。

5 月，《戲劇報》組織兩次《野人》座談會。

5 月，中國戲劇出版社出版《〈絕對信號〉的藝術探索》一書。

5 月，中國社科院的夏剛在北京寫作《當代啓示錄——高行健話劇世界面面觀》。

6 月 19 日～7 月 22，和林兆華一起訪問德國，參加地平線戲劇節。兩人待了十三天看了二十幾場戲（早、中、晚都有演出），訪問了一系列劇院，包括席勒劇院、德意志劇院和私人組織的小劇團等，觀摩了波蘭戈洛托夫斯基表演方法訓練班。

6 月 24 日，《基督教科學箴言報》報導《野人》，肯定中國當代戲劇在向前發展。

6 月，《高行健戲劇集》由群眾出版社出版。

6 月，短篇小說《車禍》刊發在《福建文學》（月刊）1985 年第 6 期。

7 月 1 日，夏剛將《當代啓示錄——高行健話劇世界面面觀》投給《當代作家評論》並附短信。

7 月 18 日，《戲劇報》月刊 1985 年第 7 期刊發了四篇文章，研討《野人》，林克歡的《陡坡》一文，對高行健的高度評價寫得很有深度。該刊還在中間的彩圖部分刊發了《野人》的演出劇照。

7 月 22 日～8 月 2 日，與吳祖光、林兆華一起到英國參加倫敦國際戲劇節（LIFT）。

7 月 28 日，《對有爭議的話劇劇本的爭議——中國戲劇文學學會召開有爭議的話劇劇本討論會發言紀要》刊發在《劇本》1985 年第 7 期。

7 月，短篇小說《侮辱》刊發在《青年文學》（月刊）1985 年第 7 期。

8 月 18 日，《戲劇報》月刊 1985 年第 8 期刊發的一篇文章提及《野人》的貢獻。

9 月 18 日，《戲劇報》月刊刊發文章《爲話劇創新的「排浪」叫好》。

11 月 7 日，光明日報發表的評論文章中高度評價《野人》等的意義。

11 月 23 日，《社會科學評論》月刊刊發《談荒誕戲劇的衰落及其在我國的影響》（作者：陳瘦竹），否定《車站》的探索。

11 月，在法國國家劇院舉行的高行健戲劇創作討論會上發言，題目爲《要什麼樣的戲劇》。

12 月 13 日，德國的《柏林日報》刊發對高行健畫的評論。

12 月，德國文學批評家魯迪格·哥奈第一次在西柏林見到高行健的名字。

這一年，在北京人民藝術劇院同雕塑家尹光中自費舉辦「尹光中、高行健泥塑繪畫展」，北京文藝界兩百多人應邀出席了開幕式，得到艾青、曹禺、吳祖光、嚴文井、羅伊斯·伊文斯等一些中外作家、藝術家、畫家的讚賞，這是中國大陸非官方美協許可，未受到阻擾而成功的第一次民間畫展。展出兩星期，如期結束，北京五家報刊分別報導和刊登照片，歐洲也有報導。同年，應邀赴德國、法國、英國、奧地利、丹麥創作訪問八個月，由德國文化交流協會、柏林市藝術之家，萊布尼茲文化交流協會舉辦高行健首次在西方國家的個展，並出版《高行健水墨 1983～1985 年》畫冊，得到德國報刊的一致好評，從此獲得國際聲譽。在奧地利施密德藝術之家舉辦個展。

1986 年　46 歲

1 月，自法國回到北京。寫作新戲《彼岸》。

2 月 28 日，中國戲劇文學學會邀請高行健介紹外國戲劇創作動向和歐美近期上演劇目情況。

2 月，林兆華邀請的德國教授普萊爾抵達北京，為人藝培訓演員。這是「全能演員」實踐方法的一種。

2 月，黑龍江省藝術研究所出版的內部交流書籍《當代話劇探討》（黑龍江省話劇學術討論會專集）中，十五篇文章中有五篇提及高行健的劇作《絕對信號》、《車站》與《野人》的意義和貢獻。

3 月 4 日，在北京人藝寫作《用自己感知世界的方式來創作》。

3 月 18 日，《戲劇報》月刊 1986 年第 3 期刊發文章肯定《絕對信號》和《野人》。

3 月 25 日，《當代作家評論》刊發夏剛的《當代啟示錄──高行健話劇世界面面觀》。

4 月 3 日，北京市文化局、文聯舉行「演出百場獎」發獎大會。《絕對信號》是獲獎的劇目之一。

4 月 11 日，寫作《評格洛托夫斯基的〈邁向質樸戲劇〉》。

5 月 2 日，《用自己感知世界的方式來創作》一文刊發在《新劇本》1986 年第 3 期上。

5月18日，《戲劇報》月刊1986年第5期刊發高鑒的《觀念與實踐的錯合》，談及《絕對信號》和《野人》。

5月20日，在北京人藝完成劇本《彼岸》。

5月23日，寫作《文學需要相互交流，相互豐富》。

5月25日，寫作《〈彼岸〉演出的說明與建議》。

5月，在天津《文學自由談》編輯部與李歐梵、李陀和阿城談關於「海外與中國」的文學話題。

6月3日，在北京人藝寫作《戲曲不要改革與要改革》。

6月22日，讀者余欣給高行健寫信，請教「中國戲劇應當向何處去？」

6月，與林兆華一起做「關於建立北京人藝實驗小劇場的報告」，劇院沒有批准。

7月12日，高行健給讀者余欣回信。

7月18日，《評格洛托夫斯基的〈邁向質樸戲劇〉》刊發在《戲劇報》月刊1986年第7期。

7月18日，在北京寫作短篇小說《給我老爺買魚竿》。

7月21日，《要什麼樣的戲劇》刊發在《文藝研究》1986年第4期。

9月5日，與李歐梵、李陀和阿城的談話錄《作家四人談　文學：海外與中國》刊發在《文學自由談》1986年第5期。

9月20日，《給我老爺買魚竿》刊發在《人民文學》1986年第9期。

9月25日，《當代作家評論》刊發夏剛的文章《十年：世紀的衝刺——對「劫後文學」的雙焦點參照透視》中，談及高行健的《現代小說技巧初探》和《車站》。

9月，劇本《彼岸》刊發在《十月》1986年第5期。關於這部劇，高行健和他的朋友詩人馬壽鵬有深入的對談。

11月5日，《戲劇報》月刊召開在京部分青年戲劇工作者座談會，討論「話劇十年」的見解。

11月11日～15日，北京市劇協召開高行健作品討論會。

12月20日，《戲劇》1986年第4期刊發兩篇評論文章與高行健相關。一篇是《論新時期戲劇的美學解放》，另一篇是《論高行健戲劇的美學探索》。

12月，《戲曲不要改革與要改革》刊發在《戲曲研究》第21輯。

12 月，林克歡的文章《戲劇的超越》發表在《文學評論》1986 年第 6 期上。

這一年，匈牙利《外國文學》刊載《車站》匈牙利譯文，譯者 Polonyi Peter. 法國里仁（Lille）北方省文化局舉辦高行健個人畫展。

這一年，作家馬建和高行健討論過小說的寫法。

在北京決定以畫養文，讓繪畫成為第一職業。

1987 年　47 歲

1 月 18 日，劉曉波文章《十年話劇觀照》發表在《戲劇報》1987 年第 1 期。

1 月，在北京寫作《就〈野人〉答英國友人》。

2 月 9～11 日，與詩人馬壽鵬就高行健戲劇創作做了兩次徹夜長談，後整理成《京華夜談》。

2 月 15 日，《文學需要互相交流，互相豐富》刊發在《外國文學評論》1987 年第 1 期（創刊號）。

2 月 18 日，董子竹文章《該是作高層次回歸的時候了——話劇十年斷想》和譚霈生的文章《話劇十年——「人學」的深化與困頓》發表在《戲劇報》1987 年第 2 期。李雲龍在「高行健作品研討會」上的發言《戲劇隨想》一文分為三次刊登在《戲劇報》1987 年第 2 期、第 3 期和第 4 期。

2 月 20 日，《人民文學》第一、二期合刊刊發葉君健與高行健的對話錄《現代派‧走向世界》。

2 月，林克歡寫作評論《高行健的多聲部與複調戲劇》一稿。

3 月 1 日，在北京寫作《〈車站〉意文譯本序》。

3 月 29 日，在北京寫作《對一種現代戲劇的追求》。

5 月，在香港戲劇討論會上發言，題目為《對一種現代戲劇的追求》。

5 月，林克歡寫作評論《高行健的多聲部與複調戲劇》二稿。

6 月 6 日，北京人民藝術劇院總結十年工作得失，邀請專家探討未來的戲劇發展之路。

6 月 21 日，在北京完成劇作《聲聲慢變奏》，該劇是取李清照詞意，為舞蹈家江青女士而作。

6 月 26 日，為《對一種現代戲劇的追求》一書寫序。

7 月 26 日，在北京完成劇作《冥城》初稿，並寫了《對〈冥城〉演出的說明》。

9月14日，許國榮爲他所編的書《高行健戲劇研究》寫編後記——《爲革新者歌》。

10月11日，在北京寫作《遲到了的現代主義與當今中國文學》，該文爲香港舉行的《中國現當代文學與現代主義》學術討論會的發言提綱。

10月18日，《戲劇報》月刊1987年第10期發表文章《不能再回到「一統論」去了》（署名康洪興），肯定探索戲劇的貢獻，倡導多樣化的發展之路。

10月，《中國戲劇年鑒（1985）》初版，此年鑒有三處地方提及高行健。一是在綜述部分的《1983年話劇創作》一文的最後一段；二是在文摘部分選入了文章《關於話劇〈車站〉的爭論》；三是「1984年戲劇文章選目」中的「戲劇理論中選了「我的戲劇觀　高行健《戲劇論叢》4輯」。

11月2日，在北京寫作一篇談論現代小說的短文，爲他自己結集的小說做總結。

11月15日，林克歡的《高行健的多聲部與複調戲劇》刊發在《文學評論》1987年第6期。

11月21日，《對一種現代戲劇的追求》刊發在《文藝研究》1987年第6期。

這一年，德國莫哈特藝術研究所邀請高行健赴德從事繪畫創作一年，當局拖延八個月不給護照，理由是他不是中國美協會員，不算職業畫家，後經文化部長王蒙干預，才得以成行。年底，應邀到德國訪問研究，後得到法國文化部邀請，移居法國巴黎。

這一年，英國利茲（Litz）戲劇工作室演出《車站》。香港話劇團舉行《彼岸》排演朗誦會。法國《短篇小說》第23期刊載《母親》法文譯本，譯者Paul Poncet.在法國裏爾北方省文化廳舉辦個展。

1988年　48歲

1月15日～11月15日，《京華夜談》一文分爲6次在《鍾山》1988年第1、第2、第3、第4、第5、第6期上連載。

1月15日，《鍾山》1988年第1期報導《躲雨》在瑞典上演。

3月，《戲劇藝術》1988年第1期刊發黃麗華的文章《高行健戲劇時空論》。

5月10日，編輯周翼南寫的《高行健其人》一文刊發在《中國作家》1988年第3期。

5月15日，《遲到了的現代主義與當今中國文學》刊發在《文學評論》1988年第3期。當時《文學評論》的主編是劉再復。

5月20日，林兆華評述高行健的文章《墾荒》刊發在《戲劇》1988年春季號。

8月，《對一種現代戲劇的追求》一書由中國戲劇出版社出版。

8月，應德國塔利亞劇院院長尤爾根・弗利姆之邀，林兆華到塔利亞國家劇院給德國演員排戲。柏林紹比納劇院的一位導演看了《野人》的劇本，表示不知道怎麼排。

10月26日，由林兆華執導的《野人》在德國漢堡塔利亞劇院首演成功。漢堡市前市長馮・多男尼，漢堡市市長馮・明希觀看首演。

10月，小說《雨、雪及其他》和《花豆》被選入「新時期流派小說精選叢書」之《意識流小說》。

10月～12月，德國媒體讚美《野人》的演出。

這一年，定居巴黎，從事職業繪畫與寫作。

在瑞典諾貝爾基金會與瑞典皇家劇院舉辦的「斯特林堡、奧尼爾與當代戲劇」國際研討會上發言，題目為《要什麼樣的劇作》。新加坡「戲劇營」舉行講座，談高行健實驗戲劇。臺灣《聯合文學》1988年總第41期轉載《彼岸》和《要什麼樣的戲劇》。德國出版《車站》和《野人》德語譯本，前者譯者為顧彬，後者譯者為 Minica Basting.瑞典出版高行健的戲劇和短篇小說集《給我老爺買魚竿》瑞典文譯本，譯者馬悅然。意大利《語言叢刊》刊載《車站》意大利譯文。

香港舞蹈團首演《冥城》，導演與編舞江青。英國愛丁堡皇家劇院舉行《野人》排演朗誦會。法國馬賽國家劇院舉行《野人》排演朗誦會。法國瓦特盧市美術與文化之家舉辦高行健個人畫展。

1989年　49歲

2月13日，在巴黎寫完《山海經傳》初稿。

2月25日，瑞典《諾舍平日報》刊發對高行健的畫的評論。

2月27日，瑞典兩家報紙刊發對高行健的評論。

2月，短篇小說集《給我老爺買魚竿》由臺北聯合文學出版社出版，收集了1980年至1986年的十七個短篇。

3月1日，瑞典《南泰新聞報》刊發對高行健的評論。

3月11日，瑞典《斯考納日報》刊發對高行健繪畫的評論。

3 月 21 日，瑞典的《桑斯瓦爾報》刊發對高行健繪畫的評論。

6 月，「天安門」事件後，在法國宣布退出中國共產黨。

6 月，許國榮編的《高行健戲劇研究》一書由中國戲劇出版社出版。

6 月，《當代中國作家百人傳》由求實出版社出版。該書收入的作家按姓氏筆劃排列，包括近照、小傳、創作談和作品目錄共四項內容，每人占 2～4 頁的篇幅。高行健與高曉聲、曉雪、顧城、賈平凹、莫言、鐵凝、徐懷中、航鷹等 9 位一起排在第十畫，他是十畫作家的第一位。

8 月 5 日，瑞典《工人報》刊發對高行健藝術的評論。

8 月，《文學評論》1989 年第 4 期刊發許子東論文《現代主義與中國新時期文學》，以及李慶西論文《尋根：回到事物本身》。

9 月，在巴黎完成長篇小說《靈山》的寫作。

10 月，瑞典《選擇》雜誌刊發對高行健繪畫的評論。

10 月，在巴黎完成劇作《逃亡》。

這一年，應美國亞洲文化基金會邀請赴紐約。《聲聲慢變奏》（舞蹈詩劇），由舞蹈家江青在紐約古根漢美術館演出。劇作《冥城》由臺北《女性人》1989 年創刊號刊載。德國雜誌刊載《車禍》，譯者 Almut Richter. 成為法國「具象批評派沙龍」成員，連續參加該沙龍每年在巴黎大皇宮美術館的年展。瑞典克拉普斯畫廊舉行「高行健、王春麗聯展」。瑞典的斯德哥爾摩東方博物館舉辦個展。

1990 年　50 歲

年初，首次訪問臺灣。

1 月 23 日、24 日，《靈山》（長篇小說節選）在臺灣聯合報副刊連載。

1 月 28 日，法國馬賽《普魯旺斯人報》刊發對高行健的畫的評論。

4 月 15 日，《煙台大學學報（哲學社會科學版）》1990 年第 2 期刊發《「高行健劇作」對話錄》。

6 月 21 日，在巴黎完成劇作《冥城》二稿。

7 月 30 日，在巴黎寫作《我主張一種冷的文學》。

8 月 12 日，《我主張一種冷的文學》（論文）刊登在臺灣《中時晚報》副刊「時代文學」欄目上。

8 月，《鄭州大學學報（哲學社科版）》1990 年第 4 期刊發張瑞德論文《十年來小說理論研究評述》。

9月27日，馬森在臺南古城爲高行健的著作《靈山》寫序，題目爲《藝術的退位與復位——序高行健〈靈山〉》。

10月15日，在巴黎寫作《巴黎隨筆》一文。

10月21日，《逃亡與文學》（隨筆）刊登在臺灣《中時晚報》副刊「時代文學」欄目。

12月，《靈山》由（臺北）聯經出版事業股份有限公司初版。

這一年，寫作《關於〈彼岸〉》一文。劇作《逃亡》首發在《今天》第一期。《聲聲慢變奏》（舞蹈詩劇）刊發在臺北《女性人》1990年第9期。《要什麼樣的戲劇》（論文）刊發在美國《廣場》1990年第2期，該英文譯文收在瑞典同年出版的諾貝爾學術論叢第27期《斯特林堡、奧尼爾與現代戲劇》論文集中。美國《亞洲戲劇》1990年第2期刊載《野人》英譯本，譯者Bruno Roubicec.

臺灣藝術學院在臺北首演《彼岸》，導演陳玲玲。《野人》由香港海豹劇團上演，導演卡羅。《車站》在奧地利維也納上演。參加巴黎大皇宮美術館「具象批評派沙龍」1990年秋季展，該畫展巡展莫斯科與彼得堡。法國馬賽中國之光文化中心舉辦高行健個人畫展。

1991年　51歲

1月29日，在巴黎完成《生死界》初稿。

4月1日，劇作《生死界》定稿。該劇寫作與首演得到法國文化部贊助。

5月16日，寫作《關於〈逃亡〉》一文，作爲在瑞典皇家劇院的劇作朗誦會上的發言。

5月，寫作《文學與玄學·關於〈靈山〉》一文，根據在斯德哥爾摩大學東方語言學院講話錄音整理。

6月17日，《關於〈逃亡〉》一文刊發在臺北《聯合報》聯合副刊。

9月1日，短篇小說《瞬間》刊發在臺北《中時晚報》副刊時代文學第74期。

10月，在巴黎寫作《我的戲劇我的鑰匙》一文，此爲巴黎第七大學舉行的亞洲現代文學戲劇討論會上的講稿。

11月2日，在巴黎寫作《隔日黃花》一文，談先鋒戲劇在中國大陸的風風雨雨，從《絕對信號》、《車站》到《野人》。

11月22日，劇作《冥城》在巴黎定稿。

12月，杜特萊主動跟高行健說，他想要翻譯他的《靈山》。

這一年，被開除黨籍及公職，在北京的住房被沒收。寫作現代歌謠《我說刺蝟》。劇作《生死界》在《今天》第二期發表。《巴黎隨筆》刊發在美國《廣場》第四期。《瞬間》被收入日本出版的短篇小說集《紙上的四月》，譯者爲宮尾正樹。

德國文藝學會柏林藝術計劃主辦中德作家藝術家「光流」交流活動，舉辦《生死界》朗誦會。參加巴黎大皇宮美術館的「具象批評派沙龍」1991 年秋季展；法國朗布耶交匯當代藝術畫廊舉辦高行健個人展。

1992 年　52 歲

1 月，杜特萊開始翻譯《靈山》。

6 月 8 日，寫作《中國流亡文學的困境》一文，作爲英國倫敦大學東方語言學院講稿。

6 月 13 日，法國《共和國民報》刊發對高行健的畫的評論。

6 月 14 日，在法國聖—愛爾布蘭完成劇作《對話與反詰》。

6 月 18 日，寫作《談我的畫》一文。

7 月 15 日，北京人藝演劇學派國際學術研討會在北京召開，于是之高度評價了《絕對信號》的探索意義。

7 月，在維也納瞬間劇團導演《對話與反詰》。工作紀錄在「《對話與反詰》導表演談」一文中有反映。

8 月 18 日，《中國戲劇》刊發了以「北京人藝建院四十週年暨北京人藝演劇學派國際學術研討會」的論文總共 14 篇，有三個人——于是之、徐曉鐘與林兆華的文章論及《絕對信號》，徐的看法有褒有貶。

9 月 24～29 日，奧地利報刊報導評述高行健執導的劇作《對話與反詰》。

10 月，《戲劇藝術革新家林兆華》收入林克歡所編的《林兆華導演藝術》一書中。該書由著名劇作家曹禺、吳祖光、于是之分別作序，高行健的文章是正文第一篇。

10 月，《明報月刊》1992 年十月號刊發《中國流亡文學的困境》。

這一年，被法國政府授予「藝術與文學騎士」勳章，被法國藝術家之家接納爲會員。

《靈山》瑞典文版出版，譯者爲馬悅然。劉心武與高行健和劉再復在瑞典會面。梁志民與高行健認識。比利時出版《逃亡》法譯本。德國出版《逃亡》德文譯本。劇作《對話與反詰》刊發在《今天》第 2 期，法文版同時發

表。《隔日黃花》（隨筆）刊發在美國《民主中國》1992年第8期。《文學與玄學——關於〈靈山〉》刊發在《今天》1992年第3期。劇作《生死界》德文譯本刊發在德國《遠東文學》第13期上。短篇小說《瞬間》被收入馬森、趙毅衡編《潮來的時候》，臺灣文化生活新知出版社出版。

倫敦當代藝術中心舉辦《逃亡》朗誦會，在倫敦大學和利茲大學分別舉行題爲《中國流亡文學的困境》和《我的戲劇》報告會。法國利茂日國際法語藝術節舉辦《逃亡》朗誦會。英國電臺廣播《逃亡》。德國紐倫堡城市劇院上演《逃亡》。奧地利維也納首演《對話與反詰》，由高行健執導。《絕對信號》在臺灣戈多劇場上演。

斯德歌爾摩皇家劇院首演《逃亡》，應邀爲演出做水墨畫設計，放大製作爲五公尺×十四公尺的大幕。法國馬賽亞洲文化中心舉辦高行健個人畫展。法國麥茨藍圈當代藝術畫廊舉辦高行健個人畫展。

1993年　53歲

年初，《生死界》在巴黎圓點劇院首演後，劇院舉辦了有兩百多人參加的座談會。

1月17日，與德尼‧朗格里（法國作家、哲學博士）談論文學寫作中的「語言流」。

1月26日，修定劇本《山海經傳》。

1月，法國多家報刊刊發對高行健繪畫的評論。

2月，「巴黎雷諾－巴羅特圓環劇院」節目報介紹「劇作家高行健」。

2月，《絲路學刊》1993年第1期刊發張濤、湯吉夫論文《零落成泥碾作塵——試論現代派小說的本土化》。

4月4日，在巴黎寫作《個人的聲音》一文，爲斯德哥爾摩大學「國家、社會、個人」學術討論會準備講稿。

4月15日，劉心武在北京寫作《斯德哥爾摩的誘惑》一文時，預言高行健可能獲諾貝爾文學獎。

春天，劉再復爲高行健劇作《山海經傳》寫序。

3月～7月，牟森在北京電影學院演員培訓中心用《彼岸》一劇做學員訓練，他的編導事業因此漸入佳境。蔣樾將這整個教學、訓練和排演作爲他第一部記錄片《彼岸》的原材料。

6 月，《廈門大學學報（哲社版）》1993 年第 3 期刊發馮壽農論文《中國新時期文學對西方荒誕派文學的吸收和消融》。

7 月 7 日，《比利時晚報》報導《生死界》和《逃亡》的演出。

7 月 18 日，法國《南方日報》報導《生死界》的文章標題是：《高行健：荒誕中找尋禪》。

7 月 21 日，法國《人道報》刊發文章評論《生死界》。

7 月，《靈山》節選刊載在法國文學期刊 1993 年 7 月號上，譯者爲杜特萊。

7 月，法國《前臺》1993 年 7 月號刊發對《生死界》的評論。文章指出：一個中文作家選擇我們的語言來表述，我們無限感激他……這文本以其易碎的鋒利的如鑽石一般的純淨保留下來。

7 月，搖滾歌星崔健因爲看了高行健編劇、牟森執導的《彼岸》，寫出歌曲《彼岸》。收在《紅旗下的蛋》專輯中。

夏天，參加一個遊輪上的研討活動。學者劉青峰和金觀濤覺得高行健是「一個自言自語的人」。

8 月 9 日，在巴黎寫作《無聲的交響——評趙無極的畫》。

8 月，《個人的聲音》刊發在《明報月刊》1993 年 8 月號，題目改爲《國家迷信與個人癲狂》。

9 月 18 日，與楊煉在悉尼對談「流亡使我們獲得什麼」。

10 月 11 日，楊煉在澳洲雪梨整理他與高行健的對談《流亡使我們獲得什麼》。

10 月，《談我的畫》刊發在《明報月刊》1993 年 10 月號上。

10 月，《色彩的交響——評趙無極的畫》刊發在香港《二十一世紀》1993 年第 10 期。

11 月 6 日，法國電臺廣播《生死界》演出實況。

11 月 15 日，在巴黎寫作《沒有主義》一文，爲臺灣聯合報系「四十年來中國文學」會議上的發言。

11 月 18 日，在巴黎完成劇作《夜遊神》，此劇寫作與首演得到法國博馬舍戲劇協會的贊助。

11 月，劉再復在溫哥華卑詩大學寫作《高行健與文學的複調時代》。

12 月 1 日，在巴黎寫作《另一種戲劇》一文。

12 月，《絕對信號》被收入中國新時期文學精品大系《絕對信號》中。

這一年，在斯德歌爾摩大學舉辦的「國家、社會、個人」學術討論會上，發表論文《個人的聲音》。香港中文大學中國文學研究所舉辦高行健講座「中國當代戲劇在西方，理論與實踐」。劇作《對話與反詰》的中法文對照本由法國的外國作家出版社推出。劇作《山海經傳》由香港天地圖書公司出版。臺灣《聯合報》文化基金會舉辦的《四十年來的中國文學》學術研討會上，高行健發表論文《沒有主義》。劇作《對話與反詰》刊發在《今天》1993 年第 2 期。布魯塞爾大學舉行高行健戲劇創作報告會。法國出版《二十世紀遠東文學》文集，收入《我的戲劇我的鑰匙》。德國出版《中國當代戲劇選》，收入《車站》另一德譯本。比利時出版《生死界》法文版，讓－皮埃爾‧烏爾滋爲該書寫序。比利時文學季刊 1993 年第 3、4 期刊發《海上》、《給我老爺買魚竿》、《二十五年後》弗拉芒文譯本。劇作《逃亡》被收入美國芝加哥大學東亞研究中心出版的《中國作家與流亡》一書中。

澳大利亞雪梨大學演出中心演出《生死界》，高行健執導。法國亞維農戲劇節上演《生死界》。法國布爾日文化之家由法國文化部贊助舉行大型高行健個人畫展，出版畫冊《高行健水墨，來自遠方的畫》，國會議員布爾日市長授予城徽，對其藝術成就表示敬意。德國黑格薩宮畫廊舉辦高行健個人畫展。法國阿維農紅雀藝術畫廊舉辦個展。

瑞典著名漢學家、斯德哥爾摩大學中文系主任羅多弼撰寫研究高行健的重要論文《有中國特色的世界文學：論高行健的〈靈山〉》。

1994 年　54 歲

1 月 3 日，與德尼‧朗格里（法國作家、哲學博士）談論「爲什麼寫作」。

1 月 31 日，與德尼‧朗格里談論文學寫作中「對自我的質疑」。

1 月，《中國戲劇在西方，理論與實踐》刊發在香港《二十一世紀》1994 年 1 月號。

2 月 28 日，在巴黎寫作《評法國關於當代藝術的論戰》一文。

4 月，詩歌《我說刺蝟》刊發在臺灣《現代詩》1994 年春季號。

4 月，評論《當代西方藝術往何處去？》刊發在香港《二十一世紀》1994 年 4 月號。

5 月，趙毅衡著作《建立一種現代禪劇——高行健與中國實驗戲劇》寫完初稿。

6月31日，法國《新政治週刊》刊發劇評家吉爾‧科斯塔斯對《生死界》的評論。

7月2日，意大利《全景週刊》刊發劇評家基托阿爾芒西對《生死界》的評論。

9月，趙毅衡著作《建立一種現代禪劇——高行健與中國實驗戲劇》寫完二稿。

11月23日，法國《中西部新共和國報》刊發對《逃亡》的劇評。

11月，法國《雅格丁人》月刊1994年11月號刊發對《逃亡》的劇評。

12月9日，法國中西部《新共和國報》再次刊發對《逃亡》的劇評，標題為「對被屠殺的自由的頌歌」。

這一年，比利時出版《夜遊神》法文本，該書獲得法語共同體1994年圖書獎。法國國家圖書中心預定他的新劇作《週末四重奏》。瑞典皇家劇院出版《高行健劇作集》，收入高行健的十個劇本，譯者馬悅然。日本晚成書房出版《中國現代戲曲集》第一集，收入《逃亡》，譯者瀨戶宏。

法國艾克斯－普羅旺斯大學舉行《靈山》朗誦會。德國法蘭克福文學之家舉行《靈山》和《生死界》朗誦會。法國聖愛爾布蘭外國劇作家之家舉行《對話與反詰》朗誦會。《生死界》在意大利「當代世界戲劇節」演出，由高行健執導。法國RA劇團演出《逃亡》。《逃亡》在波蘭波茲南國家劇院上演，劇院同時舉辦高行健個人畫展。法國麥茲藍圈當代藝術畫廊舉辦高行健個人畫展。

法國文化部造型藝術和評委會主任兼文博司主任、藝術評論家斯勒委斯特先生高度評價其繪畫藝術：「不論是從中國傳統還是從西方現代性來說，都是一流傑作。高先生吸取水墨畫的東方精華，用以解答我們這一世紀提出的且仍然存在的關於藝術形象諸如具象與抽象、空間、光線等問題，堪稱成功的範例。

1995年　55歲

2月10日，在巴黎寫作《舊事重提》，此乃高行健為馬建的著作《馬建中短篇小說選》寫的序。

4月28日，寫作「《生死界》演出手記」。

5月21日，香港《聯合報》發表《彼岸》導演後記。

5月，香港《文藝報》五月創刊號轉載《沒有主義》。

7月4日，在法國寫作《劇做法與中性演員》一文，此文根據在香港演藝學院戲劇導演系講話錄音整理。

7月14日，在法國寫作《對繪畫的思考》一文。

7月18日，在法國爲《沒有主義》一書寫序。

7月，趙毅衡著作《建立一種現代禪劇——高行健與中國實驗戲劇》寫完三稿。

10月，《靈山》法文本出版，譯者杜特萊夫婦。

10月29日，法國最重要的電臺「法新社」全天候廣播《靈山》的出版消息及對高行健的採訪，認爲「這是本世紀的一部中文巨著」。

10月，巴黎的詩人之家（又叫莫里哀小劇場）的古建築修復，巴黎市長剪綵，並以高行健劇作《對話與反詰》作爲開幕式，該劇由高行健執導，法國著名演員米歇爾・龍斯達主演。

10月，巴黎《莫里哀劇場》節目報1995年10月號刊發 Annie Curien 對高行健的評論。

11月23日，法國最大的新聞週刊之一《快報》刊發《靈山》的評論，標題爲《要讀高行健！》。

11月26日，法共的《馬賽曲報》刊發《靈山》書評，題目爲《首創的中國腹地之遊》。

11月30日，法國《世界報外交週刊》刊發《靈山》書評，題目爲《記憶的雪覆蓋下》。

11月，法國《圖書館書訊》1995年11月號寫道：高行健自稱是美的鑒賞者，他對美的熱愛，他敏銳的感覺和他說故事的才能讓讀者深入到現今的中國，語言很有音樂感，譯文也非常出色。一部美妙的小說，讓人去多方面品味，迷失其中。

12月16日，法國最大的日報《世界報》刊發《靈山》書評，題目爲《世界終端之旅》，認爲是高行健關於人生的一部偉大的小說，論說與故事渾然一體。

12月21日，法國最大的左派報紙《解放報》破例發表了三整版對高行健的專訪和對《靈山》的評論。頭版要聞的標題爲：《高如何移山：一部個人面對壓迫的辯護書》。

12月22日，臺灣《中央日報》副刊刊發主編梅新與高行健的對談《尋找心中的靈山》，作者吳婉茹。

12 月 24 日，法國南方的《普羅旺斯人報》刊發《靈山》書評，題目爲《黃河的魯賓遜》。

12 月，法國《愛書》雜誌 1995 年第 12 期這樣評價《靈山》：中國文學的現代性似乎找到了它的大作，甚至是它的宣言⋯⋯一部豐富而文體獨特無法歸類的作品。

12 月，畫冊《高行健水墨作品展》由臺北市立美術館初版。

這一年，論文集《沒有主義》由香港天地圖書公司初版。臺北帝教出版社推出劇作集《高行健戲劇六種》（一集《彼岸》、二集《冥城》、《聲聲慢變奏》、三集《山海經傳》、四集《逃亡》、五集《生死界》、《對話與反詰》、六集《夜遊神》）。日本晚成書房出版《中國現代戲曲集》第二集，收入《車站》，譯者飯塚容。

法國圖爾國立戲劇中心演出《逃亡》。香港演藝學院演出《彼岸》，由高行健執導。

1996 年　56 歲

1 月 11 日，法國右派最大的報紙《費加羅報》刊發《靈山》書評，標題爲《一個荒蕪的中國的碎片》。

1 月 17 日，法國最大的週刊《影視週刊》刊發《靈山》書評，題目爲《大躍退：一個作家的磨難，逃離北京去找尋一個傳統的如夢一般的中國》。

1 月，Saint-Herblin 市外國劇作家之家舉行《對話與反詰》朗誦會。

1 月，Grenoble 市文化研究創作中心舉行劇作《週末四重奏》朗誦會。

2 月 9 日，法國南方的《普羅旺斯人報》刊發《高行健奧秘的旅行》，稱作者爲「中國當代文學的一位大師，《靈山》寫的是穿越這鮮爲人知卻無限豐富的中國的一次眞實的也是精神的旅行」。

2 月 9 日、10 日，法國艾克斯－普羅旺斯圖書館、寫作交流中心和普羅旺斯大學聯合舉辦《靈山》的朗誦會和討論會。

3 月 9 日，法國音樂電臺舉行「會見高行健」的三個小時的現場直播的音樂會，由著名音樂評論家 Jean-Michel Damian 主持，同高行健一起討論《靈山》寫作的音樂性，並現場演奏作家寫作時用過的法國現代作曲家 Debussy 和 Messiam 的音樂作品。

3 月，法國《兩世界》雜誌這樣評價《靈山》：這部行文非常現代漂亮的小說同時又是對愛情和精神的求索。一部豐富的作品，行文極有音樂性，讀者會趣味盎然，迷失其中。

3 月，普羅旺斯大學舉行《夜遊神》朗誦會。

4 月，比利時國際大赦組織舉行劇作《逃亡》朗誦會。

6 月 30～7 月 6 日，參加由瑞典烏拉夫帕爾梅國際中心主辦、斯德哥爾摩大學東亞學院中文系協辦的「溝通：面對世界的中國文學」中國作家研討會，該會議在斯德哥爾摩南郊布姆什維克湖灣會議中心召開。

6 月，王新民論文《高行健：新時期實驗戲劇的傑出代表》刊發在《無錫教育學院學報》1996 年第 2 期上。

9 月 16～18 日，臺灣《中央日報》副刊連載《中國現代戲劇的回顧與展望》，此乃高行健在「百年來中國文學學術研討會」上的發言。

10 月，詩歌《我說刺蝟》刊發在法國《詩刊》1996 年 10 月號，譯者 Annie Curien.

11 月 3 日，整理《現代漢語與文學寫作》。

這一年，開始在法國寫作長篇小說《一個人聖經》。劇作《週末四重奏》由香港新世紀出版社初版。《沒有主義》英文版刊發在澳大利亞《東方會刊》上，譯者為陳順妍。希臘雅典出版《靈山》希臘文譯本。

澳大利亞雪梨科技大學國際研究學院、雪梨大學中文系和法文系為高行健舉辦三場報告會——《批評的含義》、《談〈靈山〉的寫作》、《我在法國的生活與創作》。法國文化電臺舉辦一個半小時的作者專訪，並朗誦《靈山》部分章節。《生死界》在波蘭米葉斯基劇院上演。日本神戶龍之會劇團演出《逃亡》，導演深津篤史。

盧森堡盧林堡正義宮畫廊舉辦高行健的個人畫展。香港倡藝畫廊舉辦高行健個人畫展。

金董建平（董建華的姐妹）寫作《水墨騎士——高行健和他的山水畫》一文。貝嶺與高行健交往。電視編導張文中在香港專訪高行健。

1997 年　57 歲

2 月，《海南師院學報》1997 年第 1 期刊發錢理群、吳曉東論文《文學的歸來——〈二十世紀中國文學史略〉之五》。

7 月，劉再復文章《中國現代文學的整體維度及其局限》刊發在香港嶺南大學《現代中文文學學刊》創刊號上，其中談及高行健的「《車站》與存在意義的叩問」。

秋天，出版人王鍇生與高行健在巴黎友豐書店見面。

11 月，在巴黎完成劇作《八月雪》。

這一年，巴黎的首屆「中國年獎」授予《靈山》作者——高行健。法國黎明出版社出版《給我老爺買魚竿》，譯者杜特萊夫婦。法國電視五臺介紹《給我老爺買魚竿》和《靈山》，播放對高行健的專訪節目。法國黎明出版社出版高行健和法國作家丹尼斯的對談錄《盡可能貼近真實——論寫作》。

高行健執導的《生死界》由美國紐約的藍鶴劇團和長江劇團在新城市劇院演出。美國華盛頓自由亞洲電臺中文廣播《生死界》。法國文化電臺廣播《逃亡》。

美國紐約斯密特藝術中心畫廊舉辦高行健個人畫展。

入法國國籍。

1998 年　58 歲

初夏，給在美國的劉心武打越洋長途電話，談及《一個人的聖經》。

8 月 20 日，《自由精神－我的法國》刊發在法國《世界報》。

9 月，趙毅衡著作《建立一種現代禪劇——高行健與中國實驗戲劇》終稿。

10 月，《湖北師範學院學報（哲學社科）》1998 年第 5 期刊發陳春生論文《覺醒、實驗、和諧——新時期小說文體演進的軌跡》。

11 月，劉再復寫作《高行健與〈靈山〉》。

12 月，劉再復在美國科羅拉多寫作《百年諾貝爾文學獎與中國作家的缺席》。

出版人王鍇生回憶這一年高行健在香港舉辦書展並在法文書店為《靈山》簽名售書的情形。

這一年，《一個人的聖經》在法國完成。法國巴黎世界文化學院舉行「記憶與遺忘」國際學術研討會，高行健應邀作了以《中國知識分子的流亡》為題的報告。該文被收入文集。香港科技大學藝術中心和人文學部邀請高行健舉行講座和座談。法國艾克斯－普羅旺斯出版社出版《中國文學導讀》，收入高行健的《現代漢語與中國文學》一文，譯者杜特萊。《逃亡》被收入日本平凡出版社出版《現代中國短篇集》，藤田省三編，譯者瀨戶宏。《絕對信號》被收入日本晚成書房出版的《中國現代戲劇集》第三集，譯者瀨戶宏。

日本東京俳優座劇團演出《逃亡》，導演高岸未朝。羅馬尼亞演出《車站》。貝寧和象牙海岸演出《逃亡》。法國坎城劇院舉行《生死界》朗誦會。法國利茂日國際法語藝術節排演朗誦《夜遊神》。法國一劇團把高行健、杜拉斯和韓克的劇作改編演出。法國文化電臺廣播《對話與反詰》。

香港藝倡畫廊舉辦高行健個人畫展。法國康城四藝術家畫廊舉辦高行健個人畫展。英國倫敦庫德豪斯畫廊舉辦高行健和另外兩位畫家的三人聯展。法國藝術出版社出版高行健的繪畫筆記《墨與光》。

方梓勳寫作《從高行健的創作論說起》一文。

1999 年　59 歲

1 月 20 日，劉再復在科羅拉多大學校園為高行健著作《一個人的聖經》寫跋。

1 月，劉再復的文章《百年諾貝爾文學獎與中國作家的缺席》刊發在臺北《聯合文學》1999 年 1 月號上。

4 月，長篇小說《一個人的聖經》由臺北聯經出版公司初版。

5 月，在法國拿普樂城堡寫作《另一種美學》。此寫作得到法國文化部南方藝術局贊助。

8 月，香港明報「2000 年文庫——當代中國文庫精讀」出版《高行健》第一版。

10 月 10 日，《世界日報》刊發劉再復「答《世界日報》曾慧燕問」。《世界週刊》將該文刊發於第 812 期。

11 月 7 日，劉再復文章《中國文學曙光在何處？》刊發在香港《南華早報》的「打開」雙月刊上。

年底，杜特萊完成《一個人的聖經》法譯本。

這一年，比利時出版《週末四重奏》法文版。德國出版《對話與反詰》德文版。香港中文大學出版高行健的英文戲劇集《彼岸》（收入《彼岸》、《生死界》、《對話與反詰》、《夜遊神》、《週末四重奏》五個劇本，譯者方梓勳。《現代漢語與文學寫作》被收入《香港戲劇學刊》第一期。法國波爾多莫里哀劇場演出高行健執導的《對話與反詰》。法國亞維農演出《夜遊神》。日本橫濱劇團演出《車站》。高行健的個人畫展在法國卡西斯春天書展開幕式上展出，法國紅衣主教塔藝術畫廊、法國波爾多夥伴街藝術中心、法國巴約勒國立劇院等展出。參展法國巴黎羅浮宮第十九屆國際古董與藝術雙年展。

2000 年　60 歲

1 月 18 日，金絲燕、王以培在巴黎訪談高行健，內容有關「文學與寫作」，之後由金絲燕整理，刊發時文章標題為《文學與寫作答問》。

2月，廣州的《粵海風》刊發《「沒有主義」的主義和「你別無選擇」的自由——高行健講座引起的對話和聯想》，作者爲澳洲的鍾勇。

4月，王新民在出版的著作《中國當代話劇藝術演變史》中，有一節這樣寫：「走向國際劇壇的劇作家——高行健。」

5月25日，劉心武後來追記這一天與高行健在巴黎的相聚。

5月31日，劉心武後來追記這一天的日記。

5月，劇作《叩問死亡》法文定稿。該劇爲法國文化部訂購劇目。

6月14日，劉心武後來追記這一天的日記。

6月，《邢臺職業技術學院學報》刊發賈冀川文章《〈過客〉與〈車站〉的比較研究》。

7月14日，劉心武後來追記這一天的日記。

7月25日，劉心武後來追記這一天的日記。

7月27日，劉心武後來追記這一天的日記。

7月，《靈山》英譯本在澳洲發行，譯者陳順妍。

8月，《遼寧師專學報社科版》2000年第4期刊發王麗華文章《高行健：社會轉型下的戲劇實驗》。

10月12日，諾貝爾文學獎公佈高行健獲獎。

10月13日，新華社北京電發出當年諾貝爾文學獎消息，全文不足200字。

10月13日，香港《明報》發表社論，標題是「寫作首要服務讀者，得獎是錦上添花。」

10月13日，香港《明報》記者報導《北京責諾獎有「政治目的」，諾獎評委指「北京太愚蠢」》。

10月14日，《人民日報》在第二版位置轉載新華社北京電的消息，標題爲：《諾貝爾文學獎被用於政治目的失去權威性》。

10月15日深夜（香港時間），潘耀明越洋電話訪問高行健。

10月16日，香港《明報》世界副刊刊發劉再復寫作高行健的《最有活力的靈魂》。

10月16日和17日，《明報》刊發張文中文章《在香港專訪高行健》。

10月17日，金董建平修訂《水墨騎士——高行健和他的山水畫》一文。

10月中旬，香港《亞洲週刊》資深調查員王健民在巴黎高行健的寓所做專訪。

這期間，大中華地區部分媒體報道對高行健獲獎事件的回應情況。

10 月 18 日，赴德國法蘭克福參加研討會。

10 月 20 日，到意大利羅馬接受文學大獎：羅馬城文學獎。

10 月 20 日，潘耀明爲《解讀高行健》一書寫序。

10 月 25 日，林曼叔爲《解讀高行健》一書寫後記。

10 月 29 日，劉心武完成 5 月～7 月旅歐時與高行健相見的六篇日記。

10 月下旬，劉再復在香港城市大學校園寫作《論高行健的狀態》一文。

10 月，香港明報「2000 年文庫——當代中國文庫精讀」出版《高行健》第二版。

10 月，伊沙編的《高行健評說》一書由（香港）明鏡出版社推出。

11 月 1 日，劉再復在香港城市大學寫作《高行健小說新文體的創造》。

11 月 5 日～8 日，中國當代文學研究會在廣東肇慶舉行第 11 屆年會，在 11 月 8 日下午有一次自由討論。討論中，共有八位同志發言，其中有兩位發言涉及到高行健。

11 月 11 日，劉再復在香港城市大學爲《論高行健狀態》一書寫作後記——《經典的命運》。

11 月 17 日，潘耀明爲劉再復著作《論高行健狀態》一書寫序，題目爲《滿腔熱血酬知己》。

11 月 19 日，杜特萊在普羅旺斯的艾克斯寫作《我記得……》一文，作爲劉心武的著作《瞭解高行健》一書的序言。

11 月，《明報月刊》2000 年 11 月號刊發馬悅然撰、陳邁平譯文章《諾貝爾文學獎得主高行健的創作成果——兼談現代中文文學》。

11 月，《明報月刊》2000 年 11 月號刊發萬之文章《與傳統的獨特對話——也評高行健摘取諾貝爾文學獎桂冠的創作道路》。

11 月，《明報月刊》2000 年 11 月號刊發潘耀明的文章《高行健訪問記》。

11 月，《明報月刊》2000 年第 11 期刊發劉再復的《新世紀瑞典文學院的第一篇傑作》。

11 月，《明報月刊》2000 年 11 月號刊載《世界各地學者、作家爲高行健得獎而歡呼》。

11 月，《明報月刊》2000 年 11 月號刊發羅多弼撰、傅正明編譯的文章《高行健的〈靈山〉六義》。

11 月，《明報月刊》2000 年 11 月號刊發馬建文章《無限的遐想——高行健畫中的悲涼與性意識》。

11 月，香港《文學世紀》第八期刊發劉再復的《答顏純鉤、舒非問》。

11 月，劉再復著作《論高行健狀態》由明報出版社初版。

11 月，香港明報「2000 年文庫——當代中國文庫精讀」出版《高行健》第三版。

11 月，陳邁平（萬之）去找瑞典學院的常務秘書賀拉斯·恩格道爾作了一次訪談，讓他再仔細介紹一下瑞典學院給高行健頒獎的理由和想法。

11 月，《明報月刊》11 月號刊發李歐梵文章《如何看待諾貝爾文學獎——對於高行健得獎的一些看法》。

11 月，明報出版社推出《解讀高行健》（林曼叔編）一書。

11 月，（廣西桂林）灕江出版社出版高行健作品集，包括《靈山》、《有隻鴿子叫紅唇兒》、《絕對信號》。

11 月，《魯迅研究月刊》2000 年第 11 期刊發賈冀川文章《〈過客〉與〈車站〉的比較研究》。

12 月 5 日晚上，方梓勳從香港乘坐飛往蘇黎世的飛機，轉機到斯德哥爾摩去。

12 月 6 日下午，方梓勳到達斯德哥爾摩機場，移民官笑臉相迎。與諾貝爾獎有關的人都住在格蘭飯店，高行健被許多人圍繞著。

12 月 7 日，在瑞典學院發表講詞《文學的理由》。

12 月 8 日上午，高行健在斯德哥爾摩大學講演。

12 月 9 日，法國大使館為高行健舉行盛大的午宴。

12 月 10 日，斯德哥爾摩市的音樂廳舉行 2000 年度諾貝爾文學獎頒獎典禮，高行健從瑞典國王的手裏接過諾貝爾文學獎獎金。馬悅然在諾獎頒獎禮上介紹文學獎得主高行健，題目為《你帶著母語離開你的祖國》。

12 月，高行健著作《八月雪》（三幕八場現代戲曲）由（臺北）聯經出版事業股份有限公司初版。

12 月，王福湘文章《當代文學史寫作與 90 年代文學考察——中國當代文學研究會第 11 屆學術年會綜述》刊發在《西江大學學報》2000 年第 6 期上。

12 月，劉心武著作《瞭解高行健》由（香港）開益出版社初版。

12 月，臺灣亞洲藝術中心出版畫冊《高行健》。

這一年，長篇小說《靈山》和《一個人的聖經》由香港天地圖書有限公司出版中文簡體字版。法國總統希哈克親自授予高行健法國榮譽軍團騎士勳章。法國黎明出版社出版《一個人的聖經》法譯本，譯者杜特萊夫婦。瑞典大西洋出版社出版《一個人的聖經》瑞典文譯本，譯者馬悅然。法國文化部訂購的劇本《叩問死亡》脫稿。瑞典電臺廣播《獨白》。法國文化電臺廣播《週末四重奏》。美國哈普科林出版社出版《靈山》英文版，譯者陳順妍。法國黎明出版社出版《文學的理由》，譯者杜特萊夫婦。高行健畫作參展法國羅浮宮藝術大展。德國弗萊堡哈莫特藝術研究所展出收藏的高行健畫作。臺北亞洲藝術中心舉辦高行健個人畫展。

2001 年　61 歲

1 月，劇作《週末四重奏》由臺北聯經初版。

1 月，《沒有主義》由臺北聯經初版。

1 月，劉再復著作《論高行健狀態》由明報出版社推出第二版。

1 月，《學術交流》2001 年第 1 期刊發彭放論文《「全球化」語境中的中國文學困境》。

1 月，敦煌文藝出版社出版高行健著《你一定要活著》，印數 10000 冊。

2 月 9 日，高行健作為臺北市駐市作家到臺南成功大學成功廳演講，題目為《創作與美學》。

2 月，臺灣《聯合文學》2001 年 2 月號（第 196 期）推出「高行健專號」。

3 月 11 日，劉再復為即將在香港出版的高行健著作《文學的理由》作序。

3 月 24 日，《文藝理論與批評》刊發陳映真文章《天高地厚——讀高行健先生受獎辭的隨想》。

3 月，《〈靈山〉與小說創作——高行健在香港城市大學演講會上的講話》刊發在《明報月刊》2001 年 3 月號。

4 月，高行健著作《文學的理由》由香港明報初版。

4 月，筆者被單位《羊城晚報》派到澳門參加京劇節的採訪工作，在澳門購買了高行健的長篇小說《一個人的聖經》。

4 月，《中山大學學報論叢》2001 年第 2 期刊發姜深香、王殿文的文章《個性經驗的物化——淺談〈靈山〉》。

5 月 4 日，南京大學教授趙憲章完成論文《〈靈山〉文體分析——文學研究之形式美學方法個案示例》。

5月21日，林兆華的文章《戲劇的生命力》刊發在《文藝研究》2001年第3期上。

5月，《文藝理論與批評》2001年第3期刊發鄭治文章《也談文學的「政治標準」》和臺灣作家郭楓文章《一個嚴肅的玩笑——2000年諾貝爾文學獎縱橫談》。

5月，《作品與爭鳴》2001年第5期轉載兩篇文章——鄭凡夫的《2000年諾貝爾文學獎備忘錄》和張慧敏的《中國文壇盛會　為高行健翻案》。

6月10日，中國當代文學研究會起草《關於中國當代文學研究會第11屆年會涉及高行健話題的真相——致〈作品與爭鳴〉雜誌的公開信》。

6月，《沒有主義》一書臺北聯經初版第四刷。

7月，（臺北）聯合文學出版社有限公司推出高行健著《母親》初版。

8月，（臺北）聯合文學出版社有限公司推出高行健著《高行健短篇小說集（增訂本）》初版。

8月，《文學自由談》2001年第4期刊發王文初的文章《有關高氏獲獎的幾篇文章讀後》。

8月，《北京社會科學》2001年第4期刊發宋建林的論文《新時期現代主義的論爭與反思》。

9月，《世界華文文學論壇》2001年第4期刊發香港老作家王尚政文章《也曾走過〈靈山〉一段路》。

10月2日下午，高行健與黃春明在臺灣宜蘭縣政府文化局演講室對談。

10月4日、5日，《作家的心靈之路——高行健與黃春明對談》一文刊發在臺灣《自由時報副刊》，記錄整理人為蔡淑華。

10月4日下午，高行健與陳郁秀對談臺灣文化。

10月5日～11月10日，《墨與光——高行健近作展》在臺灣歷史博物館展出。主辦單位為行政院文化建設委員會、承辦單位為歷史博物館、協辦單位為聯合報、民生報和財團法人公共電視文化事業基金會。

10月7日上午，高行健與葉石濤在臺灣文學館對話。之後整理為《土地、人民、流亡——葉石濤、高行健文學對話》（記錄整理人為徐碧霞）。

10月8日上午，「與高行健談文說藝座談會」在臺灣中山大學舉行，主持人為臺灣中山大學文學院院長蘇其康，主講人包括臺灣中山大學教授余光中、臺灣大學教授胡耀恒、作家高行健、臺灣歷史博物館館長黃光男、臺灣學術交流基金會執行長吳靜吉。

　　10 月，（臺北）聯合文學出版社有限公司推出高行健戲劇作品集十冊，包括《車站》、《絕對信號》、《野人》、《彼岸》、《獨白》、《冥城》、《聲聲慢變奏》、《山海經傳》、《逃亡》、《生死界》、《躲雨》、《對話與反詰》、《夜遊神》等十三個劇本，所收依照時序排列。

　　10 月，畫冊《墨與光——高行健近作展》由臺灣歷史博物館編輯委員會編輯、臺北文建會初版。

　　11 月 11 日，在巴黎寫作《我的西班牙》。

　　12 月，在巴黎寫作《文學的見證——對真實的追求》，此文是作者 2001 年應邀在瑞典學院舉辦的諾貝爾文學獎百年大慶學術研討會上的演講。

　　12 月，《南方文壇》2001 年第 6 期刊發《關於中國當代文學研究會第 11 屆年會涉及高行健話題的真相——致〈作品與爭鳴〉雜誌的公開信》和《中國當代文學研究會第 11 屆學術年會簡報》。

　　這一年，劇作《週末四重奏》（修訂本）由臺北聯經出版公司初版。比利時出版《高行健戲劇集之一》的法譯本，收入《逃亡》、《生死界》、《夜遊神》、《週末四重奏》、《對話與反詰》。瑞典大西洋出版社出版《高行健戲劇集》瑞典文本，收入《生死界》、《對話與反詰》、《夜遊神》、《週末四重奏》，譯者馬悅然。英國出版《靈山》英譯本，譯者陳順妍。德國柏林藝術計劃出版高行健和楊煉對談《流亡使我們獲得什麼？》德譯本。巴西出版《靈山》葡萄牙譯本。意大利出版《文學的理由》、《給我老爺買魚竿》及《流亡使我們獲得什麼》意文本。西班牙出版《靈山》西文本、卡達蘭文本。墨西哥出版戲劇集《逃亡》，同時收入了《生死界》、《夜遊神》、《週末四重奏》。葡萄牙出版《靈山》葡文本。日本集英社出版《一個人的聖經》，譯者飯冢容。韓國出版《靈山》韓文本。德國出版短篇小說集《海上》和《靈山》德文本。斯洛文尼亞出版《給我老爺買魚竿》斯文本。馬其頓出版《給我老爺買魚竿》馬文本。

　　《叩問死亡》一劇由法國博馬舍戲劇協會於巴黎法蘭西喜劇院小劇場舉行排演朗誦，導演朗西納克。法國亞維農戲劇節上演《對話與反詰》（高行健執導）和《生死界》，還舉行《文學的理由》表演朗誦會。瑞典皇家劇院演出《生死界》和江青編導與表演的《聲聲慢變奏》。臺灣聯合報舉辦《夜遊神》的排演朗誦會。臺灣中山大學授予高行健榮譽文學博士學位。香港無人地帶劇團演出《生死界》，導演鄧樹榮。美國劇場演出《彼岸》。

法國亞維農在大主教宮舉辦高行健繪畫大型回顧展。臺灣亞洲演藝中心舉辦高行健個人畫展。臺灣歷史博物館舉辦「墨與光——高行健近作展」。美學評論、畫冊《另一種美學》由臺北聯經出版公司初版。香港倡藝畫廊舉辦高行健個人畫展。德國弗萊堡莫哈特藝術研究所舉辦高行健個展並出版畫冊《高行健水墨 1983～1993》。意大利出版高行健畫冊《另一種美學》意文本。

2002 年　62 歲

4 月，臺灣《華岡藝術學報》2002 年第 6 期刊發李啓睿論文《試探高行健「三重性表演」的實踐方法——以第三人稱表演爲例子》。

6 月 8 日，參加在愛爾蘭都柏林舉行的，由美國國際終身成就學院主辦的「世界高峰會議」，並接受由學院頒發的金盤獎。與高行健同時獲獎的有美國的前總統克林頓、前國務卿基辛格、愛爾蘭總理艾恒、阿富汗臨時總統卡薩、巴基斯坦前總理貝布托，以及 2000 年諾貝爾物理獎得主克洛瑪，和平獎得主、南韓總統金大中等，頒獎儀式上，高行健發表演講《必要的孤獨》。

6 月，《戲劇》雜誌 2002 年第 2 期刊發賈冀川論文《高行健——中國話劇藝術的叛逆者》。

6 月，《松遼學刊社科版》2002 年第 3 期刊發劉忠惠的文章《對高行健文學作品表達中的人稱層次感悟》。

7 月 11 日，《必要的孤獨》一文刊發在臺灣《聯合副刊》上。

8 月，張學正等主編的《文學爭鳴檔案：中國當代文學作品爭鳴實錄（1949～1999）》由南開大學出版社初版。

9 月中旬開始，一連三個月在內湖臺灣戲專執導戲劇《八月雪》。該戲是他歷年來自編自導的戲劇中，規模最大的一齣，除了動員五十名京劇、雜技演員，還有五十人大歌隊、近百人的交響樂團和打擊樂。

10 月 17 日，《八月雪》的排練進展到了第二幕。

10 月 25 日，《八月雪》排演第三場「開壇」。

10 月 31 日，繼續排演《八月雪》的「開壇講經」。

10 月，《社會科學論壇》2002 年第 10 期刊發余傑文章《二十世紀中國文學的雙子星座——沈從文和高行健文學道路之比較》。

11 月 4 日，《八月雪》的服裝設計葉錦添搶著排戲的空檔開始試妝。

11 月 12 日一早，臉頰微腫的高行健來到《八月雪》排練場，告訴大家他牙疼須就醫，旋即離去。

11 月 15 日，《八月雪》排演「參堂後殿起火，群眾亂舞」。

11 月 27 日，《八月雪》首度把排演場從內湖臺灣戲專，「轉移」到國家音樂廳 NSO 的排練室，一連三天在這裡練唱。

12 月 19 日，《八月雪》在臺北國家戲劇院進行全球首演。該劇結合了京劇演員、交響樂、中式打擊樂器和西洋美聲唱法的音樂在歌劇史上屬首見。

12 月，周美惠著作《雪地禪思：高行健執導〈八月雪〉現場筆記》在臺灣聯經初版。

這一年，法國艾克斯－普羅旺斯大學授予高行健文學博士學位。香港中文大學授予高行健文學博士學位。臺灣中央大學授予高行健文學博士學位。臺灣文建會邀請高行健訪臺，出版《高行健臺灣文化之旅》文集。文建會還主辦並出版《八月雪》中英文歌劇本及光碟，臺灣電視臺轉播演出並製作《雪是怎樣下的》電視專題節目。

意大利出版《靈山》意文本。西班牙出版《一個人的聖經》西文本、卡達蘭文本。挪威出版《靈山》挪威文本。土耳其出版《靈山》土耳其文譯本。塞爾維亞出版《靈山》塞爾維亞文譯本。荷蘭出版《給我老爺買魚竿》荷蘭文本。澳大利亞和美國出版《一個人的聖經》英譯本，譯者陳順妍。美國印第安納大學戲劇系演出《生死界》。韓國出版《一個人的聖經》韓文本。韓國出版高行健戲劇集韓文本，收入《車站》、《獨白》、《野人》。泰國南美出版有限公司出版《靈山》泰文本。以色列出版《靈山》意第緒文本。埃及出版《靈山》阿拉伯文本。加拿大劇團演出《逃亡》。香港英語廣播《週末四重奏》，英國 BBC、加拿大 CBC、澳大利亞 ABC、紐西蘭 RNZ、愛爾蘭 RTE 和美國 La Theatre Works 分別轉播。

西班牙馬德里索非亞皇后國家美術館舉辦高行健個人畫展，出版書冊 Gao Xingjian。美國出版書冊《另一種美學》英譯本。臺灣交通大學舉辦高行健個展，出版書冊《高行健》。

2003 年　63 歲

1 月，《理論月刊》2003 年第 1 期刊發劉姝顰、姜紅明的論文《論〈靈山〉與中國人的諾貝爾文學獎情結》。

2 月，美國《紐約客》文學月刊刊發短篇小說《車禍》，譯者陳順妍。

2 月，《黔東南民族師範高等專科學校學報》2003 年第 1 期刊發薛支川、林阿娟的文章《破與立——高行健 80 年代探索劇初探》。

3 月 20 日，《戲劇》2003 年第 1 期刊發陳吉德的文章《奔向戲劇的「彼岸」——高行健論》。

5 月，《社會科學戰線》2003 年第 5 期刊發趙毅衡的文章《無根有夢：海外華人小說中的漂泊主題》。

6 月，美國《紐約客》文學月刊 6 月號刊發《圓恩寺》，譯者陳順妍。

8 月，《河西學院學報》2003 年第 4 期刊發李春霞、陳召榮的文章《解讀靈山》。

9 月，金介甫著、彭京譯的文章《屈原、沈從文、高行健比較研究》刊發在《吉首大學學報（社會科學版）》。

9 月，人民文學出版社出版的《王蒙文存第二十二卷》收入了王蒙 1981 年 2 月 17 日寫給高行健的信，文章標題為《致高行健》。

10 月 1 日，報導「馬賽高行健年《叩問死亡》獲得滿堂喝彩」、「《叩問死亡》聯合導演　羅曼‧伯南找到西方戲劇更新的契機」、「詮釋豁達的人生態度　狄耶里‧伯克的全新體驗」刊發在《歐洲日報》（法國新聞版、萬象版）、臺灣《聯合報》、《民生報》文化版。

這一年，劇作《叩問死亡》列入法國馬賽市高行健年藝術計劃，於馬賽體育館劇院首演，由高行健和羅曼‧伯南導演。這是「馬賽—高行健年」。電影《側影或影子》拍攝於 2002 至 2003 在馬賽舉辦的「高行健年」。

被選為法國世界文化學院院士。日本晚成書房出版《高行健戲劇集》，收入《野人》、《彼岸》、《週末四重奏》，譯者飯冢容和菱沼彬晃。日本集英社出版《靈山》日文本，譯者飯冢容。意大利出版《一個人的聖經》意文本。丹麥出版《一個人的聖經》丹麥文本。芬蘭出版《靈山》芬蘭文本。西班牙出版《給我老爺買魚竿》西文本和卡達文本。香港中文大學出版社出版《八月雪》英譯本，譯者方梓勳。美國文藝期刊《大街》第 72 期刊載《給我老爺買魚竿》，譯者陳順妍。土耳其出版《一個人的聖經》土耳其文本。西班牙巴塞羅那出版《文學的見證》西班牙文譯本。

法國巴黎法蘭西劇院演出《週末四重奏》，高行健執導。葡萄牙劇團演出《逃亡》。香港無人地帶劇團演出《生死界》，導演鄧樹榮。美國好萊塢劇團演出《彼岸》。美國紐約劇團演出《週末四重奏》。美國加州戲劇舞蹈系演出《夜遊神》。美國一大學戲劇系演出《彼岸》。澳大利亞劇團演出《彼岸》。瑞士一劇院演出《生死界》。匈牙利布達佩斯一劇院演出《車站》。

　　比利時蒙斯美術館舉辦高行健的繪畫大型回顧展。法國巴黎出版社出版研究高行健的繪畫的論著畫冊《高行健，水墨情趣》，作者是蒙斯美術館畫展策展人 Michel Dragust.法國一出版社出版畫冊《逍遙如鳥》。法國艾克斯－普羅旺斯壁毯博物館舉辦高行健的個人畫展並出版畫冊。法國巴黎克羅德貝爾納畫廊以高行健的個展參展國際當代藝術博覽會。意大利畫廊和劇院舉辦高行健個人畫展並出版畫冊。美國美術館舉辦高行健個人畫展。

　　廣西師範大學冷耀軍（現當代文學專業，導師李江）提交的碩士論文是《從危機到彼岸：一個尚待實現的夢想——論先鋒劇作家高行健的戲劇探索》。

2004 年　64 歲

　　1 月 21 日（農曆 2003 年除夕），劇作《叩問死亡》中文定稿。

　　1 月，劉再復寫作《精神囚徒的逃亡——讀〈八月雪〉》一文。

　　1 月，（臺北）聯合文學出版社有限公司推出高行健著、可樂王圖《朋友》初版。

　　2 月 8 日，劉再復寫作《高行健的黑色鬧劇和普世性書寫》一文。

　　2 月 15 日，《海南師範學院學報（社會科學版）》2004 年第 1 期刊發姚新勇的論文《藝術的高蹈與政治的滯累——高行健兩部長篇小說評論》。

　　2 月，《浙江學刊》2004 年第 1 期刊發王音潔的文章《是「先鋒的品格」，還是「先鋒的技巧」？——評孟京輝與高行健的「先鋒戲劇」實踐》。

　　4 月，劇作《叩問死亡》由臺北聯經初版。

　　5 月 9 日，馬悅然在斯德哥爾摩寫作《答〈南方週末〉記者問》一文。

　　6 月，《山西煤炭管理幹部學院學報》2004 年第 2 期刊發鄭凌娟文章《〈終局〉與〈活著〉及〈彼岸〉中不同人生觀之比較》。

　　6 月，《晉東南師範專科學校學報》2004 年第 3 期刊發王澤龍論文《略論法國文學在中國的傳播與接受特徵》。

　　8 月，《重慶社會科學》2004 年第 3～4 期刊發鄭毅文章《從高行健到庫切看諾貝爾文學獎的價值取向》。

　　10 月 29 日，馬悅然為劉再復的書《高行健論》作序。

　　10 月，《雲南大學學報社科版》2004 年第 5 期刊發荷蘭萊頓大學教授杜威・佛克馬的文章《無望的懷舊　重寫的凱旋》，譯者王浩，校對張曉紅。

　　12 月，劉再復著作《論高行健》由臺北聯經出版社初版。

12 月，李澤厚在美國波德鎮寫作《四星高照，何處靈山——讀高行健》一文。

這一年，香港中文大學圖書館建立「高行健作品典藏室」。臺灣大學授予高行健榮譽博士稱號。西班牙出版《沒有主義》。美國、澳大利亞、英國出版《給我老爺買魚竿》英譯本，譯者陳順妍。法國出版戲劇集《叩問死亡》（同時收入《彼岸》、《八月雪》）及論文集《文學的見證》，譯者杜特萊夫婦）。越南河內出版社出版《給我老爺買魚竿》越南文譯本。西班牙巴塞羅那出版高行健的論著《另一種美學》。

加拿大阿爾伯大學戲劇系演出《對話與反詰》。新加坡劇團演出《生死界》。美國波斯頓大學演出《彼岸》。波蘭電臺廣播《車站》。西班牙巴塞羅那當代藝術中心的「2004 年世界文學節」舉辦高行健的個展「高行健的世界面面觀」。法國巴黎畫廊舉辦高行健個展並出版畫冊《高行健水墨》。法國巴黎一畫廊以高行健的個展參展當代藝術博覽會。

上海師範大學景曉鶯（英語語言文學專業，導師葉華年）提交的碩士論文是《比較〈等待戈多〉與〈車站〉——影響研究與平行研究》。

2005 年　65 歲

年初，由高行健執導的《八月雪》在馬賽演出。

1 月 10 日，劉再復在美國科羅拉多大學寫作《從中國土地出發的普適性大鵬——在法國普羅旺斯大學高行健國際研討會上的發言》。

1 月 28～30 日，法國普羅旺斯大學舉行高行健國際學術研討會，來自世界各地的三十多位學者、作家和翻譯家討論了高行健的普世性寫作方式和嶄新的審美經驗。

1 月底，劉再復到普羅旺斯大學參加高行健的國際學術研討會，開幕式前夜在馬賽歌劇院看了高行健導演的《八月雪》。之後兩人促膝長談，劉再復整理後發表《放下政治話語——與高行健的巴黎十日談》。

1 月，《文史哲》2005 年第 1 期刊發周怡的文章《諾貝爾獎關注的文學母題：流亡與回鄉》。

4 月，劉再復在廣州中山大學發表題為《從卡夫卡到高行健》的演講。

5 月，《當代作家評論》2005 年第 3 期刊發樊星的論文《禪宗與當代文學》。

6 月，臺灣期刊《興大中文學報》第 17 期刊發徐照華的論文《論高行健〈靈山〉的敘述結構》。

6月，《上海文學》2005年第6期刊發趙毅衡的文章《無根者之夢：海外小說中的漂泊主題》。文章第四部分討論了高行健的《靈山》。

6月，《文學自由談》2005年第3期刊發桑農的文章《誰先提出「語言流」？》

夏天，貝嶺到巴黎住了三個月，有機會與高行健再見面。

8月20日，《藝苑》2005年第4期刊發余琳的論文《對一種現代戲劇的追求——高行健20世紀80年代戲劇研究簡述》。

9月上旬，《山西文學》主編韓石山通過電子郵件採訪杜特萊教授。

9月，香港《明報月刊》2005年9月號刊發劉再復的文章《從卡夫卡到高行健——高行健醒觀美學論述提綱》。

10月17日，巴金去世。

10月18日，在巴黎寫作《悼念巴金》。

10月，《山西文學》2005年第10期刊發杜特萊的文章《跟活生生的人喝著咖啡交流——答本刊主編韓石山問》。

10月，《東南學術》2005年第5期刊發南帆的論文《現代主義：本土的話語》。

11月，《福建論壇人文社科版》2005年第11期刊發吳金喜、鄭家建的論文《詩學的與哲學的維度——論20世紀中國小說研究的兩個生長點》。

12月20日，《戲劇》刊發付治鵬文章《生態批評與中國生態戲劇——對三個戲劇文本的生態主義批評》。

12月25日，《藝苑》2005年C1期刊發喬悅文章《導演中心主義與中國當代探索戲劇》。

12月，香港大山文化出版社推出柯思仁著作《高行健與跨文化劇場》（譯者：陳濤、鄭傑）。

12月，《重慶社會科學》2005年第12期刊發胡志峰文章《從語言到表演到禪——談高行健的戲劇觀念》。

這一年，意大利米蘭出版《給我老爺買魚竿》意大利文譯本。法國巴略雨果劇場演出《生死界》。希臘雅典東方文化中心演出《夜遊神》。德國畫廊舉辦高行健個展並出版畫冊《高行健水墨作品》。新加坡美術館舉辦高行健繪畫大型回顧展並出版畫冊《無我之境，有我之境》。

《冷的文學——高行健著作選》（中英文對照版，高行健著、方梓勳、陳順妍譯）由香港中文大學出版。劉再復的文章《中國現代文學中的兩大精神

類型——魯迅和高行健》刊發在香港《文學評論》2005 年創刊號上。巴黎中國書展把高行健排斥在外，引起法國輿論和知識界不滿。

2006 年　66 歲

1 月，馬來西亞期刊《焦風》第 495 期發表劉慶倫在法國採訪高行健的文章《後諾貝爾時期的高行健》。

2 月，《華文文學》2006 年第 1 期刊發周冰心文章《迎合西方全球想像的「東方主義」——近年來海外「中國語境」小說研究》。

3 月，《四川教育學院學報》2006 年第 3 期刊發佘愛春論文《〈野人〉生態戲劇的經典之作——高行健劇作〈野人〉的生態解讀》。

4 月，《華文文學》2006 年第 2 期刊發馬建文章《重新開闢的語言境界——比較高行健和哈金的小說語言》。

4 月，《圖書館論壇》刊發李江瓊的文章《中文普通圖書著錄解疑》，該文從計算機編目和圖書著錄提及高行健的著作。

6 月，臺灣期刊《戲曲學報》第 3 期刊發朱芳慧論文《高行健禪劇〈八月雪〉之劇場藝術》。

6 月，臺灣期刊《中山人文學報》第 22 期刊發李怡瑾論文《高行健戲劇藝術的「跨領域」芻論——以中山大學劇場藝術學系 2005 年製作的〈車站〉為例》。

10 月，臺灣期刊《哲學與文化》33 卷第 10 期刊發蔡明哲論文《全球化與中國文人水墨畫的藝術界域問題——民族主義的張大千和沒有主義的高行健》。

10 月 15 日，大江健三郎與高行健在法國對談。該活動源於法國愛克斯－普羅旺斯圖書節邀請大江健三郎訪問法國，舉行以「邊緣」為題的對談，主持人為愛克斯－馬賽大學副校長、高行健的譯者杜特萊教授和法國作家菲利普‧弗萊斯特。

10 月，《語文學刊（高教，外文版）》2006 年第 10 期「文學研究」欄目刊發景曉鶯文章《相似和對立：〈車站〉與〈等待戈多〉主題之比較》。

10 月，《遼寧工學院學報》2006 年第 5 期刊發王京鈺文章《解讀〈靈山〉中的「你」「我」「他」》。

11 月，劇作《週末四重奏》由臺北聯經初版第四刷。

12 月，臺灣期刊《嘉南學報（人文類）》第 32 期刊發陳昭昭論文《另一種模糊美學：論高行健〈山海經傳〉》。

這一年，高行健導演的第一部電影《側影或影子》（128 分鐘）拍攝完成。該片在柏林國際文學節首演。

法國出版杜特萊編的論文集《高行健的小說與戲劇創作》。美國出版社將《靈山》收入現代經典叢書並出版該書珍藏版。美國公共圖書館頒發給高行健雄獅圖書獎，同時獲獎的還有諾貝爾文學獎得主土耳其作家巴穆克和諾貝爾和平獎得主美國作家威塞爾。澳大利亞出版《文學的見證》英譯本，譯者陳順妍。

意大利威尼斯戲劇雙年展演出《對話與反詰》。意大利聖米尼亞多劇場演出《逃亡》。韓國首爾劇場演出《絕對信號》、《車站》和《生死界》三部劇作。美國布萊克斯堡、威爾尼吉亞科技學院和州立大學演出《彼岸》。

參展法國巴黎藝術博覽會。法國巴黎一畫廊舉辦高行健個展並出版畫冊《高行健》。德國柏林法國學院舉辦高行健水墨個展。比利時布魯塞爾一畫廊以高行健的個展參展當代藝術博覽會。瑞士伯爾尼美術館舉行高行健個展。

2007 年　67 歲

2 月 9 日，在巴黎寫作《林兆華的導演藝術》，高度評價了 20 多年前的搭檔林兆華的戲劇美學，認為他是世界級別的大導演。

2 月 15 日，在巴黎為「斯奈特美術館高行健水墨展」寫序言。

2 月，《第三隻慧眼——高行健訪談》刊發在法國的《歐洲》文學雙月刊 1／2 月號上，由丹尼爾‧貝爾熱撰文，蘇珊譯。

4 月 17 日，在巴黎寫作關於《側影與影子》。

4 月，《大江健三郎與高行健對談》（蘇珊整理翻譯）刊發在香港《明報月刊》2007 年 4 月號上。

4 月，《勵耕學刊（文學卷）》2007 年第 1 輯刊發張檸的文章《一個時代的文學病案》。

4 月，《韶關學院學報社科版》刊發季玢、金紅的論文《追求原始的野性——論高行健戲劇觀的傳統資源》。

5 月 14 日，余英時在普林斯頓為劉再復的新書《思想者十八題》作序——《從「必然王國」到「自由王國」》。

7 月 30 日，在巴黎寫作《作家的位置》。這是作者應臺灣大學邀請作的一系列關於文學、戲劇、美學講座的第一講。第二講《小說的藝術》，第三講《戲

劇的潛能》，第四講《藝術家的美學》。高行健當時身體尚未康復，不便遠行，用錄影的方式做的這一系列演講。

8月30日，在巴黎寫作《小說的藝術》。

8月，山西的《滄桑》雜誌刊發劉琦文章《觀眾：交流的彼岸——簡析高行健探索劇中的「觀演關係」》。

10月1日，在巴黎寫作《戲劇的潛能》。

10月20日，《華文文學》2007年第5期刊發戴瑤琴的文章《「圈地」裏的低吟淺唱——論現階段歐洲華文文學》。

10月24日，在巴黎寫作《藝術家的美學》。

11月11日，在巴黎寫作《自立於紅學之林》，該文是對劉再復英譯本《紅樓夢悟》所寫的序言。

12月底，劉再復英譯本《紅樓夢悟》由紐約 Cambria Press 出版社推出，譯者爲美國紐約州立大學舒允中教授。

12月，《揚子江評論》2007年第6期刊發陸煒的文章《高行健與中國戲劇》。

這一年，出席瑞典筆會舉辦的「獄中作家日」詩歌朗誦會並朗誦《逍遙如鳥》。西班牙巴塞羅那出版《沒有主義》西文譯本。美國耶魯大學出版社出版《文學的見證》英譯本，譯者陳順妍。法國出版《側影或影子：高行健的電影藝術》的英文書冊。香港中文大學出版戲劇集《逃亡》和《叩問死亡》的英譯本，譯者方梓勳。香港中文大學和法國普羅旺斯大學兩校圖書館簽署合作協議：共同收集高行健的資料，建立網頁、資料和人員交流。

美國紐約人道主義和世界和平促進者親穆儀大師授予高行健「以一體之心昇華世界」獎。美國昆西學院演出《彼岸》。美國克利夫蘭劇場演出高行健劇作選段。美國印地安那州聖母大學美術館舉辦高行健個展並出版畫冊《具象與抽象之間》，該大學同時舉辦高行健文學戲劇和電影創作講座並朗誦高行健的劇作《夜間行歌》，並演出《彼岸》、《夜遊神》和《逃亡》的片段。

新加坡國立大學東亞研究所舉行高行健文學講座。影片《側影或影子》在新加坡「創始國際表演節」公演。捐贈給新加坡美術館巨幅水墨新作《晝夜》，並出席該館舉行的接受儀式。誰先覺畫廊舉行高行健個展，

意大利巴勒爾摩劇場演出《逃亡》。法國巴黎一劇團演出《生死界》。

德國科布倫斯·路德維克博物館舉辦高行健大型回顧展並出版畫冊《世界末日》。參展瑞士蘇黎世國際當代藝術博覽會。國際當代藝術展（巴黎）上，「高行健水墨個展」盛況空前。

廈門大學的余琳（戲劇戲曲學專業，導師周寧）提交的碩士論文是《另一種現代戲劇——高行健戲劇及其理論初探》。西北大學的李彩虹（英語語言文學專業，導師胡宗鋒）提交的碩士論文是《流亡與探求的追尋之路——原型批評視角下〈天路歷程〉與〈靈山〉之對比研究》。

2008 年　68 歲

2 月上旬，劉再復在美國科羅拉多為高行健著作《論創作》作序，題目為《走出二十世紀》。

2 月，《江漢論壇》2008 年第 2 期刊發谷海慧的文章《中國式荒誕劇的精神指向分析》。

3 月，臺灣期刊《中國文哲研究通訊》第 18 卷 1 期刊發李奭學論文《三訪靈山：論高行健的語言觀及基與中國小說傳統的關係》。

4 月，高行健著作《論創作》由臺北聯經初版。

4 月，潘耀明在《明報月刊》發表《是開綠燈的時候了》，為高行健打抱不平。

4 月，《揚子江評論》2008 年第 2 期刊發朱崇科的文章《想像中國的弔詭：暴力再現與身份認同——以高行健、李碧華、張貴興的小說書寫為中心》。

4 月，《文學前沿》2008 年第 2 期刊發宋德揚文章《〈靈山〉的第二人稱敘述》。

5 月，劉再復與高行健在香港對談「走出 20 世紀」。

5 月，臺灣《聯合文學》2008 年五月號刊發法國評論家弗朗索瓦·夏邦的文章《巴黎克羅德·貝爾納畫廊「高行健新作展」序言》，作家阿蘭·麥卡的文章《高行健的電影》，由繆詠華翻譯。

5 月，《新世紀文學選刊》2008 年第 11 期刊發邢向輝的文章《心靈的飛翔——讀高行健的〈靈山〉》。

6 月，《揚州教育學院學報》2008 年第 2 期刊發朱智勇的文章《「史詩劇」樣式與「史詩性」缺失——略論話劇〈野人〉的藝術得失》。

6 月，臺灣期刊《北臺灣科技學院通訊學報》2010 年第 6 期刊發蕭盈盈的論文《存在的重量——從跨文化的意義上對〈艾克人〉和〈對話與反詰〉的比較》。

6月底到七月中旬，意大利的米蘭藝術節。高行健再度出席，朗誦他的法文詩《逍遙如鳥》。藝術節還專場放映他的電影《側影或影子》，觀眾反應熱烈。該藝術節爲表彰他全方位的藝術成就，向他致敬，特別頒發給他獎狀。

8月17日，《外國文學動態》2008年第4期刊發徐永平的文章《俄羅斯對中國現代文學瞭解多少？——訪著名文學評論家弗拉基米爾·邦達連科》。

11月29日，維也納日報刊載德國批評家魯迪格·哥奈文章《感受取代敘述》。該文爲高行健短篇小說集《給我老爺買魚竿》德譯本書評。

11月，《藝苑》2008年第11期刊發林瑞豔的文章《行走著的「等待」：簡析高行健〈車站〉》。12月2日，電影《洪荒之後》在法國國立藝術史研究所放映。

12月8日，歐洲巴黎日報刊發楊年熙的文章《試爲21世紀電影指引一條新路》。

這一年，高行健導演的第二部電影短片《洪荒之後》（28分鐘）拍攝完成。

英國華威大學邀請高行健作文學與戲劇創作的演講。法國駐香港澳門總領事館和香港中文大學聯合主辦「高行健藝術節」，舉行國際研討會「高行健：中國文化的交叉路」，放映影片《側影或影子》及歌劇《八月雪》，演出《山海經傳》，蔡錫昌導演。藝倡畫廊舉辦畫展，香港中文大學圖書館同時舉辦了特藏展「高行健：文學與藝術」。香港中文大學舉辦高行健講座「有限與無限——創作美學」。法國普羅旺斯大學成立高行健資料與研究中心，同時舉行研討會、朗誦會並放映《側影或影子》。

韓國出版戲劇集《彼岸》，同時收入《冥城》、《生死界》、《八月雪》，譯者爲吳秀卿。俄國雜誌刊載《週末四重奏》俄文本。臺灣《聯合文學》出版高行健專輯，刊載《關於〈側影或影子〉》和《逍遙如鳥》。香港明報出版社出版論文集《論創作》，新加坡青年書局出版該書中文簡體字版。香港中文大學出版社出版《山海經傳》的英文譯本，譯者方梓勳。匈牙利出版《靈山》匈牙利譯本。西班牙巴塞羅那出版《高行健的劇作與思想》西班牙譯本，收入《八月雪》、《夜間行歌》、《叩問死亡》、《生死界》、《彼岸》、《週末四重奏》、《夜遊神》等七個劇作以及論文《戲劇的可能》，該書還推出精裝本。波蘭波茲南出版戲劇集《彼岸》，同時收入《生死界》。荷蘭出版高行健戲劇論集。德國法蘭克福出版短篇小說集《給我老爺買魚竿》。意大利出版《逃亡》。

西班牙馬德里法國文化中心演出《生死界》。玻利維亞和秘魯的國際戲劇節演出《生死界》。法國亞維農藝術節演出《彼岸》。西班牙馬德里劇團和巴

塞羅那劇團演出《逃亡》。意大利巴拉姆劇場演出《逃亡》。美國匹茲堡大學演出《彼岸》，導演鄧樹榮。美國紐約城市大學戲劇系演出《彼岸》。美國芝加哥等三個劇場演出《彼岸》及《生死界》。

畫作參展法國巴黎藝術博覽會。法國巴黎一畫廊舉辦高行健個展。德國一美術館舉辦「高行健水墨畫展」。西班牙巴塞羅那舉辦高行健畫展，開幕式上首演高行健的電影《洪荒之後》，之後畫展在博物館繼續展出，並出版畫冊。

復旦大學倪立秋（中國現當代文學專業，導師陳思和）提交的博士論文是《新移民小說研究——以嚴歌苓、高行健、虹影爲例》。華中科技大學曾輝（中國現當代文學，導師李俊國）提交的碩士論文是《「靈山」路上執迷的行者——高行健研究》。延邊大學金英（比較文學與世界文學專業，導師樸玉明）提交的碩士論文是《相同的等待，不同的結果——貝克特的〈等待戈多〉與高行健的〈車站〉之比較》。福建師範大學王孟圖（中國現當代文學專業，導師鄭家建）提交的碩士論文是《高行健小說詩學研究》。

2009 年　69 歲

2 月，《濰坊學院學報》刊發王豔的文章《打破中國傳統戲劇意識的堅冰——從〈野人〉看高行健的現代戲劇觀》。

2 月，《文學教育》2009 年第 2 期刊發倪立秋的文章《解構〈靈山〉敘事》。

6 月 6 日，劉再復在美國科羅拉多爲萬之的著作《凱旋曲》作跋，題目爲《人類文學的凱旋曲》。該書由香港牛津大學出版社出版。

6 月 26 日，《北京社會科學》刊發徐健的文章《新時期北京人藝研究述評》。

6 月，《西南民族大學學報社科版》2009 年第 3 期刊發朱崇科的論文《面具敘事與主體游移：高行健、英培安小說敘事人稱比較論》。

8 月，《南方文壇》2008 年第 4 期刊發金理、陳思和的論文《思潮與爭鳴：現實主義、現代主義、純文學的反思——〈中國新文學大系（1977～2000 年）文學理論卷〉導言之一》。

8 月，《文藝爭鳴》2009 年第 4 期刊發王堯文章《「現代派」通信述略——〈新時期文學口述史〉之一》。

10 月，舞蹈詩劇《夜間行歌》中文本定稿。

10 月 31 日，高行健在巴黎寫作《論舞臺表演藝術》一文。

11 月，《社科縱橫》第 24 卷第 11 期刊發張小平的文章《論 20 世紀 80 年代中國先鋒戲劇的藝術探索》。

12 月 18 日，影片《洪荒之後》在利耶日的現代美術館舉辦的高行健畫展開幕時同時放映。

12 月 20 日，《華文文學》刊發黃萬華的論文《平和長遠、散中見聚：歐華文學的歷史進程和現狀》。

12 月 31 日，劉再復在美國科羅拉多寫作《當代世界精神價值創造中的天才異象》，祝賀高行健七十壽辰。

12 月，《齊魯藝苑》（山東藝術學院學報）2009 年第 6 期刊發張小平的文章《論 20 世紀 80 年代中國先鋒戲劇的思想主題——以高行健作品爲例》。

這一年，詩歌《逍遙如鳥》中文本定稿。

西班牙拉里奧拉劇團演出《逃亡》。意大利米蘭藝術節演出《夜間行歌》。意大利都靈劇團演出《車站》。法國劇團演出《夜間行歌》。葡萄牙舉辦高行健大型畫展。法國艾爾斯坦博物館舉辦高行健和德國諾貝爾文學獎得主格拉斯的雙人聯展。

2009～2010 年，比利時跨年度的歐帕利亞大型國際藝術節以中國藝術爲主題，高行健應邀參加了三個城市爲他舉辦的一系列的展覽、演出、演講和會見，布魯塞爾藝術宮邀請法國蘇魯思劇團演出了他的法文劇作《生死界》，布魯塞爾的巴斯田藝術畫廊舉辦了他的水墨畫個展，利耶日市現代與當代美術館舉辦了他在畫布上的巨幅水墨新作展並放映他的影片，蒙斯市蒙丹納姆基金會舉辦了他的作品朗誦會，布魯塞爾自由大學授予他榮譽博士。

2010 年　70 歲

1 月 4 日，高行健 70 歲生日。

1 月 15 日，達里奧‧卡特琳娜的文章《一個自由人普世性的面面觀》刊發在《城市權益》網頁上，翻譯者爲蘇珊。

1 月，萬之的書《諾貝爾文學獎傳奇》在上海出版。該書由馬悅然寫序，劉再復寫跋，萬之寫高行健的一章爲《「一」以貫之的文學之道》。

1 月，《東嶽論叢》2009 年第 1 期刊發豐雲的論文《文革敘事與新移民作家的敘述視角》。

3 月 26 日，臺灣亞洲藝術中心負責人李敦朗爲高行健 2010 年繪畫新作展「光與影」寫序言《世紀交替的美學恒流》。

　　3月，《當代作家評論》2010年第2期刊發馬悅然爲劉再復所寫的書作序的文章——《〈高行健論〉序》，以及劉再復爲萬之的書所寫的跋：《人類文學的凱旋曲——萬之〈凱旋曲〉跋》。

　　3月，《靈山》由（臺北）聯經出版事業股份有限公司初版第三十七刷。

　　4月11日，在巴黎寫作《認同——文學的病痛》，爲臺灣《新地》雜誌舉辦世界華文文學高峰會議在臺灣大學演講做準備。

　　4月12日，在巴黎寫作《走出二十世紀的陰影》，爲臺灣《新地》雜誌舉辦世界華文文學高峰會議在臺中的演講做準備。

　　4月16～21日，「21世紀世界華文文學高峰會議」在臺灣舉行，特邀高行健爲專題主講人。會議分別在臺北的臺灣大學，中壢的元智大學、臺中的中興大學，臺南的成功大學、花蓮的東華大學等舉行。

　　4月16～5月9日，亞洲藝術中心（臺北）舉辦「光與影——高行健繪畫新作展」。

　　4月，亞洲藝術中心（臺北）出版高行健畫冊《光與影》。

　　4月，在臺北與劉再復、王蒙、劉心武、謝冕等朋友會聚。

　　4月，高行健、方梓勳著《論戲劇》由臺北聯經初版。

　　4月，《東吳學術》2010年第2期刊發邱華棟的文章《高行健：朝向靈山》。

　　5月25～29日，法國文化部爲促進全民閱讀，在全國各地推廣名爲「你來讀！」爲期一週的讀書活動。寫作交流學會選擇了高行健，圍繞他的小說《靈山》規劃了一系列活動。

　　5月，《上海文化》2010年第5期刊發范福潮的文章《隱瞞的也許比說出的還要多——重讀高行健筆記》。

　　5月，天津科技翻譯出版公司出版的《最新諾貝爾文學獎獲獎作品選讀》三冊，中冊選入的第一個作家就是高行健。

　　6月，《走出二十世紀的陰影》刊發在臺灣《新地文學》季刊2010年第12期上。

　　6月，《福建師範大學社科版》2010年第3期刊發王孟圖的論文《「顯－隱」的經緯——高行健長篇小說文本結構研究》。

　　6月，《廣州大學學報社科版》2010年第6期刊發康建兵論文《高行健與中國傳統戲曲》。

8月，《長江學術》2010年第4期刊發唐爲群的文章《法國馬賽－大漢語教育碩士的課程設置及啓示》。

9月26日，在巴黎寫作《環境與文學——今天我們寫什麼？》，爲國際筆會東京大會文學論壇開幕式準備演講稿。

9月中旬至2011年2月，筆者爲汕頭大學現當代文學專業的研究生開設的《臺港及海外華文文學研究》課程，讓學生研讀高行健的小說和學術作品。

9月底10月初，在日本參加國際筆會，並發表演講，題目爲《環境與文學，我們今天寫什麼？》。

10月，《蘭州學刊》刊發羅長青的文章《城鄉差別：高行健〈車站〉被忽視的主題》。

10月，《科技致富嚮導》刊發胡學坤的文章《〈河那邊〉隱藏的後現代主義》。

10月，《環境與文學，我們今天寫什麼？》英譯本發表在《當代臺灣文學英譯》2010年第10期。

11月，《環境與文學，我們今天寫什麼？》刊發在《明報月刊》2010年11月號。

11月，《文藝爭鳴》2010年第6期刊發高玉的文章《中國離諾貝爾文學獎究竟有多遠？》和黃維樑文章《華文文學與諾貝爾文學獎》。

12月8日，在巴黎寫作《意識形態與文學》，爲韓國首爾國際文學論壇準備演講稿。

12月，汕頭大學《華文文學》2010年第6期（總101期，該期主編易崇輝、副主編張衛東、莊園）以「高行健專輯」（責任編輯：莊園）方式推出9篇文章，欄目主持人爲劉再復。這是中國大陸首個刊發「高行健專輯」的期刊，打破了中國大陸的高行健研究禁區。

12月，《青年文學家》2010年第12期刊發李珊珊的文章《〈野人〉的戲劇符號學解讀——試以老歌師曾伯的唱詞爲例》。

這一年，在巴黎狄德羅大學與杜特萊教授對談。寫作長詩《遊神與玄思》。盧森堡歐洲貢獻基金會授予高行健歐洲貢獻金質獎章。臺灣元智大學授予高行健桂冠作家稱號。

英國倫敦大學亞非學院舉辦「高行健的創作思想研討會」。法國巴黎的美國大學出版社出版《夜間行歌》英譯本和法譯本。臺灣聯經在高行健獲諾獎十週年之際出版《靈山》紀念版，收入高行健在中國大陸寫作該書時旅途中

拍攝的五十幅照片。臺灣《聯合文學》第 306 期刊發《夜間行歌》中文本。
臺灣大學出版中心出版高行健的四個講座的錄影光碟《文學與美學》。捷克布
拉格出版《靈山》捷克文譯本。立陶宛出版《靈山》立陶宛譯本。法國出版
《靈山》布列塔尼文譯本。

　　法國巴黎木劍劇場演出《夜間行歌》和《生死界》。塞爾維亞諾維沙特劇
場演出《逃亡》。美國演出《逃亡》和《彼岸》。臺灣亞洲藝術中心舉辦高行
健個展。西班牙巴勒馬美術館舉辦高行健的大型回顧展並出版畫冊《世界的
終端》。

　　中國駐捷克的記者韓葵在報導當年的布拉格讀書節中提及高行健。復旦
大學吳嵐（世界文學與比較文學專業，導師陳思和）提交的博士論文是《「世
界文學」視域下的中日現代文學比較研究——以大江健三郎與高行健為例》。

　　2009 年至 2010 年，比利時跨年度的歐帕利亞大型國際藝術節以中國藝術
為主題，高行健應邀參加了三個城市為他舉辦的一系列的展覽、演出、演講
和會見，布魯塞爾藝術宮邀請法國蘇魯斯劇團演出法文劇作《生死界》，布魯
塞爾的巴斯田藝術畫廊舉辦高行健水墨畫個展，利耶日市現代與當代美術館
舉辦了高行健在畫布上的巨幅水墨新作展並放映他的影片，蒙斯市蒙丹納姆
基金會舉辦了高行健作品朗誦會，布魯塞爾自由大學授予他榮譽博士。

2011 年　71 歲

　　1 月 17 日，高行健揭幕巴黎龐必度文化中心舉辦的「看作品，談創作」
系列活動。

　　2 月 22 日，劉再復在美國寫作《高氏思想綱要——高行健給人類世界提
供了什麼新思想》，此文是將在韓國首爾「高行健國際學術討論會」上所作的
演講。

　　2 月，劉再復、潘耀明為《高行健研究叢書》撰寫總序。

　　2 月，香港大山文化出版社開始推出「高行健研究叢書」，顧問為馬悅然，
主編為劉再復和潘耀明。

　　2 月，《山東外語教學》2011 年第 1 期刊發黃焰結的論文《權力開路　翻
譯為媒——個案研究高行健的諾貝爾文學獎》。

　　3 月，青海省文化館主辦的《群文天地》2011 年第 3 期刊發曾慧林的論
文《以此對中國傳統戲曲的回歸——讀話劇〈絕對信號〉有感》。

　　4 月 16 日，在巴黎寫作《洪荒之後》一文。

4月，《中國現代文學研究叢刊》2011年第2期刊發李建立的論文《「風箏通信」與1980年代的「現代小說」觀念》。

4月，《華文文學》2011年第2期刊發趙淑俠的論文《披荊斬棘，從無到有──析談半世紀來歐洲華文文學的發展》。

5月19日，在巴黎寫作《意識形態時代的終結──韓國首爾檀國大學演講提綱》。

5月20日，在巴黎寫作《非功利的文學與藝術──韓國首爾漢陽大學演講提綱》。

5月下旬，韓國高麗大學召開「高行健國際學術研討會」。

5月，劉再復發表《高行健對戲劇的開創性貢獻──在韓國漢陽大學高行健戲劇節上的講話》。

5月，潘耀明在韓國的「高行健國際學術研討會」上發表論文《高行健與香港》。

6月1日～12日，劇作《冥城》在韓國首爾首演。

6月，《華文文學》2011年第3期刊發劉雲的文章《近二十年中國大陸歐洲華文文學研究綜述》。

6月，《北京社會科學》刊發羅長青論文《從就業制度的角度解讀〈絕對信號〉》。

6月，《名作欣賞》（下旬刊）2011年第6期刊發宋寶珍文章《探索、跋涉的步履──有關高行健的劇作〈車站〉〈野人〉的爭議》。

7月4日，在巴黎寫作《自由與文學》一文，為德國紐倫堡－愛爾蘭根大學國際人文研究中心舉辦「高行健：自由、命運與預測」國際學術研討會準備演講稿。

7月17日，劉再復寫作《高行健的自由原理──在德國愛爾蘭根大學國際人文中心高行健學術研討會上的發言》。

7月，《意識形態與文學》發表在《明報月刊》2011年7月號。

8月，《華南理工大學學報（社會科學版）》刊發康建兵的文章《高行健〈野人〉的生態批評》。

10月24～27日，德國紐倫堡大學召開高行健國際研討會。

10月，《詩歌月刊》2011年第10期刊發胡亮、趙毅衡的文章《禪劇，美國詩，「小聰明主義」：趙毅衡訪談錄》。

11 月 10 日，在巴黎爲詩集《遊神與玄思》寫後記。

11 月 24 日，完成電影詩《美的葬禮》。

12 月 13 日，劉再復在科羅拉多爲高行健的詩集《遊神與玄思》作序，題目爲《詩意的透徹》。

12 月，《華文文學》2011 年第 6 期刊發劉再復的文章《高行健對戲劇的開創性貢獻》。

12 月，《華中人文論叢》2011 年第 2 卷第 2 期刊發邱麗娜的論文《如何從文本「內」和文本「外」讀高行健的〈靈山〉》。

12 月，貴州文化廳主辦的《電影評介》2011 年第 23 期刊發李志敏的文章《試論高行健的戲劇理想及其影響》。

這一年，意大利比薩出版社出版高行健劇作集意大利文譯本，收入《夜間行歌》、《夜遊神》、《叩問死亡》三個劇本。印度出版《靈山》Marathi 文譯本。瑞典斯德歌爾摩電臺廣播《獨白》。丹麥哥本哈根丹麥筆會舉辦《夜間行歌》朗誦會，放映《側影或影子》。美國演出《彼岸》和《車站》。

法國巴黎一畫廊舉辦高行健個展並出版畫冊 Gao Xingjian 2011.西班牙巴塞羅那舉行高行健個展。比利時布魯塞爾畫廊舉辦高行健個展並出版畫冊。法國巴黎龐畢度文化中心放映《洪荒之後》。

劉再復著作《高行健引論》由香港大山文化出版社初版，該書是「高行健研究叢書」的首卷。南昌大學龔雅婧的碩士學位論文題目是：《國內報紙（1999～2008 年）諾貝爾文學獎報導》。南京大學龍珊珊（中國現當代文學專業，導師沈衛威）提交的碩士論文是《作爲「內容」的語言——論高行健小說〈靈山〉》。暨南大學的馬連花（中國現當代文學專業，導師莫海斌）提交的碩士論文是《困境與突圍——高行健旅法期間戲劇創作主題論》。

2012 年　72 歲

2 月，《自由與文學》刊發在《明報月刊》2012 年 2 月號。

2 月，《首都師範大學學報社科版》2012 年第 1 期刊發王德領論文《20 世紀 80 年代對西方現代派文學接受中的技術主義》。

3 月 21 日，劉再復在美國馬里蘭爲劉劍梅的書《莊子的現代命運》寫序。

3 月，《安徽文學》2012 年第 3 期刊發陳豔萍文章《從〈對話與反詰〉看禪宗對高行健的影響》。

4 月 20 日，趙憲章的論文《〈靈山〉文體分析——文學研究之形式美學方法個案示例》刊發在汕頭大學《華文文學》2012 年第 2 期上。

4月，《中國文學研究》2012年第2期刊發莊偉傑的論文《海外華文文學有別於中國文學的特質——以海外新移民文學爲例》。

5月15日，劉劍梅的文章《八十年代初期現代莊子的轉運》刊發在《東吳學術》2012年第3期。

5月，第一本詩集《遊神與玄思》由臺北聯經初版。

5月，臺灣期刊《東吳中文學報》第23期刊發侯淑娟的論文《當代先鋒戲劇對現代與傳統融合之新變思考的實驗——以高行健劇作爲探討範圍》。

6月20日，高行健的文章《意識形態與文學》、劉再復的文章《高氏思想綱要——高行健給人類世界提供了什麼新鮮的思想》、《高行健的自由原理》、劉劍梅的論文《現代莊子的凱旋——論高行健的大逍遙精神》、李多梅的論文《靈山與中國巫文化》刊發在汕頭大學《華文文學》2012年第3期上。

6月，詩集《遊神與玄思》初版第二刷。

6月，《逍遙如鳥：高行健作品研究》（楊煉編）一書在臺北聯經初版。

6月，臺灣期刊《淡江外語論叢》第19期刊發鄭盈盈的論文《人稱視角和無人稱句在文藝作品中的美學運用——以高行健和布寧作品爲例》。

6月，《濮陽職業技術學院學報》2012年第3期刊發周俊的論文《歐洲新移民小說的「文革」敘事》。

8月1日，《新世紀劇壇》2012年第4期刊發牛鴻英的文章《藝術創造的互文與交響——從〈車站〉與〈等待戈多〉的對比看高行健戲劇的民族性》。

8月20日，《華文文學》2012年第4期刊發劉劍梅的文章《莊子現代命運概說》。

8月，《棗莊學院學報》刊發李永求的文章《高行健短篇小說〈母親〉分析》。

8月，《中國比較文學》2012年第4期刊發劉洪濤的論文《世界文學觀念的嬗變及其在中國的意義》。

9月，劉劍梅的著作《莊子的現代命運》由商務印書館初版，書中的第十章爲「現代莊子的凱旋——論高行健的大逍遙精神」。

10月10日，鳳凰衛視報導「作者身份敏感　《絕對信號》2012年復排未獲通過」。

10月20日，《華文文學》2012年第5期刊發劉再復的文章《膽識兼備，方爲境界——莊園〈女性主義專題研究〉序》。

10 月，《寶雞文理學院學報社科版》2012 年第 5 期刊發翟源的論文《試論〈靈山〉的美學追求》。

10 月，《廣東廣播電視大學學報》2012 年第 5 期刊發張立群、王龍龍的論文《關於 20 世紀 80 年代「現代派」文學的重審》。

10 月，《綿陽師範學院學報》2012 年第 10 期刊發李明英的論文《求同與變異：新時期初的現代主義論爭》。

11 月，《長江師範學院學報》2012 年第 11 期刊發陳進武、彭麗萍的論文《論高行健〈靈山〉的人性敘事倫理》。

12 月，《藝術評論》2012 年第 12 期刊發高音的文章《立此存照——重溫 30 年關於小劇場的幾篇文章幾次對話》。

12 月，《新世紀劇壇》刊發劉家思的論文《從劇場性到假定性——論高行健「現場表演劇場性」的理論得失》。

梁志民和臺灣師大校長張國恩到巴黎邀請高行健為師大擔任講座教授，高行健說最希望看到《山海經傳》的上演。

這一年，盧森堡詩人之春藝術節舉辦高行健詩作朗誦會並放映電影《洪荒之後》，同時由法國大使授予高行健法國文藝復興金質獎章。

意大利出版高行健和意大利作家 Claudio Magris 兩人的論文集《意識形態與文學》。法國出版《夜間行歌》的法文與科西嘉文版。保加利亞索菲亞出版《靈山》保加利亞文譯本。捷克布拉格法國學院贊助出版高行健戲劇集捷克文譯本，收入《獨白》、《彼岸》等七個劇本及戲劇論文，出版《一個人的聖經》捷克文譯本及《靈山》新版。捷克第十六屆紀錄片國際電影節放映高行健的兩部影片並舉辦高行健的電影創作講座。法國巴黎出版高行健長篇和短篇小說的法譯本全集，以及《山海經傳》的法譯本。

法國尼斯現代與當代藝術博物館演出《叩問死亡》。法國巴黎集美博物館放映兩部影片《側影或影子》和《洪荒之後》。瑞士劇場演出《生死界》。臺灣師範大學表演藝術中心演出《夜遊神》，導演梁志民。該校畫廊還舉辦高行健攝影展《尋，靈山》和有關高行健的文學戲劇與繪畫的座談會。澳大利亞演出《彼岸》。韓國首爾演出《生死界》。

畫作參展比利時布魯塞爾博覽會。法國巴黎藝術博覽會、法國畫廊和比利時畫廊同時展出高行健畫作。盧森堡畫廊舉辦高行健水墨個展並出版詩集《美的葬禮》法譯本，譯者杜特萊。

　　林兆華帶領唱秦腔的陝西農民劇團和北京現代芭蕾舞團，在香港藝術節演出《山海經傳》。香港藝術節和恒生商管學院合辦《山海經傳》的研討會。林克歡寫作《話劇的八十年代》一文。香港大山文化出版「高行健研究叢書」之二，劉劍梅的著作《莊子的現代命運》。湖南師範大學王鑫（影視戲劇專業，導師韓學君）提交的碩士論文是《高行健對戲劇現代性的追求》。

2013 年　73 歲

　　2 月，劉再復、劉劍梅文章《高行健莫言風格比較論》刊發在汕頭大學《華文文學》2013 年第 1 期、香港《明報月刊》2013 年第 1、第 2 期。

　　2 月 20 日，林克歡評論高行健的論文《演員三重性：一種美學？還是一種技法？》和《回到過去與拓展未來——〈山海經傳〉觀後》刊發在汕頭大學《華文文學》2013 年第 1 期。

　　2 月，《中文學術前沿》2013 年第 1 期刊發虞越溪文章《諾獎評價標準的意識形態性——莫言與高行健「授獎詞」比較》。

　　2 月，《社會科學》2013 年第 1 期刊發裴毅然的論文《莫言獲「諾獎」原因及後期效應》。

　　3 月 16 日，戲劇導演牟森在上海給中國美院跨媒體學院的部分學生做了一個講座，主題是「《彼岸》20 週年」。他從 1993 年開始做高行健編劇的《彼岸》，到 2013 年，剛好是 20 年。

　　3 月，葉志良的著作《絕對信號：轉型期中國戲劇藝術思潮》一書由武漢大學出版社出版。

　　3 月，臺灣期刊《新地文學》2013 年春季號（第 23 期）刊發張憲堂的論文《異質空間的老靈魂——馬森和高行健戲劇創作與文論的觀看》。

　　4 月 13 日，劉再復寫作《「高行健莫言比較論」續篇（提綱）》。

　　4 月，《當代作家評論》2013 年第 2 期刊發劉劍梅的文章《文學是否還是一盞明亮的燈？》。

　　4 月，《衡陽師範學院學報》2013 年第 2 期刊發董岳州的論文《流亡與邊緣——高行健與奈保爾比較》。

　　6 月，臺灣《聯合文學》月刊 2013 年第 6 期刊發「高行健訪臺專輯」。

　　6 月，牟森的文章《戲劇改變世界嗎？與彼岸有關》刊發在《新美術》2013 年第 6 期。

7月，在巴黎寫作《關於〈美的葬禮〉——兼論電影詩》一文。

8月2日，劉再復在美國科羅拉多為高行健著作《文學與自由》寫序，題目為《世界困局與文學出路的清醒認識》。同一天，劉再復還寫作「《讀高行健》編者後記」。

8月4日，在巴黎寫作《文學與自由》一書的後記。

8月8日，賴韋廷寫作《隱逸——高行健其人其畫》一文。

8月11日，劉再復寫作《駁顧彬》。

8月15日，《海南師範大學學報（社會科學版）》2013年第8期刊發羅長青的論文《從人物塑造看實驗劇〈野人〉的生態主題》。

8月，寫作《山海經傳——臺灣國家戲劇院演出感言》。

8月，香港大山文化出版《讀高行健》（劉再復編、李澤厚、林崗、杜特萊等著）。

8月，危令敦的《一生二，二生三——高行健小說研究》在香港天地圖書初版。

8月，《海南師範大學學報（社科版）》2013年第8期刊發羅長青文章《從人物塑造看實驗劇〈野人〉的生態主題》。

8月，《文學評論叢刊》第15卷第1期刊發李興陽、許忠梅的文章《現代戲劇追求中的「激進」與「保守」之爭——高行健話劇〈野人〉及其論爭研究》。

9月25日，《當代作家評論》2013年第5期刊發楊慧儀著、林源譯的文章《〈靈山〉1982～1990：從現代主義到折中主義》和楊慧儀著、史國強譯的文章《1990年代的小說和戲劇：漂泊中的寫作》。

10月20日，劉再復的文章《世界困局與文學出路的清醒認知——高行健〈自由與文學〉序》、《駁顧彬》、李澤厚的文章《四星高照，何處靈山——2004年讀高行健》、林崗的文章《通往自由的美學》刊發在汕頭大學《華文文學》2013年第5期。

11月8日，在新加坡的《文學與美學》演講中，分享新電影《美的葬禮》的創作過程。

11月11日，BBC中文網新加坡特約記者蔣銳報導高行健訪問新加坡，題目為《不願再觸碰文革　高行健「已遠離中國」》。

11 月 22 日，《職大學報》刊發肖群文章《論〈靈山〉尋求個體主體性的困境》。

11 月，《安徽文學》2013 年第 11 期刊發牛婷婷的文章《論〈一個人的聖經〉的自審結構》。

11 月，《黑龍江教育學院學報》2013 年第 11 期刊發范春霞的論文《我新故我在——試析高行健的小說〈靈山〉》。

11 月，《東嶽論叢》2013 年第 11 期刊發黃一論文《「熱」文學與「冷」文學：中華傳統的兩種現代形態——莫言、高行健創作比較談》。

12 月 5 日，《聯合早報》刊發高行健訪問新加坡的報導。

12 月 7 日，法廣採訪《美的葬禮》的演員之一徐虹。

12 月 8 日，提耶利·杜夫海訥寫作《關於高行健的電影詩〈美的葬禮〉》。

12 月 11、12 日，《美的葬禮》在法國斯特拉斯堡美院組織的跨藝術研討會期間放映。

12 月，《小說評論》2013 年第 6 期刊發葉子的論文《論〈紐約客〉的華語小說譯介》。

12 月，《東莞理工學院學報》2013 年第 6 期刊發陳新的文章《論高行健戲劇的審美意識形態意義》。

這一年，法國 Saint-Herblain 市新建的圖書館媒體數據庫以高行健的名字命名，高行健出席由市長主持的開幕典禮。新加坡作家節舉行高行健的講座，題目為《呼喊文藝復興》，《美的葬禮》在新加坡國家博物館首演。法國文化學會舉辦高行健的攝影展「靈山行」，並放映電影《側影或影子》及《洪荒之後》。誰先覺畫廊舉辦高行健繪畫攝影展。新加坡一劇場演出《夜遊神》。

美國波斯頓美國現代語言學年會舉行兩場高行健專題討論會。美國出版高行健論文集《美學與創作》英譯本，譯者陳順妍。法國巴黎出版高行健論著《論創作》法譯本，譯者杜特萊。韓國出版《論創作》韓文譯本。法國文化電臺把長篇小說《靈山》列入聯播節目配樂朗誦，播放時間為晚間八點半到九點，連續播放十五天。法國巴黎傳媒公司製作紀錄片《孤獨的行者高行健》。

法國巴黎兩岸劇場演出《逃亡》。捷克布拉格劇場演出《逃亡》。意大利藝術節演出《逃亡》。法國巴黎藝術博覽會和畫廊展出高行健畫作。臺灣亞洲藝術中心舉辦高行健個人畫展《夢境邊緣》。法國巴黎出版藝術畫冊《高行健，

靈魂的畫家》。英國同時出版該書的英譯本。美國華盛頓馬里蘭大學和畫廊舉辦高行健的繪畫和電影展，該校還舉辦了文學與戲劇和法語寫作三場討論會與戲劇朗誦會。美國新學術出版社出版高行健畫冊《內心的風景——高行健繪畫》，作者郭繼生。

《山海經傳》由臺灣國立師範大學表演藝術研究所在臺北國家劇院上演。梁志民以華麗搖滾的形式導演此戲。西班牙出版《高行健的戲劇與思想》一書，法國作家安吉拉‧威爾德諾為其作序。吉林市文聯主辦的《短篇小說》期刊 2013 年第 19 期作了一個「高行健論」的專題。同時刊發七篇文章，包括湯海濤的《從高行健先鋒戲劇看中國現代戲劇創作》、李文紅的《高行健戲劇創作與複調理論》、劉宇的《劇場性視閾下高行健戲劇創作》、溫金英的《從風格型人物看高行健創作》、吳智慧的《小說〈靈山〉的敘事分析》、張莉的《從〈彼岸〉看高行健創作的荒誕性》、慕容個個的《高行健和莎士比亞作品的文學色彩對比》。《考試週刊》2013 年第 68 期刊發蔣漢陽的文章《同一文學意圖的雙重變奏——高行健〈靈山〉、〈野人〉的跨文類比較》。

2014 年　74 歲

1 月 16 日，在巴黎修訂《呼喊文藝復興——新加坡作家節演講》一文。

2 月，去比利時皇家美術館看場地，開始構思新的畫作，後起名為「潛意識」。

2 月 25 日，劉再復在美國科羅拉多州寫作《夏志清紀事》一文，文中談及漢學家余英時和夏志清對高行健的讚賞。

2 月，《南方文壇》2014 年第 1 期刊發劉錫誠的文章《1982：「現代派」風波》。

3 月，《自由與文學》一書由臺北聯經初版。

3 月，高行健水墨作品個展在巴黎大皇宮展覽館展出。

4 月 18 日，臺北故宮博物院文會堂舉行高行健電影詩《美的葬禮》首映會。

4 月 20 日，郭冰茹和曹曉雪的論文《〈靈山〉的禪意分析》，刊發在汕頭大學《華文文學》2014 年第 2 期上。

4 月 21 日，出席臺師大「莎士比亞 450 週年誕辰紀念」系列活動記者會。

4 月 22 日，美國之音張永泰報導《諾貝爾文學獎得主在臺北公映電影詩》。

4 月 25 日，湖北的《文學教育》雜誌刊發研究高行健劇作《野人》的論文。

4月，在臺北舉行的新書《自由與文學》發布會上，宣布退休。

4月，《天津師範大學學報社科版》2014年第2期刊發黃一、黃萬華的論文《歐洲華文文學：遠行而回歸中的文化中和》。

5月，香港大山文化出版社推出沈秀貞的著作《語言不在家——高行健的流亡話語》。

6月，筆者在澳門大學與導師朱壽桐教授商議博士論文的寫作，確定寫作「高行健」。

7月，《南都學壇（人文社科學報）》2014年第4期刊發王靜斯、宋偉論文《20世紀80年代「現代派」文學論爭中的生存哲學「突圍」》。

8月20日，劉再復的文章《高行健莫言比較論——在香港科技大學人文學部的公開演講》刊發在汕頭大學《華文文學》2014年第4期。

8月，《甘肅廣播電視大學學報》第24卷第4期刊發張靜的文章《對〈車站〉「等待」主題新的詮釋》。

9月26日，在巴黎寫作《美的葬禮》序言。

9月26日，達尼爾‧貝爾吉斯寫作《高行健或葬禮的輝煌》。

10月18日，劉再復在香港清水灣寫作《要什麼樣的文學——在香港科技大學與高行健的對話》。

10月20日，《華文文學》2014年第5期刊發筆者的論文《鄉愁的氾濫與消解——簡論華文作家的三種離散心態》。

10月24日，高行健研討會在香港科技大學舉行。劉再復的演講題目為《打開高行健世界的兩把鑰匙》。

10月27日，劉再復與高行健在香港科技大學對談，題目為《要什麼樣的文學》。

10月28日，劉再復與高行健在香港大學對話，題目為《美的頹敗與文藝的復興》。

10月底，高行健的畫作運到布魯塞爾，他又去皇家美術館，在大廳裏做最後的修訂。

10月，《東嶽論叢》2014年第10期刊發何碧玉撰、周丹穎譯的文章《現代華文文學經典在法國》。

11月1日，香港藝術發展局網頁上的「藝術新聞」發表香港中文大學記者對高行健的訪問，題目為：人生就是一個困境。

12 月 20 日，劉再復與高行健的對談《要什麼樣的文學》刊發在汕頭大學《華文文學》2014 年第 6 期，文字整理：潘淑陽。

12 月，杜特萊的文章《諾貝爾文學獎中文得主莫言和高行健在社會中的地位》發表在《揚子江評論》2014 年第 6 期。

這一年，劉再復寫作《高行健的又一番人生旅程》，介紹高行健獲諾獎後的情況。

美國演出《彼岸》。法國巴黎咖啡舞蹈劇場演出舞蹈節目《靈山》。西班牙藝術節放映《美的葬禮》。意大利米蘭藝術節放映《美的葬禮》並舉行高行健詩歌朗誦會。臺灣師範大學和故宮博物館、臺北市立美術館、臺中美術館聯合舉辦《美的葬禮》在臺放映會。捷克布拉格演出《彼岸》。法國亞維農戲劇節黑橡樹劇場演出《逃亡》。法國巴黎修道院劇場舉行高行健的戲劇電影討論會和《獨白》朗誦會。丹麥哥本哈根自由原野戲劇節演出《夜間行歌》。德國出版英文版論文集 Freedom and Fate in Gao Xingjian's Writings.意大利出版《生死界》意大利文譯本的藝術畫冊。

揚州大學陸展（中國現當代文學專業，導師陳軍）提交的碩士論文爲《1980年代高行健探索戲劇的接受研究》。廣西師範學院李娜（比較文學與世界文學專業，導師謝永新）提交的碩士論文是《高行健長篇小說的藝術形式研究》。四川外國語大學黃婧媛（中國現當代文學專業，導師李偉民）提交的碩士論文是《融合與分裂——高行健先鋒實驗戲劇複調藝術思維研究》。

2015 年　75 歲

1 月 20 日，《小說評論》刊發何平的文章《「國家計劃文學」和「被設計」的先鋒小說》。

2 月 20 日，福建的《藝苑》雜誌 2015 年第 1 期刊發評論高行健劇作《逃亡》的論文。

2 月，法國哲學家和哲學史家讓－皮埃爾·扎哈戴撰、蘇珊譯的論文《超越二律背反的美學觀》刊發在《明報月刊》「明月」副刊 2015 年 2 月號上。

2 月底，比利時以巨大規格舉辦「高行健繪畫雙展」。兩個展覽同時進行。一是在首都布魯塞爾的伊賽爾美術館舉辦「高行健回顧展」，以展示高行健的繪畫歷史及成就；二是在比利時皇家美術館舉辦「高行健——意識的覺醒」專題展。題目是「意識的覺醒」，畫的是人的「潛意識」。

4 月 22 日，臺灣《自由時報》網絡版報導：高行健以「文學創作與文化反思」爲題，與臺師大師生對話。

4 月 25 日，馬悅然在澳門科技館發表演講，題目爲《中國現當代文學與諾貝爾文學獎》。

4 月 28 日，筆者關於高行健的博士論文在澳門大學開題。

4 月，臺北聯經出版《洪荒之後》（攝影集），該書爲中英雙語。

4 月，臺灣期刊《臺北城市科技大學通識學報》第 4 期刊發張憲堂的論文《以「六觀」術語分析高行健之〈冥城〉》。

5 月 11 日，劉再復在美國科羅拉多寫作《走近當代世界繪畫的高峰》。

5 月 17 日，筆者與導師朱壽桐教授到北京清華大學參加「全球化與中文學科建設的新方向」國際學術研討會，會上筆者宣讀了論文《論高行健文藝創作的三個階段及其傳播》。

6 月，讓－皮埃爾·扎哈戴撰、蘇珊譯的論文《高行健與哲學》刊發在《明報月刊》「明月」副刊 6 月號上。

6 月 20 日，馬悅然在澳門的演講詞《中國現當代文學與諾貝爾文學獎》刊發在汕頭大學《華文文學》2015 年第 3 期上。

7 月 26 日，劉再復在美國科羅拉多寫作《高行健，當代世界文藝復興的堅實例證》。

9 月，臺灣期刊《師大學報（語言與文學類）》第 60 卷第 2 期刊發許維賢的論文《高行健早期小說藝術理論與實踐：以〈現代小說技巧初探〉爲中心》、閻瑞珍的論文《高行健戲劇創作與其生命歷程的關聯》。

10 月 20 日，劉再復的文章《走向當代世界繪畫的高峰》、樂桓宇的文章《嵌套影像，看見詩歌》刊發在汕頭大學《華文文學》2015 年第 5 期。

10 月，高行健的妻子西零在巴黎寫作《藝術家妻子的簡單生活》，她這樣評價另一半：「高行健很隨和，熟悉他的人都知道，同他很好相處」；「高行健在得諾貝爾獎之前和之後沒有多大的改變，他從未爲謀利而改變藝術的初衷。」

12 月，香港大山文化出版柯思仁著作《高行健與跨文化劇場》，由陳濤、鄭傑翻譯。

這一年，美國一大學演出《彼岸》。英國愛丁堡戲劇節演出《山海經傳》（臺灣師大製作的搖滾音樂劇）。韓國首爾演出《車站》。意大利米蘭舉辦《逃

亡》排演朗誦會。法國巴黎出版藝術畫冊《高行健，墨趣》新版。英國倫敦畫廊舉辦高行健個展並出版畫冊。西班牙舉辦高行健「呼喚文藝復興」繪畫、攝影與電影展並出版畫冊。法國普羅旺斯大學出版社出版《高行健的舞臺與水墨畫：亮相的劇場性》。

2016 年　76 歲

5 月 31 日，臺灣《自由時報》網絡版首頁的即時新聞報導：《諾貝爾文學獎得主高行健：我對中國已無鄉愁》。

5 月，臺灣師範大學出版高行健著作精裝本《美的葬禮》（中英法三種語言）。

5 月，中國美術學院藝術學碩士生馬思濤提交論文，題目爲《回到最初——論高行健的繪畫風格對海報設計的啓示》，導師爲吳小華教授。

6 月 6 日，臺灣中央研究院中國文哲研究所舉行「呼喚文藝復興——高行健演講暨座談會」。

6 月 8 日～7 月 10 日，高行健在臺北亞洲藝術中心舉行《呼喚文藝復興》的展覽。

6 月，西零的著作《家在巴黎》由臺灣聯經出版。

7 月 9 日，臺北亞洲藝術中心發布《走尋靈山——高行健攝影作品介紹》。

10 月，香港《明報月刊》刊載高行健在意大利米蘭大學舉辦的《交流與境界》國際學術研討會上的演講《越界的創作》。

12 月，劉再復的專著《再論高行健》由臺北聯經出版事業股份有限公司初版。

12 月 20 日，王孟圖的論文《敘述者的魔術——高行健長篇小說的敘述人稱之魅》刊發在汕頭大學《華文文學》2016 年第 6 期（主編張衛東、常務副主編莊園）。

12 月 30 日，筆者在澳門大學順利通過博士論文答辯。論文題目爲《論高行健小說的現代性追求》。

這一年，在臺灣中央研究院、意大利米蘭藝術節和英國牛津論壇 2016 年會上，分別作了三次演講：呼喚文藝復興。在意大利米蘭大學舉辦的「交流與境界」國際學術研討會上，高行健作了開幕式演講《越界的創作》。應邀出席法國馬賽舉辦的亞洲戲劇研討會，會上專場放映了歌劇《八月雪》錄影。法國巴黎出版《遊神與玄思》法譯本，譯者是杜特萊教授。

臺灣師範大學藝術史研究所改編上演《靈山》音樂舞劇，編舞吳義芳。法國巴黎詩人之家舉辦高行健詩歌朗誦會並放映影片《美的葬禮》。盧森堡電影資料館放映《美的葬禮》。意大利威尼斯大學舉辦高行健作品朗誦會並放映影片《美的葬禮》。香港藝倡畫廊舉辦高行健個展並出版畫冊《墨光》。臺灣師範大學出版畫冊《美的葬禮》。美國紐約藝術博覽會推出高行健個展。盧森堡畫廊舉辦高行健個展。

天津音樂學院任東嶽提交碩士論文《論林兆華導表演的雙重結構》，該文論及高行健對林兆華的影響。

2017 年　77 歲

1 月 1 口，朱壽桐教授在澳門大學為筆者即將出版的博上論文作序。

2 月，筆者的博士論文改名為《個人的存在與拯救 ——高行健小說論》，作為「高行健研究叢書」之一由香港大山文化出版社出版，全書大約 30 萬字。

2 月，羅華炎的論著《高行健小說裏的流亡聲音》由臺北秀威初版。

4 月 6 日，臺灣師範大學網頁發布「高行健藝術節」活動公告。

4 月 21 日，劉再復在美國科羅拉多寫作《高行健「思維方式」》一文。

5 月 4 日，劉再復在美國科羅拉多寫作《「高行健世界」的全景描述》一文。

5 月 15 日——6 月 15 日，臺灣師範大學主辦「高行健藝術節」。

5 月 23 日，臺灣《中國時報》報導「高行健獲頒臺師大名譽博士學位」。

5 月 30 日，臺灣《世界日報》刊發報導，題目為「高行健的鄉愁，分了一個給臺灣」。

8 月 5 日，筆者為汕頭市作協做講座，題目為：《高行健：華文作家的普世書寫》。

8 月 20 日，劉劍梅的論文《高行健作品中的女性與道》刊發在汕頭大學《華文文學》2017 年第 4 期。

9 月 24 日，林克歡發給筆者關於「重返八十年代」專題的約稿《話劇的八十年代》一文，並加了一小篇「附言」。

9 月，臺灣期刊《中國文哲研究通訊》第 27 卷第 3 期刊發林延澤整理、陳佩甄、彭小妍校訂的文章《呼喚文藝復興——高行健演講暨座談會紀錄》。

10 月，劉再復的文章《「高行健世界」的全景描述》刊發在《明報月刊》

「明月」副刊 2017 年 10 月號。

　　10 月 11 日下午，筆者在南京參觀了與高行健相關的幾處地方。

　　10 月 20 日，《華文文學》2017 年第 5 期刊發劉再復的文章《高行健：當代世界文藝復興的堅實例證——〈再論高行健〉自序》。該期刊封二位置刊發出版信息「香港大山文化出版莊園的學術專著」。

　　12 月 20 日，《華文文學》2017 年第 6 期（主編：朱壽桐　常務副主編　莊園）「重返八十年代」的欄目中，刊發林克歡的文章《話劇的八十年代》和筆者的文章《高行健年譜　1981 年　41 歲》等。

後　記

　　之所以寫「高行健年譜」，是我意識到做高行健的研究需要這樣一本「工具書」。目前除了劉再復先生整理的《高行健創作年表》比較完整地記錄高行健的文學和藝術成果之外，尚沒有人做過「高行健年譜」。

　　這本書也許無意中傳承了一種中國傳統的寫作方式。「年譜」是歷史悠久的中國一種人物傳記體裁，現存最早的年譜存在於宋代。和一般的傳記不同的是：傳記主要紀傳主的生平大事，而年譜則是以譜主爲中心，以年月爲經緯，比較全面、細緻地敘述譜主的一生事蹟。〔註1〕由於年譜比一般傳記搜羅資料豐富，編纂形式也比較靈活，又以年爲序便於檢用，所以這一體裁一直沿用不衰。據 1980 年出版的楊殿珣的《中國歷代年譜總錄》著錄，共收年譜3015 種，記載譜主 1829 人。爲了配合學術研究，年譜作爲一種研究對象也得到了較快的相應發展，尤其是清代乾嘉時期考據學發達，爲了使研究基礎更爲紮實，對於人物的研究需要更翔實的背景資料和有關生平事蹟的詳細記述，而年譜是一種最合適的題材。〔註2〕

　　年譜的寫作需要搜集材料。高行健 1979 年發表第一篇文章，1987 年離開中國大陸。1989 年之後，他的作品被禁止在中國大陸傳播，至今沒有明確解禁，他本人的作品一直沒有在中國大陸再出版。他在 1979～1989 年這一段時間發表的相關文章，也因爲時間和動盪的社會現實變得不容易查閱。今天，中國大陸圖書的電子化程度已經很高，可是這樣的傳播方式，也很容易形成

〔註 1〕來新夏、徐建華著《中國年譜與家譜》第 2～3 頁，中國國際廣播出版社 2010
　　　　年 7 月北京第 1 版第 1 次印刷。
〔註 2〕來新夏、徐建華著《中國年譜與家譜》第 9 頁。

對眞實的改寫。此書的選題還需要對龐雜的材料進行整理與鑒別，支撐我在繁忙的日常中一次次地重複這種相對枯燥的學術探索的，其實是一種「重回80 年代」的內在的動力。電子化的單個搜索分明無法滿足這樣的訴求，我決定儘量閱讀當年出版的紙質的報刊雜誌和書籍。

借助於中國大陸的電商平臺，一本本舊的期刊、相關的圖書、複印的資料等，從故紙堆裏，包括大城市（北京、南京、上海、廣州、深圳等）的小書攤和西部及東北等地（西藏、雲南、廣西、黑龍江、吉林等）的舊書店，接二連三地「飛」（主要是快遞）到我生活和工作的地方——汕頭。那些書刊的紙張已經蠟黃，不少期刊的封面殘破，甚至有缺頁、劃線、塗改等痕跡。可我卻如獲至寶，往往它的出版信息是完整的、確切的，而不像網絡文章那樣，這部分的信息是馬虎的、似是而非的，會對年譜要求的「時間表述」形成遮蔽與障礙。我不僅閱讀高行健的文章，還琢磨同一本期刊中刊發的其他人的文章。這樣似乎可以更加眞實地回到 80 年代的文學現場。

此書的寫作，初稿的重頭部分放在 80 年代，與一般的文學藝術年譜不同，我用了較多的篇幅收錄高行健 80 年代在中國大陸發表的文章和言論。90 年代之後，高行健在中國大陸之外的出版和發表是自由的，特別是 2000 年他獲諾獎之後，與他相關的文章和作品重複出版的很多，境外的搜集也相對方便，這部分我採用了略寫。

2017 年 12 月，我將初稿（28 萬字）發給劉再復先生和高行健先生審閱。劉先生建議將書名改爲「高行健文學藝術年譜」，並刪去涉及與「私生活」相關的內容，以更突出「年譜」的學術價值。高先生認爲他自己眞正有價值的創作是離開中國之後才展開的，並提出了有建設性的宏觀的修改意見。仔細思索了他們兩位的建議，我決定利用能搜集到的中文資料，增加了 90 年代之後給人深刻啓示的高行健研究材料，特別是劉再復、劉劍梅、萬之、馬建、楊煉、潘耀明、林曼叔等人的研究及編輯成果，劉心武、西零及周美惠等人的紀實書寫等，我都做了比較詳細的摘取和引用。90 年代之後中國大陸的高行健研究資料，關鍵詞包含了「戲劇」、「小說」、「現代」、「諾貝爾文學獎」、「歐華」等，其中與戲劇相關的研究內容最多，我選擇了直接相關的部分簡單提及，有啓發意義的我會摘引或做些概要，或僅提及了刊發的期刊與文章的標題，以方便讀者檢索。1987 年之後的每一年的末尾部分，我還參閱了劉再復先生 2016 年底在臺灣出版的《再論高行健》一書中附錄的「高行健創作

年表」，儘量增補遺漏的內容。因該年表中沒有具體的月份日期，我的記錄基本以高先生當年的「寫作、研討會（慶典）、出版、演出、繪畫」等類別進行整合。

2018 年 3 月，高行健先生仔細審閱二稿之後，建議筆者增加三篇評論他的文章。於是在「年譜」的第三稿中，筆者根據高先生提供的影印本增加了法國哲學家和哲學史家讓－皮埃爾・扎哈戴寫的《超越二律背反的美學觀》、《高行健與哲學》及劉再復的《「高行健世界」的全景描述》，還將 2014 年 7 月和 2017 年 12 月在澳門大學查找的部分網絡資料（主要是 2000 年之後）加入年譜的條目中。2018 年 4 月，華藝臺灣學術文獻數據庫在汕頭大學免費試用，筆者利用此時機下載了相關的研究資料。這期間，委託朋友從臺灣幫忙搜集到的相關的書冊和攝影集等陸續郵寄到汕，筆者又選取了其中與藝術相關的信息和評價一併加入。至 2018 年 5 月，書稿全文字數達到 70 萬字。

從 2017 年 7 月份開始決定寫作「年譜」，到 2018 年 5 月份，這項相對枯燥的文獻整理工作進行了近 10 個月。在寫作過程中，我深度學習到相關的研究成果，眞是受益匪淺。特別是劉先生對高先生精彩的評論文字，更讓我心生感佩之情！

感謝劉再復先生寫書序。感謝高行健先生對年譜的多次仔細校閱和寶貴意見。感謝劉再復先生、朱壽桐教授對此選題的建議、肯定與支持。您們是我學術道路的引路人。您們的鼓勵，是我可以不斷進步的重要原因。

感謝劉劍梅教授、葉鴻基先生、黃潔玲、陳潤庭、黃彥博、陳貝貝、王梓青、陳曉乳、李影媚等在我寫作中各種幫忙的師長、同道和學生……

2017 年 7 月～12 月初稿

2017 年 12 月～2018 年 3 月 9 日第二稿

2018 年 3 月 17～25 日第三稿

2018 年 3 月 31～5 月 2 日第四稿